U0965574

大鱼

有爱的青春陪伴者

林家小斐
Lin jia xiao fei
彩虹糖
Caihongtang
著
江苏凤凰文艺出版社
JIANGSU PHOENIX LITERATURE AND ART PUBLISHING

图书在版编目（CIP）数据

林家小斐 / 彩虹糖著. -- 南京：江苏凤凰文艺出版社，2022.12
ISBN 978-7-5594-7040-9

Ⅰ. ①林… Ⅱ. ①彩… Ⅲ. ①长篇小说 - 中国 - 当代 Ⅳ. ①I247.5

中国版本图书馆CIP数据核字(2022)第127980号

林家小斐

彩虹糖 著

责任编辑　王昕宁
特约编辑　周　贝
出版发行　江苏凤凰文艺出版社
　　　　　南京市中央路165号，邮编：210009
网　　址　http://www.jswenyi.com
印　　刷　长沙鸿发印务实业有限公司
开　　本　880mm×1230mm　1/32
印　　张　9.5
字　　数　281千字
版　　次　2022年12月第1版
印　　次　2022年12月第1次印刷
书　　号　ISBN 978-7-5594-7040-9
定　　价　42.80元

目录

LINJIA
XIAOFEI

第一章　林家有女名小斐　001

第二章　择偶标准是顾家　026

第三章　我的老公是警察　079

第四章　我主外，你主内　121

第五章　两个人，一个家　152

第六章　家家有本难念的经　195

第七章　迎接新生命　229

第八章　一加一等于四　261

第九章　番外——美满人生　281

CONTENTS

第一章
林家有女名小斐 -

晚上十点，睡梦中的林斐被妈妈的电话叫醒。

“快起来，吃饭没？没吃的话过来吃面条，晚上你二姑拿了些牛肉臊子。”

林斐打了个长长的哈欠，抹掉眼角的泪水，说：“起了，就来。”

林斐起床换好衣服又洗了把脸，往包里放了两张面膜，又去冰箱里拿了盒牛奶，这才下楼。

她家住静江花园九号楼，单元楼门口停着一辆奥迪，是林爸的。

林斐看看车，再看看小区环境，忍不住叹气，有钱有什么用？好车不能开，好房子也不过是睡个觉，到头来她还是个劳苦命，大半夜的还得去卸货。

这是前年交房的小区，离城中心有点远，房价在小县城算顶高的了。

林斐走到小区门口，等了半小时才打到车。

“二号路旧住院部往前。”林斐跟司机说。

司机一言不发地开车。

二号路是下高速进入县城的一条路，靠江，周边不适合居住。因为那条路上一天到晚都有大小车辆来来往往，半夜鸣笛不要太常见。

半小时后到达目的地。

这是位于马路边的一家钢材店，门面临街，后面连着个院子，里边是一栋三层带楼顶的自建房。这是林爸兄弟几个的产业，从前一大家子一起住，现在都各自有了自己的家，搬到不同的小区，如今第三层就住着奶奶，第二层和第一层是林斐家，厨房、客厅、办公室、会客室……根本分不清功能。

林爸开了两个店，城里这个总店由妻女负责，分店是他和儿子林韬在守着。林家的生意是几年前做大的，那两年赚的钱让林爸买了房买了奥迪，还买了商业中心的一间两百平方米的铺面。

林斐父母都是没什么学历吃苦过来的，也曾希望儿女好学成才，可惜，家里这个白天切钢筋晚上卸货的环境实在不利于孩子学习，林斐还算勉强考了个本科，林韬高中毕业就不读了。

林爸偶尔开玩笑，说文曲星不眷顾他家。

今晚要卸货，卸钢筋不是卸棉花，没有轻拿轻放一说，好在这条路上全是门面，晚饭后就都关门了。林斐一家卖钢筋十多年，早都习惯在高分贝杂音中入睡，不习惯的是隔壁邻居。

新邻居，没经商脑子，去年租了隔壁的楼改成了快捷宾馆。为着林家卸货发出的噪音，两家没少吵架。

林妈见女儿来了，便去厨房给她煮面条，不一会儿就端着一个铁盆出来了。

林斐的口味随她爸，爱吃面食。她问：“没有牛肉？”

林妈意味深长地笑了：“没有，你二姑就拿食品袋装了一点臊子，刚够一顿饭。”

“唉，服了！我明天上门买一斤去！”林斐赌气地说。

“你少惹事。”

林斐的二姑新开了家牛肉面馆，店里师傅卤的牛肉不错，连林爸不怎么吃肉的人都馋这一口。林爸提过两三次，二姑就跟听不懂似的。

倒不是林斐家要占这个便宜，一斤卤牛肉谁都买得起，只不过前几年，二姑父病故丢下孤儿寡母，二姑又一直没工作，兄弟姐妹间就林家爸妈帮衬得多。怕二姑面子上过不去，林爸还请她给奶奶做饭，一天两顿饭，一个月给三千块钱。

奶奶本来就跟大儿子生活，也就是林爸，哪里需要别人单独给开小灶，不过是找个由头给钱。这工资在这个县里来说保障母女俩生活没问题，更不用说其他方面的照顾，二姑家的妹妹这两年穿的用的林斐没少给她买。

如今想吃一块牛肉都要不来，林斐一家很难不寒心。

林妈接了个电话，是林爸打来的，说货车在路上出了点故障，要晚一点到。

林斐吃饱了洗了碗去看奶奶，奶奶躺在床上念经呢，婆孙俩说了会儿话，林斐就下楼了。

等到深夜十二点车还没到，林斐赶妈妈去睡觉。林妈也撑不住了，叮嘱林斐车来了叫醒她。

深夜一点多的时候，两辆大车开到门口，林斐打开仓库门前的白炽灯。昏黄的路灯光线被挤走，霎时，门口这片地方明亮如白昼。

核对了货单之后，林斐派一辆车去了分店，另一辆车就地卸货。

打开仓库的卷帘门，几个小伙子打起精神戴上手套开工，钢筋“砰砰砰”砸到地上再一根根划拉着被拖进去，把明天一早要切割的堆到院子里的切割机旁，“噼里啪啦”“叮叮哐哐”，夜班车进城见到路边有大车远远就开始鸣笛……

方圆十里的狗开始接连叫唤，神经衰弱的林妈醒了。

林妈下楼来陪女儿，林斐见她脸色不好又赶她回屋睡觉。

跟车帮忙的小方是店里的老员工，为人很可靠，林斐去一旁蹲着玩手机。

林斐身后是一块空地，沙堆都快堆到路面那么高了，上面全是碎酒瓶子和各类垃圾。林斐望了一眼隔壁宾馆，心里暗骂那老板没素质，自己家后门都不管！

也就是林妈看不过眼，隔三岔五收收垃圾。林斐收拾了一次，看到用过的卫生巾和计生用品差点没吐出来。

忙了半宿终于卸完了，林妈又下楼去厨房煮面给师傅们当夜宵，林斐走到前面去关灯锁门。

她刚走到路边就瞧见一辆警车稳稳地停在隔壁宾馆门口，一看就是扫黄来了。

林斐拉上卷帘门锁好，刚要关灯，身后传来“咚”的一声把她吓了一跳，转身一看，一赤身裸体男子正趴在沙堆上。

“天！”林斐情愿自己眼瞎了。

她要走，却被那人叫住：“美女，借件衣裳行吗？”

林斐无语，她才不想借衣服给变态。

林斐跑回院子，一眼看到钢筋堆上放着件破衣服，犹豫了一下还是拿着衣服出去了。

她一路背对着沙堆，叫那人：“自己接着，不许出来啊！”

“谢谢谢谢！你扔过来吧，再往前点。”

林斐索性按他的指示走，但还是背对着他。等走近了，她伸长胳膊想扔给他来着，突然，手腕被人抓住。

林斐顿时火冒三丈：“敢碰我！找死啊你！”

也顾不得瞎眼了，林斐转身想给他一巴掌。谁知对方手更快，一个擒拿直接把她控制住了。

一个低沉的嗓音在她耳边炸开：“再动算你袭警。”

林斐回头，对上一张警察的……帅脸。

“站着别动，别转身。”

警察小哥对林斐说了这话以后就松开了擒她的手，她站直揉了揉手腕，没走。

身后传来其他警察说话的声音，其中一个厉声喝道：“把衣服先穿着。”

有人问：“这是咋回事？”

林斐心想：坏了，别把我当成今晚这场“裸体演出”的参演嘉宾了吧！

她正想解释，先前捉她的警察说：“钢材店家的，看热闹的。”

林斐疑惑这人怎么知道她是谁家的，回头，对上他的目光。

他凶巴巴地说：“还看？回家去。”

嘿！回家就回家！

林斐走到院门口时，小方几个闻声出来看热闹，走近了瞧见自己的工作服系在裸男腰上，他顿时怒从脚底起，叫喊着：“警察同志，这人偷我衣服！”

警察笑言：“先借给他吧。”

林斐进了院子，跟林妈说了这热闹。

林妈打她一下：“啥事都往上凑！”

小方几个回来后说抓嫖的，已经把人带走了。

“姨，你猜那男的是谁？”

“谁啊？”

“东街王家的那个儿子，在西小门口开门市部那个，叫啥来着我想不起来了。”

林妈不想聊这些，林斐还想打听，被妈妈赶去睡觉。

二楼楼梯口拐弯第一间就是林斐的卧室，从小住到大的，她进屋拿了东西去洗澡。洗完澡出来，看着镜子里的自己有点恍神，她多久没出去玩了？天天在店里忙得灰头土脸的。

微信上有未读消息，是舅舅家的姐姐发来的，说他们明天回来，让林斐在家等着陪她玩。

舅舅一家在隔壁县，相距一个半小时车程，舅妈和姐姐都是老师，一家人寒暑假就会回老家来。

林斐跟姐姐孙蕊感情好，姐妹俩年纪相差两岁，一起长大的。

林斐打开衣橱，入眼的都是灰不溜秋的旧衣服。

马岩早上交接完工作回家睡觉，他从小在爷爷奶奶身边长大。

这是一处自建的院子，他住后院。

爷爷起得早，已经在院子里煎茶了。马岩过去陪爷爷说了会儿话，然后洗澡回屋睡觉了。

林斐早上没能睡，吃了早点就被老妈安排去采购食材，中午在家吃火锅。

买完菜回来，看见门口停着老爸的奥迪，林斐心动了，晚上想开车出去玩。因为两年前林斐玩摩托车摔了个大跟头，林爸单方面取消了她驾驶一切机动车的资格，她心里还憋屈着呢。

上午十点多的时候，林妈炖好了一锅大骨汤。林韬打来电话，抱怨说：“你们就天天火锅大骨汤，留我一个人在乡里吃方便面？我不干了！”

林妈笑着说：“我让小方给你送！”

“谁要他送，我自己找火锅吃去。”

林斐主动提出要给弟弟送饭去，目的当然是开车。父女俩斗争了半天，林斐获胜。林斐开着奥迪去分店，林韬看见之后受不了，也想开新车。

他自己有一辆二手大众，找朋友买的。

林韬把排骨留给店里的员工，抢过车钥匙跟姐姐一起回二号路。

路上，林韬问："昨晚你在哪儿？老张店里被扫黄了，你知道吗？"

林斐惊讶："我在现场，你在哪儿？"

"哈哈，朋友圈都传遍了，胖子跟我说的，听说是他老婆报警提供的线索。"

"我说最近老张怎么不找我吵架了……"

他们回到家时，舅舅一家已经来了。

见林斐把林韬带了回来，林妈都无语了："叫你送饭你把人接来了，浪费油钱！我的饭盒呢？"

"这话说得，你儿子不值这点油钱？我是你捡回来的啊？"林韬委屈。

一家人笑起来。

孙蕊对林斐的穿着打趣："你这是什么风格？"

"劳动人民的风格。"

林妈说："我们这天天灰头土脸的，有好衣服也没命穿。"

舅妈笑着说："钱挣到了就行。"

林斐和孙蕊坐一起，孙蕊跟她说："下午逛街去？我想买衣服。"

"行。"

锅开了，林爸招呼大家吃。

林妈不好意思地说："本来应该去外面吃，今天走不开，过两天咱们去农家乐玩，新开了一家，菜做得不错。"

舅妈说："自己家人不讲究，在家吃就是最好的。"

林爸往锅里煮菜，对儿子说："林韬你赶紧吃，吃了回去看店。"

林韬不乐意："我不去！我约了人。"

林爸生气了："你约了什么人？大白天又喝酒去？"

"谁喝酒？"

舅舅打圆场："吃饭吃饭。"

吃完饭，林斐开着奥迪带孙蕊回了静江花园。

她洗漱打扮了一番，姐妹俩闲聊近况，收拾好出门时便是一对精致的时尚姐妹花。

她们去的是商业街，林斐家的商铺就在这里，出租给了劲霸男装。

孙蕊所在的县城时尚度比不上老家，一个有名的女装品牌也没有，她一贯喜欢攒了工资寒暑假回老家狂买。

两人逛了一下午，林斐买了一套三千多块钱的 T 恤加长裙，她个子高挑人又瘦，穿长裙好看。孙蕊属于微胖但很协调的身材，买的短装。

晚饭时间，林妈打电话问她们回不回，林斐说不回去。

林妈说："那你们随便吃吧，我和你舅舅他们继续涮火锅。"

"韬韬去分店了吗？"

"去了。"

姐妹俩在外面吃了烧烤，然后林斐带着孙蕊跟自己的朋友去喝酒。

在酒吧，林斐遇到了林韬，她一脚踹在他小腿上："我要跟妈告状！"

"就许你玩不许我玩？谁大半夜买钢筋？"他又笑着问孙蕊，"你说是吧，姐？"

林斐叮嘱他："喝完早点回家。"

"少管我。"林韬搂住旁边的女孩走了。

姐妹俩面面相觑。

"对象？"

"谁知道呢。"

"你弟弟你也不关心？"

"他让我少管……"

"哈哈哈！"

林韬的日子过得潇洒着呢，白天看店，晚上进城找狐朋狗友，家里人都知道，只不过不说而已，到底是二十出头的男孩子，在乡下哪里蹲得住。

林斐的闺密来电话叫她打麻将："二缺二。"

林斐笑了：“你咋知道我姐来了？”

“有人啊？那正好，赶紧来赶紧来。”

打牌的地方就在离酒吧不远的地方，姐妹俩走路过去。

林斐这两个朋友都是从小认识的，跟孙蕊也熟，四个人边打牌边聊天。

其中一个朋友点点说起她表姐相亲的事：“我二婶介绍的，公安局的，叫马岩，你知道吗？林韬肯定认识，咱们上初中那会儿，马岩的名气可大了，打架凶得很。”

“流氓变警察？”

“什么呀，人家正经公安大学毕业的，条件不错。三万碰一个！”

“你这是要把牌做大呀。你姐相得咋样？”林斐问。

“看不上。”

“为啥？九条，我咋这么多条子。”

“马岩看不上我姐，面都不见。”

“啊？”

点点继续说：“我跟你们说，马岩家里的情况复杂着呢，他没爹没妈，以前都没人给他介绍对象。咦，我的香香牌呢……这两年听说他爷爷给他买了套房，说对象的人才多了，要不然一个警察能有几个钱。”

林斐好奇：“他爹妈去哪儿了？过世了？”

“听我妈说，他爸在他很小的时候离家出走再没回来，他妈后来改嫁，也没回来了。”

“和了！杠上炮啊，哈哈哈，你不愧叫点点！”

过了几天，林斐家跟舅舅家去农家乐吃饭，林韬没来。

林爸晚些时候才从分店赶过来，店里的账目对不上了，钱不多，就几百块。

舅舅问：“是不是韬韬拿去了？”

林爸说：“不会。”

舅舅说：“不是说偷了，可能他有啥事用了忘了说。你先问韬韬，不好冤枉店里的人。”

林妈说：“不是，林韬这孩子千不好万不好，但有一点好就是不偷东西不撒谎，他是个梗着脖子问你要钱花的人，但绝对不自己拿。他有一回要钱要得脸红脖子粗，当时桌子上就放着一堆钱，我们那门天天开着人来人往，他拿走我们也不知道的。”

林爸最终还是给林韬打电话问了这事，话没说完，林韬就爹了：“我像贼？八百块钱我用偷？”

“我让你留心店里的意思，谁说你拿了！”

“我不管了，你自己弄！”林韬挂了电话。

晚上八点多，林斐在家玩游戏，接到派出所电话，说林韬喝酒闹事被抓了，让她去领人。

林斐没敢惊动父母，找了个借口出去了。

她打车来到派出所了解情况，原来是两伙人喝醉后起了纠纷，把人家店里的东西毁坏了一些，打架双方都受了点皮外伤，警察正在教育。

接待林斐的是一名女警察，林斐说一定听警察的，赔偿道歉教育一条龙。女警见家属态度良好，安排她去和对方家属沟通。

来到调解室，醉鬼们红着脖子烂着脸面对面坐着，一名男警察坐在主座上气定神闲捎带无聊。

见有人来，那警察走了出来，跟同事说了两句话之后看向林斐。

四目相对时，林斐乐了，这不是那晚的帅哥吗？

她心里有底了，好歹咱也是帮助过警察同志办过案的热心群众，这人情值点钱吧？

林斐刚热情地叫了声“警察哥哥好”，帅哥便冷着脸对她说道：“态度放端正，别套近乎。”

林斐跟对方家属沟通，双方各打五十大板，一起和和气气赔了钱了事。

带林韬走的时候，她听到有人叫那个警察“马岩”，这名字熟啊，该不会是点点的表姐那个相亲对象吧？

林斐拿手机偷拍，被马岩发现，盯着她删了。

“为什么拍我？”他问。

林斐脸不红心不跳地回答：“没见过帅哥。”

马岩似笑非笑地看了她一眼，说：“回去好好教育你弟。”

“好的，警察同志。”

林韬的女朋友抹着泪把林韬带走了，林斐给点点发微信问起马岩的长相，对上了，就是他。林斐觉得点点的表姐相亲失败一点不可惜，因为马岩这人脾气真不行。

几天后，林妈叫林斐订桌子，要请吴主任一家吃饭。吴主任是银行信贷部的主任，这些年经常帮林家贷款，林妈总是时不时请客送礼。

“订个大桌子，还有你舅舅他们。”

“行。”

林斐订了个能坐十二人的包厢。

吃饭的时候，吴主任提到自己女儿吴佩的业绩压力，他女儿比林斐小一岁，研究生毕业进了银行，在柜台干，每个季度都有存款指标。

这话林家听得懂，饭后回家，林妈就吩咐女儿：“回头你把钱存吴佩那儿去吧。”

林斐手头有五十万存款，去年为了给吴佩完成业绩，林妈给到林斐手里的，林斐买了理财，每天一杯奶茶钱的收益是有的。

可惜这笔钱现在被林斐悄悄弄出去了。

林妈见她不说话，起疑问：“钱去哪儿了？”

林斐老实交代，林妈听完后说：“收回来吧，你们这些小孩子都不靠谱，别瞎搞。”

“行，我去收，反正她下个季度才用钱。”

林斐给林韬打电话让他收款。

林韬说：“刘冰的三十万下个月 18 号到期，到时候他就还了。马子超可能有点麻烦，他最近惹事了，家里不给他钱。”

“那我不管，要不回来你负责，他拿了多少？”

“十三万。”

“你先问问。”

林韬是最讲兄弟义气的，马子超家里的情况他知道，就算现在没钱，过完年马子超的老子收回账就有了。他们这帮人在一块玩从来不计较钱财，这会儿让他张嘴要钱，又还没到期限，还有点不好意思。

不过林韬也没办法，晚上喝酒时随意跟马子超提了一句，马子超说给宽限几天时间。

“我姐的钱，要是我的我不问你要，你别往心里去。”林韬说。

“我是那种人？唉……活这么大真没这么穷过。”

马子超回家后决定问谁借笔钱先周转。他也是要面子的，让兄弟要钱要到这份上他受不了。

他要借得多，能借的人少，想来想去想到了自己的表哥马岩。

一来马岩自小没爹妈管，马子超父母对他很照顾，这份恩情放在那里没得说；二来，马岩这两年拿到了他消失已久的爸爸给他的一大笔钱，手头宽裕。

马子超去找马岩，说了自己缺钱周转的紧急。马岩肯定要问个清楚，马子超只能都交代了，又说：“哥，你得帮我，别跟家里说。”

“行，你问谁借的？我给他。”

“谢谢哥，我给你写个借条，咱亲兄弟明算账。”

马岩笑了，说：“那你写吧。”

马子超写好了借条交给马岩，又把林斐的账号和开户名发给他。

马岩看到那个名字，问马子超：“林韬的姐姐？”

“对啊。哥，千万别跟家里说，你一说不光我遭殃，林韬都得被家里骂！”

“知道了。”马岩想了想，说，“你让林斐联系我吧，我得看到借条再转钱。”

“你把钱给我我还，这就是咱俩之间的账，你不用管别人。”

马岩拒绝：“一来，我得知道你不是骗我；二来，十几万转来转去的，不要手续费啊？”

“我骗你干啥？行行行，你转吧。”

林斐一觉睡醒看到林韬的微信：【马子超他哥给他还钱，我把他哥的电话给你，还了钱你把借条给他哥就行。】

下一条是马岩的联系方式。

林斐给林韬打电话：“他哥是谁啊？马岩？不会是当警察那个马岩吧？”

“是啊。”

林斐气死：“你是傻子吗？叫警察来还钱？”

“那怎么了，那是他亲表哥。”

“你是真傻！”林斐跟弟弟交代了一番，让马子超重新写了借条，抹掉了利率，损失的那部分就不计较了，马子超是最近周转拿的钱，利息没多少。

林斐觉得小马一家实在是太缺德了，弟弟欠钱叫当警察的哥哥来解决，没有道义！

她联系马岩，两人约了下班后见面谈。

晚上六点，林斐出门去见马岩。

林爸晚上准备住在二号路，叫林斐把车开回去。林斐琢磨了一下，觉得还是别让警察误会自己放贷放出来一辆奥迪，于是她没开车，而是打车去了。

马岩在陈记面馆吃饭，这是当地一家几十年的老店，以前就一个小店面，客人都坐门口的路边上。这两年扩张新店，加量不加价，每到饭点还是一座难求。

“吃了吗？”马岩见到林斐就问。

林斐闻了闻味道，去窗口要了一碗二细加蛋加牛肉。

坐回去，林斐开玩笑：“现在能套近乎吗？”

马岩笑了一下，说：“套套看。”

林斐贴近桌子问他：“你居然是马子超的哥，我都不知道。”

“所以呢？”

林斐愕然，这天怎么聊："那钱……"

马岩打断她："先吃饭。"

面上来，林斐加了醋搅拌好，咬一口牛肉，想起了二姑家的牛肉，她恨恨地吸溜了一大口面。

两人对坐着吃面条一时无话，马岩先吃完，坐着等她。林斐吃饭利索，一大碗面条十几口就吃光了。

马岩看着她，突然觉得自己没吃饱似的。

出了面馆，马岩说："找个地方坐坐？"

"不用了吧……"就在这儿转个账就可以。

"有话问你。"

闻言，林斐心里打鼓。

往前走不远处就是商场，一楼有咖啡店，两人坐在靠窗的位置，林斐不想喝什么，马岩点了杯冰美式。

"这是借条。"林斐把借条拿给他。

马岩伸手要拿，被林斐按住："一手交钱一手交货。"

马岩缩回手，带着笑问她："你知不知道放高利贷是违法的？"

林斐惊呆了："谁放贷了？我这是关心弟弟，弟弟吃不上饭了借点钱怎么了？有利息吗？没有吧？"

马岩问："你是不是跟霍达他们一起放贷呢？"

林斐敲桌子："再说一遍，我没放贷！"

"行吧，那我告诉你，私人放贷不安全，你们没有辨别对方偿还能力的条件，闹不好容易滋生暴力冲突。再说了，但凡能从银行贷的谁问你们借？银行不给贷款那就是没实力还钱，这个道理不懂？"

"怎么没能力？你不是来还钱了？"

这话说完，林斐后悔了，小马家套路深啊，缺德，真缺德。

本来也是，小县城人口少，走出去互相都认识，实在还不上找他家里就是，风险不大。

马岩又说："如果我不管呢？马子超不像话，家里不会一直由着他胡闹，我不管的话，你预备怎么办？暴力催收？"

林斐被教育到低下了头，转念一想，她不乐意了，现在谁是债主？怎么搞得好像她欠马岩的钱？

"大哥，你到底还不还啊？"

马岩深深地看了林斐一眼，她眼神里有不耐烦和轻蔑。马岩一言不发，拿起手机复制她的账号转了账。

林斐把借条给他，马岩收下。

林斐说："谢谢大哥，我还有事先走了。"

"嗯。"马岩扭头看窗外。

林斐拿到钱欢天喜地地走了，她从马岩的视线里走过，再消失不见。

马岩脑子里还是她刚刚那个轻蔑的眼神。

暑假快结束，林斐舅舅一家要走了。临行前夜，林斐跟爸妈去舅舅家玩。

林妈给嫂子买了件外套，新款秋装。她和嫂子都属于高挑的身材，穿衣服一个尺码，这件衣服挺贵，孙蕊妈虽然工资高但平日节省，不会买这么贵的衣服，很是喜欢。

林斐去卧室找孙蕊，孙蕊表情不对劲，眼圈红红的，一看就哭过。

"咋了？"林斐边问边把门关上。

孙蕊跟爸妈吵架了，恋爱问题，爸妈瞧不上她的男友，对方是省城的，没正经工作，还是个孤儿。孙蕊跟他是读研的时候就在一起了，被父母逼着假装分了手私下恋爱，现在又被发现了。

孙蕊想结婚，爸妈放话除非断绝关系。

"你们怎么打算的啊？"林斐问。

"我的意思是叫他过来，开个店，我的工作又调不到省里去。"

"舅舅能同意啊？"

孙蕊又伤心得哭了起来。

客厅里四个大人也在说这事，提到不听话的女儿，孙蕊妈刚刚收到衣服的好心情都没了。

“快别说了，我都快气死了，随她去。斐斐呢？有对象了吗？”

林妈笑着说：“没有，我们这成天忙着也顾不上。”

“她也该找对象了。”

“还说呢，前年她回来有人介绍，她把人家介绍人骂了一顿，差点没把我气死。”

“唉，这些娃都是讨债鬼！”

两个母亲齐齐叹气。

舅舅问：“斐斐不打算考个工作吗？”

林爸说：“我们家这都不是考试的料，先这么混着，店里生意现在也不像以前，以后给她开个门面做点生意糊口算了。”

舅舅说：“你们这些年也挣得多，不给儿女花给谁花？斐斐好歹上了大学，考个工作没问题吧？现在你去介绍对象，没个正经工作不行，人都挑。”

林爸笑了笑，说：“那有啥办法，就这么个命。”

从舅舅家出来，爸妈要回二号路，对林斐说：“你自己回去，看着点你弟，别让他半夜出去喝酒。”

“知道了。”

林妈拉住她，说：“过完年你也二十五岁了，该考虑个人问题了。”

林斐说：“那我明天不去店里了，上街找对象去。”

“赶紧滚。”

林斐第二天还真没去店里，苏梅的婚房收拾好了，请大家去玩。

苏梅跟老公也算异地，她老公目前是村干部，周末才回城里来，两人跟周末夫妻似的。

林斐羡慕苏梅温馨的房子，但不羡慕苏梅的婚姻，她还是喜欢长相守常相见的家庭生活，自己目前的状态就有点孤单了。

她从小是和叔伯亲戚们一大家子一起生活长大的，热闹着呢，小时候也没见长辈之间有不愉快，都和和气气的。

一个院子两栋楼，光是晚饭，林斐能端着个空碗从奶奶屋里吃到三姑姑家。

现在呢？

各家都有钱了，搬离了二号路往小区里住，散落四方。就连自己家也是分散的，好几天才能凑齐人吃顿饭。搬来静江花园一年多了，却不像个家的样子。

林斐想结婚了，想有个自己的小窝，按时开饭，有人陪伴的那种。

不过林斐不好找对象，她的条件比较尴尬，家里有点钱，但又不是太有钱，比上不足比下有余说的就是她。

她刚回来那年有人给她介绍对象，没一个正常的，比如一个一无所有租房住的农村人居然敢开口要她陪嫁房和车。

林斐没那个“扶贫”的心，再说她那会儿也没有结婚的念头。

几天后，林妈跟女儿说有人介绍相亲，林斐想起以前的经历，一口回绝说自己找。

“这回这个不错，我问过了，在国税局上班，人也长得精神，你去见见。”

“精神小伙啊？不要……”

“什么不要！去见！”

马岩也被家里催，过完年他就二十七岁了，爷爷奶奶都很着急。

这天晚上，奶奶把马岩叫到床边，拉着孙子的手说：“我和你爷爷说不好哪天一觉睡下去就醒不来了，你不结婚我们总是不安心。我们要是没了，谁能替你操心成家的事？孩子，你自己有合适的对象也带回家让奶奶看看。你比别人少什么？要模样有模样，要工作有工作，怎么就找不到对象？”

马岩嘴上答应。

其实他也想成家，每天下班回来看到别人一家团聚，他就想有个自己的家。

但他工作忙，没时间交朋友，县城的社交圈子也有限。

至于介绍相亲……

他讨厌相亲，讨厌那些热心的红娘。这些人跟有病似的，把他怎么可怜怎么被抛弃的经历一遍遍地讲，完了还要说虽然他这么可怜，但他现在有什么有什么，像是在推销滞销品。

马岩在等一个人，一个让他心动的人，一个对他心动的人，一个不会觉得他虽然可怜，但条件还行可以结婚的人。

林斐相亲的对象居然是她初中同学，老同学相见，两人热情地叙了个旧，然后分头回家交差。

林斐跟妈妈说："你别介绍了，这县城里跟我同龄的不是我同学就是我朋友的同学，我自己慢慢找。"

林妈见她态度积极，只叮嘱："找个有工作的。

"有房的。

"人品好的。

"个子高的。

"不要太丑的。"

林斐愣了愣：谁找对象？

秋天来了，朋友圈第一条就是吴佩"金秋开户送好礼"的广告，林斐点了个赞但没跟她说话。有时候林斐也烦吴家，觉得吴家太过颐指气使没有礼貌。

这事林斐跟妈妈抱怨过，她想不通为什么要对吴主任那般讨好。林家商业贷记录良好，去哪个银行都能贷出来，何必求着他，搞得自己家是信用不良似的。

林妈说："话不是这么说的，不能因为你现在用不到人了就翻脸，回头有求于人了你又上哪儿找去？"

"这话我同意，但你不觉得吴主任一家姿态过高吗？"

林妈好脾气地说："没有，你姨前两天还说给你介绍对象呢。"

林斐："她找的对象舍得不给她闺女就给我？妈，就这一件事，你说她是不是瞧不起人？"

"社会就是这样，谁不想找个工作好、有前途的？我和你爸一天到晚忙得连口饭都吃不上，你也想过这日子？"

“你就是老好人，我不跟你说了。”林斐觉得自己家过得特别好。

没过几天，吴佩的妈妈给林妈打电话，态度客气地问她有没有多余的货款要存。林妈一口答应，安排林斐去开户。

林斐趁机吐槽：“妈，吴佩有我微信都不找我，让她妈出面，这就是硕士研究生吗？要我看就是个没出息的！”

“你咋这么多话！等王老板的账结了你一块去存，明天再去。”

“哦。”

第二天上午，林斐先去自动存款机把妈妈的钱存了，办完了给吴佩打电话说现在过去，吴佩说她没上班。

听到这句话，林斐的火上来了。她又不是只认识一家银行的，随便换个人，但凡亲戚朋友帮着完成业绩，哪怕就存三五万，都会热情主动当 VIP 招待。吴佩呢？姐姐不会叫？不上班不会提前说？也不问她明天有没有时间？

林斐烦死了这种事事要人伺候的大小姐。

她再没理吴佩，着急的又不是她。

从银行出来，林斐这口气还没咽下去，她给孙蕊打电话吐槽吴佩，不同往常，孙蕊一副不想说话的状态。

林斐猜测孙蕊还跟家里闹矛盾呢，见姐姐不想多说她也没纠缠，只说了句“放假早点回来”。

朋友圈里，堂妹在包饺子，林斐决定去蹭饭。

她吃完饭跟妹妹逛街买了两身衣服，吴佩来微信了，说明天一上班就给她拿好号，去了直接办不排队。林斐有心为难，但想想还是早点弄完拉倒，回了个 OK。

第二天办业务的时候，林斐一直观察吴佩，吴佩这自信和高贵难道是脖子里那个领结带来的吗？工作服使人优越吗？

跟平时一样，从头到尾，吴佩也没多客气，反而因为是熟人，职业假笑都没多少，存好钱还想给林斐买理财，林斐说回去自己看自己选。

见吴佩一副“我是专业金融人员”的表情，林斐提着包走人，牛气什么呀？家里连五十万存款都没有装什么人上人？

林斐发誓再也不跟吴家人吃饭。

月底的时候，林斐的干爷爷回来探亲了。

林斐跟这个干爷爷是每年除夕拜年的交情，她上初中以后，干爷爷全家搬去省城，很少回来。

林妈叫她买了些东西去看干爷爷，大人们自然在外面吃饭叙旧。

林斐开着林韬的二手车去，干爷爷家前几年买的新房，名苑小区，吴佩家也住那里。

刚开到小区门口，前面停了一辆越野车，林斐按了下喇叭，吴佩从车上走了下来。

林斐心想这可真晦气！

吴佩隔着车窗跟开车的说了几句话，然后笑着目送对方走。

越野车掉了个头跟林斐擦肩而过，车窗降下来，开车的人点了支烟，高鼻梁、硬下颌的侧脸，可不正是马岩同志。

“啧啧啧……物以类聚！”林斐骂了一句，心里把小马警察那点颜值分扣了个干干净净！

你俩结婚去吧！天造地设的一对讨厌鬼！

林斐开车进去追上吴佩，降下车窗跟她打招呼：“佩佩，你对象啊？”

吴佩难得娇羞脸红，却也没否认。

林斐笑了：“般配般配，喝喜酒叫我啊。”

吴佩问：“你怎么来这儿了？”

“来看个人。”

“哦。”

林斐去干爷爷家坐了一会儿就走了。

吴佩最近才认识的马岩，她觉得马岩很帅，又是警察，职业本身带着性感。

在这个小县城想找个这种品质的帅哥不容易。

因为马岩是他们支行的客户，最近银行有很好的礼品，吴佩特意留了一个最贵的按摩仪。马岩想着给奶奶用就今天过来拿了，吴佩顺便主动提起蹭车，他答应得很爽快。

主动好像不是特别难，吴佩决定再试一次。

她给马岩发微信：【谢谢你送我回来。】

马岩过了半小时才回：【别放心上。】

吴佩鼓起勇气发了一条邀请：【你们工作很忙吧？休息的时候一起吃饭啊。】

马岩又过了很久才回：【很忙。】

吴佩没办法了，拉不下脸了。

林斐跟姐妹们一起玩，和点点说马岩口味独特，要跟公主结婚了。

点点听到之后心里很是安慰，难怪看不上她姐，不够公主。

林斐讨厌吴佩也不止这些，吴佩这个人你说她内向羞涩吧，次次在外面吃饭的时候她又殷勤得不得了，一顿饭下来就她忙着满桌子给大人布菜。为了夸奖她的孝顺懂事，哪次饭桌上林斐不被爸妈说没出息？就连孙蕊都要被牵连着骂一顿。除了孙蕊，舅妈和妈妈还要说咱们家的孩子都没出息……

每回吃完饭林斐都要和孙蕊吐槽勤快的吴佩，她可太有出息了。

林斐恨不得这辈子都不再见吴佩，但她又想到吴佩要和马岩结婚这件事，婚后借着老公那张帅脸，吴佩只怕要把下巴翘到天上去！说不定还天天在朋友圈秀恩爱。

她突然觉得心里堵得慌。

十一月中旬，马子超把钱全部还给了马岩，马岩不免起疑，这么短时间，他哪儿弄来的钱？

马岩问马子超怎么回事，他嬉皮笑脸地说是问哥们儿借的。

这话马岩就听不懂了：“我又没问你要钱，你急什么？”

“胖子跟我关系好着呢，老欠着你的钱我心里不踏实……哥，你别误会啊，亲肯定是咱们兄弟亲。”

闻言，马岩但笑不语。

周三局里开会，县里前年年底一个大工程烂尾，给全县经济造成了不小的影响。这两年银行贷款都收紧了，老百姓弄不到钱，正是高利贷钻空子的时候，局里安排严厉打击高利贷，算是接下来的重点工作。

马岩立刻想到马子超。

就他知道的，马子超有三个铁哥们儿，林韬、霍达，还有个外号叫胖子的。这三个人他都没有联系方式，马岩想着小孩子心性敏感，没弄清楚之前不好贸然怀疑，只好侧面打听。

这天交班之后，马岩开车路过二号路，他停在了林斐家的钢筋店对面。

他坐在车里准备给林斐打电话，扭头看到她在对面二楼的走廊站着，端着个碗半个身子都探出来了，正仰头跟楼上的人喊话。

马岩打电话过去，林斐接了，然后看向他的车。

“你弟在家吗？我问个事。”马岩说。

“在呢，等我给你叫。”

“谢谢。”

“你不会是来抓他的吧？他怎么了？”

“私事找他帮忙。”

“呵呵。”

林斐就不信林韬还有帮警察忙的时候，她便跟着出去见马岩。

三个人在他车上说话。

马岩问：“马子超最近怎么又有钱了？哪儿来的？”

林韬说：“胖子给借的啊，怎么了哥？”

林斐看了林韬一眼，心想：你倒是人精。

马岩说：“据我所知，那个叫胖子的，家里也就开了个饭馆，他自己还没工作，哪来的钱？”

林韬说："哥，这你就不懂行了，你知道卖吃食多赚钱？反正比我们卖钢筋能赚。我一个朋友在夜市卖小吃，一晚上赚几千，过年的时候一天能挣一两万，你能想得通？你知道咱老家人民多能吃？比如我姐，羊肉串一个人随随便便能吃两百块钱的。"

林斐瞪着他："你有毛病啊？"

马岩看了林斐一眼，笑了出来："行，我就问问，怕他走歪路，别跟他说。"

"行，关心弟弟嘛，我懂。还有事吗，哥？"

"没了。"

"那我先回去了？"

林韬开车门走了，林斐没走。

马岩问："你还有话说？"

林斐反问："你什么意思？为什么来问我弟？"

"我说了，怕小孩子瞎搞出事，关心而已。"

"出啥事？"

"比如做一些来快钱的行当，违法那种。"

"哪种？"

"那可多了去了。"

"行吧，不管哪种，林韬不可能参与，他的兜比脸还干净。"

马岩笑了："你这么急着把你弟撇清？"

林斐尴尬，反问："哥，有没有人说过你是聊天杀手？话题终结者？"

"没有。"马岩老老实实地摇头。

"行吧。我也走了，您慢走。"

"加个微信，有事常联系。"

"呵呵，我没事跟警察联系？我又不是职业犯罪分子！"

"你不犯罪怕什么警察？"

林斐呵呵着给他比赞："话题终结者！"

马岩没说话，拿出手机操作着发送了好友申请。

林斐通过。

进了院子，林斐直接奔往二楼。林韬的卧室就在她隔壁，她一脚踹开门，拧着他耳朵让他交代。

林韬愤怒："交代啥？"

"他是警察，每一句话都有深意！"

"警匪片看多了吧你！"

"你赶紧说，马子超在搞什么名堂？"

见林韬探头看了眼门外，林斐把门关上，姐弟俩坐着说话。

林韬说："你知道的，霍达那小子，有房有车有信用卡，但是他老子不给现钱，所以他想搞点钱花。马子超跟他一起弄这个呢。"

"我上回的钱？"

"不是，霍达仗着他老子有钱，起先他分头问大家借钱，三分利一年期起，借得都不多，三十五十万的，谁会怀疑他还不起这点钱？他再把这些钱加点利放短期，无本生意。"

"奸贼……"

"马子超的钱哪儿来的？有人还上了呗，好多人跟着他弄。"

"你呢？"

"你和我开玩笑呢？爸给我钱了吗？"

林斐叮嘱弟弟："你少跟霍达来往。"

"我知道。说到钱，姐，借点钱过个年？"

"再见。"

林斐还是不放心，过了几天遇到林韬的女朋友百灵，向她打听。林韬这个女朋友立刻把里间喝酒的林韬的手机拿出来给姐姐看，林斐看了他的聊天往来，放心了。

纠结了两天，林斐决定发个善心，把马子超这事告诉马岩。

霍达跟这些弟弟都不一样，就不是一个层次的富二代，他爸做房地产的，家里人脉广着呢，出点事也不怕的。林韬这些人就不一样了，说到底都还是父母的小生意，实在算不上有钱，势力人脉更不用说，且看林家还巴结一个小小的银行主任就知道了。

马岩很感激林斐告诉他这事。

周末，马岩请舅舅吃饭说了这事，意思是让他管着点小超。舅舅只说知道了，看那样子并没有太当回事。马岩只好把放贷的风险讲了一遍。

马岩的舅舅回去后问马子超咋回事。马子超知道是马岩告状心里很是不爽，但目前他得先安抚老爸。他跟父亲详细说了他们这个生意多赚钱，马子超爸爸竟然没阻止，还追加了一笔，其实看的也是霍家的实力。

马子超的爸爸本来就是没什么文化的，发家都靠投机取巧，再加上他是上门女婿，儿子都跟妻子姓，一辈子窝囊憋屈，总想干点大事。听了儿子一番讲解，他当下只觉得儿子有魄力。

马子超得到父亲的支持之后去找马岩，鼻子不是鼻子眼睛不是眼睛地给哥哥上话。

霍达说了，这不违法，他们一没有强迫诱导，二没有暴力催收，利息也没有太夸张，只能算愿打愿挨，真要有人去起诉，法院也得判本息还款，他们不会亏。再说了，但凡来借钱的，都是有生意在手的，弄不到钱才来找霍达，真为这点钱把霍达告了，也别想在这城里混了。

马岩知道劝是没用了，警告他："出了事别怪我不管你。"

马子超鄙夷地笑着说："那就请哥看看我爸妈从小怎么把你当儿子的呗。"

马岩一个字都说不出来，默默握紧了拳头。

后来马岩又见了一次舅舅，看到他纵容的态度，马岩不再多言。

很快要过年了。

林斐的舅舅年跟前才回来，听说孙蕊在相亲，发展得不错，明年可能就结婚了。

对方是孙蕊的高中同学，追过她，在规划局上班，家里条件也可以。

林斐没忍住问孙蕊咋回事。

孙蕊说：“发现前男友出轨我就死心了。结婚嘛，找个条件合适的过日子就行，爱不爱的并不重要。”

林斐觉得也不是没道理。

林斐听说霍达的老子准备给儿子开个贷款公司正式搞这事，她不太懂金融，但要是能开起公司，至少是合规生意吧。也许是霍达他爸觉得儿子小打小闹上不得台面？

总之，林斐还是把这个消息告知了马岩。

马岩收到她微信的时候心情很复杂，这段时间想起舅舅和弟弟对他的态度他就难受，说不出的难受，亏欠人的确不好受，他的关心是毫无价值的。

此刻收到林斐的信息，在马岩看来就是关心，能体会他对家人的心意。

亲人不见得在意的那点好意，倒是不相干的林斐惦记着，马岩觉得生活讽刺，同时又对林斐产生了更多情绪。

他约林斐一起吃饭，说感谢她。

林斐拒绝，她已经发过誓不和吴佩吃饭了，吴佩的未来伴侣也不行。

马岩只当她忙，说：【看你时间，你什么时候有空再说。】

林斐说：【太客气了，我也没做什么，不用感谢。你们当警察的平时都忙，过年了就好好陪对象吧。】

马岩一头雾水：【什么对象？谁有对象？】

林斐答：【吴佩，你俩不是在谈对象吗？】

马岩隔了一分钟才回答，这一分钟他搜索了通讯录和微信好友，找到了吴佩的微信并看了聊天记录才想起了这个人。

他回复：【呵呵，没有的事。】

这个“呵呵”很妙，林斐瞧来瞧去觉得这个“呵呵”是鄙视吴佩的意思。

在这个县城，只要有人近距离接触过吴佩之后发自内心地鄙视她，那这个人就是她林斐的好朋友！

林斐对小马警官的印象分即刻触底反弹！

第二章
择偶标准是顾家

人生不如意十之八九，林斐发了誓却还是被老妈拉着去和吴家人吃饭，过年了嘛，要聚一聚的。

去新开的一家吃地锅鸡的店，为了防止吴佩恶心人，林斐先下手为强，站起来给四个大人一人夹了一块鸡肉。

“今天懂事了，跟着你姐姐……”林妈笑起来，“你看我这脑子，心里想的是妹妹却说成姐姐，跟着妹妹学会礼貌了。”

“呵呵。”林斐皮笑肉不笑地把老妈碗里的鸡腿夹走自己吃。

这两家聚在一起没啥好聊的，不过是闲话家常。

吴主任问林斐，语气跟首长问话似的：“小斐，新年有什么计划啊？事业、个人生活都得有想法啊。”

林斐笑盈盈地看着他，说：“混日子。”

林爸说：“你还知道自己混日子呢？”

吴主任又当好人：“小斐还是很不错的，接班你们的生意没问题，比小韬怕要强点。”

“是，林韬还小，林斐到底是女孩子又是姐姐，做事细心一些。”林妈说。

“不考虑考个工作吗？”吴主任问。

又来了……林斐无语。

吴佩适时插嘴：“现在单位都是研究生起步报名，就算是应届本科也看学校水平，一般都是 985 或 211 优先，民办院校也比较困难，可以先考研究生提高下学历。我们单位一个同事上班嫌累，去年读研去了。”

林斐内心狂翻白眼：说个三本烫你嘴啊？还民办院校呢！你家官办的，你爸办的！

她说："没兴趣。"

吴佩说："现在好点的单位要求都高。"

林斐莞尔一笑，回道："那就把好单位留给研究生们，别白读了几年书浪费光阴。"

林妈瞪了她一眼。

吴佩的妈妈问："小斐有对象了吗？"

林妈说："没有，过完年要正式考虑这事了，她年纪不小了。佩佩也该考虑个人问题了吧，她工作好，好找对象。"

林斐看向吴佩，吴佩神情紧张，像是怕她说出什么似的，她啥也没说。

她出去洗手，几分钟时间，再回来，吴佩又在给大家表演斟茶。

林斐都惊呆了，饭馆里的大麦茶有啥好讲究的？壶提起来倒进杯子里就行了，倒出去算你智障，除此之外还有啥门道？搞笑呢？

受不了，林斐太想跟孙蕊吐槽了，但孙蕊近期处于消极状态，沉默寡言不爱聊天。林斐憋得要死，没吃饱就走了。

出来后林斐沿着街道走，入冬了，夜风刮起来有点狠，林斐紧了紧大衣站在路边等出租车。等了半分钟，一辆眼熟的越野车停在她面前。

马岩招呼她："去哪儿？送你？"

林斐发着抖坐上副驾驶，半天没说出话。

"吃饭了吗？"马岩问。

"吃了，"林斐说，"没吃饱。"

"那正好，相请不如偶遇，一起吧。"

"行。"

两人商量了一下，还是去吃面。

林斐是真没吃饱，吃炒菜她很少能吃饱，跟吴家吃她就更没胃口了。

一顿饭也就吃了几块鸡肉几口配菜。

他们去了就近的排骨手工面馆，林斐点了个小碗，加了份凉拌牛肉。马岩点了大碗，加了个荷包蛋以及蒸排骨和青菜。

“这算请你吃饭吗？是不是没有诚意？”

“还行，我爱吃面。”

面条上了，喝一口汤，吃一块入口即化的肉，再吸溜一筷子劲道爽滑的面条，林斐感觉自己又活了。

“哎，你跟吴佩咋回事？”

听完马岩跟她说他和吴佩那点简单的交情，林斐大失所望：“完了？”

“不然呢？”

“你觉得吴佩怎么样？”

马岩误会，以为林斐要当红娘，不负责任地说了句：“不怎么样。”

林斐乐了，这可真是知音难觅了。

“具体怎么不怎么样，请你大胆说出来。”

马岩看着林斐兴奋的表情，悟了，他说：“你俩有仇？我跟吴佩不熟的，就见过两次，一次还是办业务。”

林斐的吐槽欲瞬间被遏制，说：“那你去了解了解再来跟我聊。”

马岩笑了：“我也别费事了，要不你跟我说说算了？”

林斐想说，张不开嘴，对面这人似乎有一种扼杀说闲话乐趣的能力，她突然就不想吐槽吴佩了。

“算了算了，没啥好说的。”

“你们很熟？”

“爸妈之间熟。”

“哦。”

气氛一时沉默，马岩想起林斐说他是聊天杀手，于是想找点话题，想来想去，问了句：“你在哪儿上的大学？毕业怎么没留在外面工作？”

林斐吃面的动作顿住一秒，吸溜进去吞咽下。她抽了张纸巾擦擦嘴，语气不善地说：“真是没想到，本人的工作牵动着全县乡亲们的心！”

马岩愕然，弱弱地问：“有人……烦过你了？”

林斐暴躁，拿包起身：“走了，你请客吧！”

她说走就走，马岩不知所措。

他本是好意，聊天嘛，这还算安全话题吧？谁知道点了炸药了……

马岩有点颓败地买了单，走出店门，见林斐站在路边。

“好人做到底，让我蹭个车吧。”

“走。”

林斐出门后被冷风吹了一下冷静了，觉得自己过分了，路上她主动攀谈：“马子超咋样了？还跟霍达混呢？”

这回换马岩黑了脸。

可能就是没法愉快交谈的两个人吧……林斐心想。

这么一打岔，她忘了交代自己回静江花园，马岩直接将她送到二号路了。

林斐懒得折腾，决定住这里。

她的房子没取暖器，小太阳开了半小时还是冷，林斐洗漱完穿着厚睡衣去奶奶屋子。奶奶那屋是个套间，客厅有烧煤炭的炉子，屋里暖和着呢。她爬上床奶奶就醒了，祖孙俩紧紧挨着入睡。

要过年了，舅舅一家回来了。

林妈提前一天请了个人去舅舅家帮忙打扫，方便哥哥嫂子回来住。

腊月二十九那天，林斐和妈妈去舅舅家做好了饭等他们回家。

这次相聚，话题中心当然是孙蕊的对象。舅妈说年后那孩子过来见亲戚。

林妈很高兴，说：“等蕊蕊婚礼办完借借喜气，希望我们家斐斐也找一个好对象。”

“迟早的事，斐斐长得好，人又能干，不愁找不到好的。”

吃完饭林斐和孙蕊去逛街，孙蕊这才详细告诉林斐，她是登录前男友QQ看到了聊天记录才发现他出轨的。虽然只有一次，前男友认错态度也很好，但孙蕊不能接受。

林斐问：“所以你要收了心向前看。王泽对你好吗？”

“挺好的，很……脾气很好很有耐心的一个人，回头你见了就知道。”

林斐笑了：“那我可得好好敲诈未来姐夫，正好看中一件皮草，不贵，

9999 元。”

“这话说得好像我看不起妹夫一样。”

“这就维护上啦？还是不是姐妹了？”

“哈哈，没有没有。”

晚上，林斐跟朋友打麻将，点点抱怨说自己破产了：“我给我爸买了一箱烟，一万多没了。你说我这起早贪黑去门市给人家擦桌子摆货柜的，到年尾怎么连点钱都攒不下呢？”

点点是烟草公司的。

点点叹气：“我怎么就不是个富二代？昨天我看霍达发的朋友圈，全家去国外的海边过年，真潇洒，我活这么大还没办过护照呢！”

林斐好奇，要来手机翻霍达的朋友圈。他最近几天的图全是 Logo 展示会，随便几张就是她们这桌人加一起过年的钱，人比人得气死啊！

另一个朋友陈喃说：“咱们为了挣点钱累死累活，人家霍达嫌钱多，时兴外国人做派，过节不谈工作。你们知道吧？他搞公司，我小姨想跟他投一笔，霍达就一句话，过完年再说不着急。”

林斐听到这话再想想霍达的朋友圈，多多少少有点心动。

年三十这天，林斐睡到十点起来，家里冷冷清清的，爸妈不在。见林韬衣服都没换在沙发上睡着，林斐走过去一脚踹醒他。

林韬哼哼着坐起来，头昏脑涨，不满地说：“这家里还有人关心我吗？不知道叫我回去睡？都冻感冒了！”

林斐喝了口水：“没有。”

姐弟俩收拾好开车去二号路，小院热闹得很。

林斐一路打招呼拜年，又去厨房拿了些刚炸出锅的肉丸和一碗羊肉粉丝汤当早饭。

家里人口多，中午做了十八个菜两个汤，饭后大人们自动分成几桌打麻将。林斐被指派去洗碗，她悬赏二百块召唤弟弟妹妹，孩子们一哄而上抢着去干了。

二叔见状笑着说："斐斐明年找个对象成家就该发压岁钱了。"

"好的，为了您这句话我也得当老姑娘！"

众人哄笑。

二叔说："你找个对象我给你报销压岁钱。"

"听着像划算买卖。"

"哈哈哈！"

马岩今天还在上班，早起在家吃了碗面就出门了，忙了一天。同事时不时接到家里电话关心，还有亲自来送饭的，马岩无人问津，抢着出警。

其实他爷爷家也聚集了好多人，马岩舅舅也去看望老人拜年了，午饭做好，奶奶留了马岩舅舅吃饭。

"不吃了，我们吃过了来的。"

奶奶劝道："过年就是这样，走到哪儿吃到哪儿。"

马子超有事找过来，正好被逮到打发去给哥哥送饭。马子超提着饭直接去了酒吧给朋友吃了，回来问起也不怕，派出所忙着呢，找不到人，饭盒放在那儿不知道被谁拿走或扔了实属正常。

忙到晚上八点多，马岩终于下班了。他开车往回走，不知不觉拐去了二号路，停在那处院子前，大门口张贴着春联挂着灯笼，三层小楼张灯结彩，走廊上不时有人跑来跑去，孩子们在打闹，笑声街对面都能听见。

鬼使神差地，他下车走了过去。

林家院子临街，是没大门的，平时进出搬运钢筋也不方便修大门，现在倒是安装了一个简易的铁门，锁着呢。

马岩站在门外，正对门口的两个房门都开着，隐约能看到里边冒白雾的空气和人影，搓麻将的声音很清晰。

"谁啊？"

突然有人喊了声。

正是林斐，她在楼上就看到有人过来，却不进来，想着是不是哪个来串门的亲戚街坊进不来。

林斐下楼去开门，路过二楼厨房，小姑姑刚好盛出一大盘凉拌牛肉，小姑姑顺手连着筷子一起给林斐，让她拿给喝酒的人。

林斐一边吃肉，一边去开门，等她走近了才看清马岩那身警服。

“你怎么来了？”

马岩在林斐走过来的这半分钟里思考借口，说是来找林韬问话？大过年的不太好。实话实说？显得他有病……

林斐开了铁门走到马岩面前，她吃了一口牛肉，等待他回答。

马岩说：“路过来看看。”

“看啥？”

“你们院里挺热闹，看有没有打架斗殴。”

林斐忍着想袭警的冲动问：“你才下班啊？”

“嗯。”

林斐感叹：“你们这工作太不人道了。”

“没办法。”

林斐微微一笑：“说错了，警察叔叔为人民服务，伟大又光荣！”

马岩笑了。

“你还没吃饭吧？”

“没，回去再吃，今晚都没有开门的。”

“那当然了。”林斐一脚踩到旁边的台阶上蹲下，边吃边问，“今天闹事的多吗？都喝酒，是不是比平时忙？”

马岩看她那拉家常的样子实在好笑，他过去坐在她旁边。

林斐热情地递筷子，马岩也没矫情，吃了一口牛肉，味道还真不错。

“多，刚处理完一个。”

林斐侧身面向他，又吃了一口后，直接把盘子整个递给他，八卦地问：“啥情况？”

马岩接过盘子边吃边说：“讨债的，大过年住别人家里赖吃赖喝不走，那家丈夫还没回来，就一对母子，孩子才六岁大，妈妈没办法了，报了警。”

“真缺德，给人家孤儿寡母吓出个好歹！这种事咋处理啊？”

“来的都是十六七岁的孩子，倒也没闹事，就是要拿钱，我也只能教育。”

“咋教育？”林斐不知从哪儿掏出一瓶杏仁露，她拉开拉环，仰头，离着嘴巴一点距离往里倒了一口。嘴角漏下来一行，林斐用手背抹掉，真正绿林好汉大口喝酒大口吃肉的做派。

她还很讲义气，那样喝一口就为了把剩下的给马岩。

马岩接过来，觉得很温暖。

他说：“吃了人家一锅饺子，按市场价格，十二个饺子支付十块钱。”

“哈哈哈，你好狠！”林斐笑得差点跌倒。

“林斐！人呢？”里边儿有人叫。

马岩要告辞，林斐又掏出纸巾给他，两人道别。

小姑姑出来刚好看见马岩开车走，她问林斐：“谁啊？除夕来找你，咋不进屋？对象吗？”

林斐转身，看到马岩绝尘而去的车屁股。

马岩帅气的形象在林斐眼前晃，她笑了笑，说是一个朋友。

小马同志当男朋友还是很有面子的，老公就算了，工作太忙，除夕夜还加班到现在，真要结了婚，逢年过节家庭聚会的时候孤零零的，多可怜。

马岩带着温热的杏仁露回家，开到巷子口，各家孩子们在街上玩闹追逐，他一路喇叭按过去缓缓前行，每家大门都开着，灯火通明，欢声笑语不断。

他家门口也有红灯笼和春联，推开大门，屋里的奶奶听到动静问是不是他，马岩应了一声。

“把门锁好。”奶奶说。

马岩锁上大门进屋，奶奶披着衣服出来了，要去厨房给他热饭菜。

马岩拦着：“我自己弄，你快进屋，别感冒了。”

“我看着你吃，晚饭没吃吧？小超给你送饭了吗？我给你装得多，但你那儿也没有炉灶，晚上都凉透了吧？”

马岩看了奶奶一眼，说：“送了，我吃了，饭盒忘带回来了。”

“没事。咋喝起这个了？”奶奶看到他手里的杏仁露，“你爱喝啊？正好你舅拿来一箱，都给你喝。”

热饭，吃饭，又陪着爷爷奶奶看了会儿电视，老人要睡了，马岩关了电视出去，再次确认大门锁好了。他进到后院，院里也挂了灯笼，却一丝过节的气氛都没有。

整条街的热闹喜气被这个院子隔绝在门外，他落寞地回了房间，一室冷清，还好床铺是暖和的。

十二点，马岩收到林斐群发的拜年微信。他扭头看到床头空着的杏仁露，包装上许晴笑出了甜美的酒窝，他想到林斐的笑。

他发了个金额不大的拜年红包，林斐礼尚往来，却比他多十几块。

【新年快乐。】

【新年快乐。】

马岩盯着这句对话愣神，也不知年复一年，快乐到底在哪儿?

他洗了澡睡觉，梦里出现了林斐。

这一觉睡到早上五点，马岩从梦里醒来，脑子却没从梦境里抽离。

林斐家一年到头也就过年歇半个月，这还得看中间有没有人来拉货。

初八早上，周边乡里的一个客户打来电话说进城了，问他们开门没有，林斐吃了饭便开车去二号路。

这天马岩休息，值班的同事在群里诉苦。

队长家的嫂子最善良，见孩子们大过年熬夜值班吃不上一口热乎的，大清早炖了一大锅羊棒骨萝卜汤送来，还有一大袋刚蒸好的大馅包子，所里闲着的同事们在休息室聚餐，吆喝大家过去。

马岩在家里正没事做，住得离他近的王胜男叫他一起去，顺便蹭他车。

“怎么走二号路啊？绕远了！我的羊棒骨都没了！”王胜男说。

马岩笑了笑：“早没了，能给你留口汤就不错了。”

王胜男划拉手机群聊：“哎哎哎，有火锅，老王上次弄的锅，哈哈！”

路过林斐家，马岩远远就瞧见她站在路边看人扯钢筋。马岩向前开了一小段，在路边停下。

“你开过去吧，我有事。”

王胜男高兴得不得了：“放心吧，您慢慢办事，车给我您放心！”

马岩走到门口时，林斐刚从院子里出来，猛然看到他惊了一下：“你怎么老是突然出现在我家门口？下回把你当偷钢筋的打一顿。”

马岩问：“有人偷过？”

林斐指了指身后的铁门：“不然装门干啥？你这是去哪儿？”

马岩摸摸鼻子，说：“今天不上班，瞎逛。”

“你真行，没事上这儿逛。”她招呼搬钢筋的小伙，“够了吧？螺纹的这里还有两个。”

几个人进院，马岩打量了一圈，问：“就你自己？”

“嗯，今天不开门，装完这车就完事。”

“帮忙的人呢？”

“回家过年了。”

林斐说着话，打开切割机让客人自己弄，这都是老客户，熟，平时他们忙客户也都自己动手了，可惜今天来的是客户的儿子，有点怕机器。

林斐笑了：“看见那个口子没？那么点大就够一根钢筋进去，你倒是想把你的大腿塞进去切一下，塞得进吗？”

小伙子脸上一阵臊，说：“你卖这个的还不给我们切？”

林斐只得设置好，拖着钢筋进机器。马岩一看这也没能帮上忙的，就在旁边看着。

切割机轰隆隆响，三个男人站着不说话。

林斐扯着嗓子说风凉话：“这有啥害怕的？出息吧，你爹都自己弄。”

切完了，林斐让他们自己装车。

俩小伙子刚挨完数落，再也不好意思让一个女孩子干活，老老实实地搬运钢筋。

林斐走到窗台边拿起茶缸子喝了一口水，招呼马岩：“坐，喝茶吗？”

“喝。”

“你倒不客气，你看我忙得，自己倒去。”

马岩进了她说的那间屋子，里边就一张老板桌、一组沙发、一张茶几。茶几上有两个热水壶，茶叶两罐，冰糖一盒，一次性杯子若干。

套了两个杯子倒了杯茶，马岩出来，见林斐又在骂人。

“哎，这就对了，年轻大小伙子没点力气怎么行，我一个女孩子都能抱起十几根，你看你们那吃力劲！还怎么指望你们建设家乡？

“过年肉吃多了得体现在力气上，不要光长肥膘。

“早弄完早回家吃饭，干活磨磨叽叽的，你要是我儿子我早踢你了！”

被骂的那两个小伙子气得咬牙切齿，较着劲搬货。

装好了车，林斐又有话说：“瞧瞧你们那放的，车一开动满车滚，不危险啊？”

开车的终于忍不住爆发了：“你别吵了！烦死了！我自己知道！”

“你知道个屁，牙长的娃娃还不听教，回头跟你老子告一状！”

“烦死人！赶紧走，下次不来了！”

“不来我追到你们村把你家房拆了！”

……

马岩就那么看着林斐，心想这位老板可真会维护客户。

忙完了，林斐去仓库，地下两层空间，阴冷得很。她今天来穿的是一件太空银的羽绒服，怕弄脏就脱了，刚刚一直干活还不觉得冷，进仓库转了一圈，出来就打喷嚏了。

马岩不赞同地看着她单薄的卫衣，问：“衣服呢？”

“里边儿。”

林斐进屋，老妈来电话叫她：“你舅舅来了，赶紧回来，你姐也在。”

林斐还没发话，对面传来孙蕊的声音：“姑，别叫了，我就在家吃。”

林斐气不打一处来，说：“我不回来了。”

挂了电话，她坐着生闷气。

马岩问："怎么了？"

"烦死了。"

"为什么？"

林斐挠挠头，问："吃了吗？一起？"

"好。"

林斐去卫生间洗脸洗手，出来后她拿了条干毛巾甩身上沾的灰尘、碎屑，收拾好开车带着马岩去找吃的。

初八到处都开门了，两人沿着二号路下去，路边一排饭店。

"火锅？"她问。

"行。"

饭点，客满了。

林斐今天就想吃口辣的，拿了号等。排队的人太多了，都是些拿了压岁钱的孩子，叽叽喳喳的，林斐见太阳好，跟马岩去马路对面。

这边挨着河，江边修了长长的公园，这会儿河滩上还有不少放风筝的孩子。两人走到离火锅店近点的地方坐着，太阳热烘烘地照在身上，林斐心情畅快了一点。

"你为什么烦？"马岩问。

"小事，跟我姐吵架来着。"

"哦，为什么吵？"

林斐叹气。

这事还得从几天前说起。

那天全家人去乡下上坟，他们的车刚进村子，家家户户都知道人来了，乡亲们开始生火做饭，一路走上去，谁家都要招呼一句中午来家吃，林斐真喜欢这种朴实的亲热。

孙家算是乡里顶有出息的了，大儿子孙大志现在是副县级领导，老婆是老师，生的女儿孙蕊研究生毕业也当老师，正经编制；二姑娘孙小芳虽然没啥学历，嫁得也一般，但两口子勤劳能干，这些年跑运输开饭馆开宾馆卖钢筋，赚了大钱，是村里唯一开得起奥迪的。

乡亲们倒也没什么大的地方求着孙家的，不过是家里孩子出来打工帮着找找房子介绍下活儿，多的还是农村人的热情善良本质。

祭拜完，他们去隔壁大爷家吃饭，婶子早就做好了汤，只等他们来煮面条。

饭菜是很简单的汤面，大锅起灶，猪油烧热后爆香葱花，再撒一把辣椒面，土豆、豆角、萝卜切成丁炒一炒，热水倒进去煮开，木耳丝、黄花菜下进去，起锅前倒一大碗蛋液煮开就得。

面条则是最便宜的挂面，再烧口锅蒸几碗农村人做的扣肉，都是肥得流油的肉片，吃着却不腻。

农村人家里没有小碗，吃面招待客人都是大碗，一只手端不住的那种，不论男女老少，都是满满一碗，你端过来得先沿着碗沿儿嘬一口汤，不然就得洒一手。

林斐最爱这碗面，缠着婶子给她在猪油罐子里挑臊子，婶子干脆给她蒸了一碗。

另一边，孙蕊母女一个劲在说少来点少来点。

吃饭就在院子里，一张小饭桌，几把自己扎的木头凳子。林斐和爸爸、孙蕊挨着坐，林斐夹了一片扣肉满口吞。

孙蕊来了句："你也不嫌肥，我看着都够够的了。"

林斐翻了个白眼，说："嗯，你自己身上肥肉也不少。"

"滚蛋！"

才吃一口，孙蕊又要给林斐分面条。分就分吧，林斐也不嫌弃，只是自己碗里面还多，放不下，她便说："你先吃着。"

孙蕊偏不，夹起一小筷子面条硬给她堆在碗里。

"没了？"林斐问。

"嗯。"

林斐无语，一碗面剩半碗那叫吃不完，半碗面剩一口这叫找事！

林斐瞬间想起好多，舅舅家回来的时候林妈经常买了早点送他家去，中午也就在那儿做饭吃。好几次林斐跟孙蕊一起吃早点，林妈大老远买的凉皮，孙蕊就是能挑出一筷子说吃不下，也就三两根。

“你这胃真奇特，就多余三根面条。”林斐阴阳怪气地说。

孙蕊生气了，端着碗走了。

那天回来之后孙蕊就不理林斐了。

不理就不理，林斐又不缺朋友，她的地盘她还能寂寞？

就不爱惯着小姐脾气。

谁是大胃王呢？都不是下地干活的农民了，消耗和饭量真跟不上。别说林斐，就是林爸，那天吃了一碗面回家后都撑得不行，睡前还来了一片吗丁啉，林斐也是撑得半夜都没睡着。

挂面又有啥美味的呢？那么一大碗吃到最后都泡软了，林斐这种酷爱劲道手工面的人最不爱吃软塌塌的挂面，不还是吃完了？她不想剩一两口吗？

那就不能剩，乡亲们这点心意还能把你撑死了？怎么就那么矫情？

林斐不喜欢，也不掩饰情绪。

马岩还等着林斐说缘由呢，林斐却没这想法，自家姐妹间的事就不跟外人说了。实际上林斐真不是个爱嚼舌根背后说人闲话的人，当然，个别人除外，比如吴佩。

见林斐不想说，马岩也没追问。两人晒了会儿太阳，快睡着的时候，店里来电话说可以过去了。

两个肉食动物点了不少，马岩跟林斐吃了两次饭，感受是跟她吃饭挺痛快。

他们吃完出来，好死不死碰到了吴佩和她的朋友。

如果说平时吴佩只是心里瞧不起林斐，此刻就是当面瞧不起，还顺带用眼神鄙视马岩。

林斐心想：这可真巧了！我也是这样看待你和你朋友的！

于是她毫不回避地鄙视吴佩和吴佩的朋友。

互相鄙视完，吴佩跟朋友转身走在前面。

林斐听到吴佩的朋友说：“到处都是人，烦死了，这破县城连个星巴克都没有，等我毕业我可不回来了。”

林斐心想：啧啧啧，看把你能得，家乡还放不下你个兔崽子了！

马岩不知道林斐的内心戏，问道：“去哪儿？”

林斐看了他一眼，超大声且阴阳怪气地说：“喝咖啡去——”

马岩有点蒙。

到了咖啡店，林斐却不喝，说她过敏。

马岩昨晚没睡好，点了杯美式提精神。

这家店临街，从窗户看出去能看到不远处的一个小区，林斐看上了那个小区。

马岩说：“应该还有空房。”

“你咋知道？你住这里？”

“嗯，去年买的，没住过，我跟我爷爷奶奶住。”

“哦，应该的，老人家就是不爱住楼房，我奶奶也是，也就过年能接过去，住两天就嚷嚷着要回家，不知道的还以为家里藏着金元宝。”

“是的。”

“你买的多少钱？装修多少？”林斐仔细打听。

“不到五十万，精装房，就差家具，等以后住人再买。”

又没话聊了，咖啡快喝完，林斐逐渐无聊，正想着喝完咖啡她找人打牌去。

马岩突然问：“想去看看房吗？”

“行啊。”

林斐还挺想白天去看看的，看隔音条件如何。

走着去也就十分钟。

马岩的房子在里边一栋，六楼，三室两厅两卫，按说是在闹市，但隔音是真不错。

“不好意思，我看房就看隔音，哈哈，切钢筋切害怕了。”

闻言，马岩笑了笑。

林斐在屋里转，感叹布局真好，朝向也好，大冬天的采光明亮，在阳台上晒太阳很舒服。

“这房划算，难怪当时一抢而空。你这就买点家具，十几万就能装得很好。”

马岩走近她身边，问：“你要买房？打算结婚吗？”

林斐笑了，说：“结婚我得找个有房的吧，我个人其实没必要买房，我一年四季在店里住，再好的房买来我也没时间住。”

“你找对象要求就是有房？别的呢？”

“你这是要给我介绍？”

马岩说：“说说看。”

林斐想了想，说：“我要求不高，普通人就行。首先身高至少一米八，胖子不要，干瘦的也不要，病歪歪的更不要，皮肤差的不要，满脸痘痘粉刺的那不行，油性皮肤不要，头发油的更不要，枕巾床单都不能用浅色。牙齿黄的不要，爱留长指甲的不要，指甲缝不干净的不要，还有啥我想想……”

马岩笑出声：“这还叫没要求？”

林斐本来也是胡诌，这会儿转头看到小马帅哥在阳光下笑得那么好看，她心尖痒痒，戏说：“就以你的外形为标杆向上找吧，上不封顶。”

见马岩突然不笑了，林斐觉得尴尬，心想：这人不是不经逗吧？

结果他说：“城里就这么多人口，你单身我也单身，说不定哪天还真就被凑到一起相亲。”

林斐说：“未必。”

“怎么说？”

林斐叹气：“在介绍人眼里，我呢就是空有美貌和万贯家财却配不上有编制的男青年哪！”

“是吗？那介绍人是挺没谱的。”

林斐认同：“可不是，我自己都不知道自己想要个什么样的，她们倒比我清楚。”

马岩笑了：“你怎么不知道？我看你知道得挺详细。”

“哈哈哈，还行吧。”

从小区出来，马岩要回所里，林斐顺路送他。

路上林斐接了家里电话让她订桌子吃晚饭，孙蕊的新男友王泽下午过来了。

车开到派出所门口，马岩跟她道谢下车。

车门关上，林斐正准备走，马岩突然叫住她。

“咋了？”她问。

马岩说：“我有个提议，既然咱俩都单身也都想结婚，为什么不相处看看呢？”

“啊？”

“你想想再回答我，开车小心。”他拍了拍车顶，潇洒离开。

林斐整个儿呆住，这也太突然了，虽然她对小马同志的外貌进行过一些小幻想，但这也太突然了。

下午五点半，林斐提前到达新开的金碧辉煌酒楼的中餐厅，一般家宴都是她负责点菜，要不然一桌子人得推来让去折腾半小时。

林斐第一次见准姐夫王泽，不算特别帅，但胜在清爽干净，气质又比较文雅，一看上学的时候就是三好学生、优秀干部。饭桌上王泽周到又礼貌，挺讨喜的。

满桌喜气，跟婚宴似的，唯独孙蕊显得不那么高兴。

林斐坐在孙蕊旁边，有心跟她和好，于是不停地从她盘子里夹菜，说怕她吃不下。

孙蕊瞪着林斐，到底没憋住，笑骂道：“滚蛋！”

姐妹俩这就算和好了，又亲热起来。

马岩那边还在等林斐的回答，但林斐一点消息没有。

她挺忙，先是当了两天免费司机带着姐姐姐夫到处玩。忙完这事，朋友家老爷子又过世了，她又去乡下守了一夜，回来后昏天暗地地睡了一天，这又要过十五了。

这天起床，林斐收到马岩的微信：【五天了。】

林斐当然知道这是啥意思，她不急不忙，先去刷牙洗脸，收拾完喝了一杯热牛奶之后，才慢悠悠地回复道：【是啊，五天了不见你找我，这还有什么好谈的？】

正月十五这天，林斐跟朋友们吃饭打牌，一个春节下来，姐妹们人人手上一枚金戒指。

金戒指不稀奇也不贵重，但大家戴的位置有意思。林斐看着自己光秃秃的手指，很明显，她们这一批适龄女青年里，林斐落单了。

人可以不被环境同化，但很难不被环境影响。当林斐身边所有的朋友陆续订婚、看房子、结婚生孩子的时候，她没办法做到心静如水。

点点问慧珺："我看你朋友圈，梁哥上你家做饭去了？没看出来梁哥还这么贤惠。"

慧珺蛮得意："手艺还行，我妈一个劲夸他，说比我能干。"

点点说："这叫啥？丈母娘看女婿，越看越有趣！"

"是越看越喜欢吧？"

"一个意思。"

慧珺说："梁哥上我家很勤快，这一点我满意。"

小娜赞同："我跟你一样。过年我表姐的对象上门来，我跟我妈去吃饭，回来我妈就骂，那男的从一进屋一屁股坐沙发上就再没起来过，只等着开饭伺候他，我妈说我要找个那样的就不认我了。"

林斐乐了："这说的不是我们家林韬吧？"

三人笑起来。

点点说："林韬在家里懒，去了对象家里可就不一定咯。"

"那更该死了！"林斐说。

几人痛痛快快地玩了一天，下午五点的时候各自回家过节。

林斐的小姑父做东，在家里弄了一大桌子菜宴请全家。

吃完饭玩了一会儿，林斐送奶奶回家，小姑姑把准备好的吃的喝的装上车，让她带去二号路。

奶奶年纪大了，出门一趟累得不行，到家便早早休息了。

林斐把吃的放好，准备去洗澡。

听到有人在院门口叫林韬，林斐打帘子探出头回了句：“林韬不在。”

“姐姐，我是百灵。”

“进来吧，门没锁。”

百灵进来后泪眼汪汪的。

“怎么了？”林斐问。

百灵说明缘故，原来是两人想结婚，但遭到百灵父母强烈反对。

对百灵父母来说，林韬干好了就是个钢筋店小老板，干不好就是个高中毕业的无业游民，要啥没啥，配不上百灵。

林韬自尊心强，配不上就不配了，留下一句“算了”，人就联系不上了。

林斐也不知道林韬在哪儿，好几天没见了，打电话他也不接。

百灵哭得跟什么似的，林斐没法安慰，俩小孩结婚不合适，她不可能支持。

正一筹莫展呢，林韬居然回来了，进了院子就喊：“妈？人呢？饿死了，有没有饭吃？”

百灵一个箭步躲到门后，林斐叫林韬进来。

“有饭吗？你晚上吃的啥？”

林斐淡定地说：“我去给你弄，你在这儿等着。”

“谢了。”

“客气。”

林斐出去，门从她身后关上。

下一秒，林韬尖叫：“你从哪里冒出来的？”

林斐怕这两个祖宗把房拆了就在院子里看着，干站着又无聊，她便去厨房给林韬找吃的。这时，马岩来电话，问她在不在二号路。

“在。”

“那我过来找你。”

“哦。”

林斐在厨房忙，听到院子里鸡飞狗跳。她从窗户往外看，只看到百灵追着跑出去，等她再探出头去看，院子里一个人都没了。

马岩十分钟后到的，来的时候林斐正在啃鸡爪，她面前的炉子上热着一盘卤味，炉子中央有一口小奶锅，里面翻滚着饺子。

“怎么这么晚才吃饭？”马岩问。

“给你的，吃了吗？”

马岩受宠若惊：“没有，今天有点忙。”

林斐起身出去，不一会儿，端着碗筷进来，碗底是香油蘸料，倒点饺子汤进去香味即刻飘散。

饺子煮熟了，林斐拿个漏勺盛，一个、两个……盛着盛着，林斐觉得这饺子不错，于是给自己留了两个在锅里。

马岩要洗手，林斐给他带路。

马岩洗着手想着热热的夜宵，心里说不上的高兴，他问：“你特意给我做的吗？这是不是代表你接受我的提议了？”

林斐冷笑，说：“这只能代表我弟是个畜生，让我做饭却不吃就跑了。”

马岩有点失落但没有失望，他擦干手，冲她笑道：“还是谢谢你让我捡便宜。”

“不客气。”

马岩进屋脱了大衣解开袖口，想喝汤，看到林斐在吃没滋味的饺子，问：“你要不要吃我这个？”

“你吃，我就是嘴馋，我不饿。”

喝口热乎乎的汤，马岩感到一整日的疲惫都消除了。

林斐吃了一个饺子，煮软了，没滋没味，她把另一个舀到马岩碗里。这个动作做完林斐突然呆住，这一刻她觉得自己被孙蕊灵魂附体了！

马岩以为林斐怕自己嫌弃她，正想说点什么，就听林斐嘀嘀咕咕说什么附体。

“你说什么？”他问。

“没什么，吃肉，多吃点。”林斐把卤味推到他面前。

马岩想起除夕夜的牛肉，笑了：“好像每次来你这里都能讨到肉吃。”

“还真是，记得买单。”

“好。”

林斐烧了一壶热水，等马岩吃完就很麻利地把碗洗了。等她从厨房出来，见马岩靠着沙发闭目养神，睡着了似的。

“快回家睡觉吧。”林斐叫醒他。

马岩睁开眼睛看着她，一时神情恍惚。

林斐本来有话跟他聊，这会儿见为人民服务的警察同志累成这样，也不忍心熬他了。

“能开车吗？保持清醒啊。”

马岩坐直了，打了个哈欠，眼里蒙上一层水雾。

“林斐，我说真的，咱俩试试吧。”

林斐嘴皮子动了动，半天才说了句：“不合适。”

“哪里不合适？”马岩问。

“没面子。”

马岩已经没心思半夜猜测自己哪里丢人，他只想要解决办法，于是他问：“怎么就有面子了？”

林斐眼观鼻鼻观心，摩挲着手指甲说：“大过年的，我朋友们的老公都在丈母娘家献殷勤呢……”

马岩瞬间领悟：“我明白你的意思了，还有呢？”

“还要什么呀，这已经很严重了。”林斐稍带不耐烦。

马岩穿好大衣站起来要走，看着她说：“送送我？”

“目送。”

“走吧。”马岩拽着她袖口站起来。

几步路而已，马岩的车就停在钢筋店门口。

“拜拜。”林斐说。

马岩叫住她：“你的要求，我会努力做到的。”

林斐对空头支票免疫，会努力做到就是做不到。警察这个工作就不是能随心所欲的，林斐只能是尊重，但不接受。

她转身进院子，顺带锁上了门。

马岩站在车旁抬头看林斐家，不一会儿，林斐上了二楼，她进了房间，灯亮起来，人没再出来。

今晚林斐的话让马岩认定林斐是他想找的伴侣，他以为林斐所说的面子会是房子、车子、票子，结果是陪伴。看来林斐说想结婚不是随口之言，她跟他一样，对成家的期望一致。

马岩开始每天向林斐报到。

可惜每次都是晚上，林斐看马岩的目光很不赞许，马岩辩解说冬日昼短夜长。

这天晚上，马岩刚把车停好，林斐就出来了，马岩看到她裹着毛衣穿着拖鞋等他，心里暖暖的。

林斐说："你可不能再来了，我奶奶都察觉不对劲了，说这几天天黑了老有人鬼鬼祟祟地在门口徘徊，怕是想偷钢筋，晚上睡觉前还跟我说要我买只狗拴在门口看家呢！"

马岩问："那你有没有跟你奶奶解释？"

"没有。"

"哎，明天我休息，要不要出去玩一天？"

"上哪儿玩？"

马岩思索再三："带你去我朋友开的养狗场挑只狗？"

"明天再说，或许很忙。"

"我来帮你。"

见林斐不说话，马岩打开副驾驶的车门，拿了一个袋子给她。

"什么东西？"

"我看你爱喝茶，给你买了点茶。"

林斐心情复杂，这个礼物收得有点被下属拜年的感觉。她打量马岩，觉得这人只怕是没什么生活情趣的。

“谢谢你的茶，不早了，回家吧。”林斐说。

“好，明天见。”

马岩到家给林斐报平安，说：【我下次送别的。】

林斐看着微信笑了，回道：【不用，快休息吧。】

隔天一早，客户来装车，林斐忙完了跟爸爸说下午去买狗，林爸没同意。

“咱们不是天天住这里，你奶奶上下楼不方便，喂不了狗。再说你买只狗回来，机器一开，狗先吓个好歹，回头再咬几个人，反倒惹事，还是算了。”

“好吧……”

马岩来接林斐，驱车到郊区都快下午一点了。阳光正好，林斐在车上被晒得半边脸都热了，她脱了外套穿着马甲下车。

马岩今天穿了羊毛衫和皮夹克，最是保暖又轻便的冬日搭配。他停好车，走到林斐身边。

马岩指着远处的房子跟她说：“这里也有比较温顺的小狗，你要喜欢可以抱一只回家养。”

走到树荫下，拐弯，一阵风吹来，林斐抖了一下，没忍住说：“冷……”

马岩脱了外套给她穿上。

林斐正想客气客气，老板唐斌看到他们了，说：“赶紧的，汤都熬干了，就等你们！”

马岩问：“威仔呢？”

“它不在那儿呢……”唐斌指着远处。

马岩带林斐过去，有一只小狼狗瞧见马岩就激动得一直叫，看来是老相识了。马岩笑着对林斐说：“别怕，它不咬人。”

这会儿狗都是拴着或者关起来的，马岩把那只狗放出来，狗子立刻扒着他的小腿吐舌头卖萌。

马岩给林斐介绍：“这是威仔。”

他又指着另一只狗说：“那是虎虎，威仔的妈。”

“狗妈妈叫虎虎？”

马岩一本正经地说：“虎虎生威。”

林斐无比嫌弃：“好冷！”

马岩挑眉看她一眼，随即钩上她的肩把她搂住，一边继续逗狗，一边说：“谁叫你把外套脱了。”

林斐被他搂到胸前，她离他的脸很近，这么一瞧，还挺心动。

唐斌在网上买了铜锅，今天烧了炭想试试涮羊肉，他和妻子已经准备好食材了，孩子也喂饱了，就等马岩和林斐。

马岩带林斐去洗手，水龙头里的水太冰，马岩说去打热水，林斐说不用，凑合洗洗。

水冰凉刺骨，林斐洗完手，手指关节都通红了。马岩倒是聪明，趁机握着她的手给她暖。

林斐看他低垂双眸给她搓手，问道：“你这是耍流氓知道吗？”

马岩笑起来，说：“那你报警吧。”

“嘁。”林斐嗤之以鼻。

马岩牵住她进屋去：“吃饭。”

唐斌跟马岩是一起长大的朋友，这顿饭期间林斐听了不少马岩的糗事。

回到城里是下午五点，林斐本来想回家，马岩说他想买点开春穿的衣服，林斐陪他去选。

“要不要买劲霸男装？”林斐问。

“是不是不太适合我？”马岩说。

“你得自信，你是衣服架子。”

“听你的。”

去店里转了一圈，林斐没选，主要是性价比不高。从店里出来，她长吁短叹，马岩不懂：“这么遗憾吗？不行我去买一件？”

林斐笑了：“这是我们家的铺子，你说这生意，还能开下去吗？”

马岩懂了，看看四周环境，说：“这里本来就不太行了，新商场一开，人都去那边了，这边本身也没几家店。”

“唉……走吧。”

“去哪儿？”

“新商场。”

买衣服的时候，林斐遇到个认识的阿姨，是经常跟林妈一起打牌的阿姨。见她和马岩逛街，阿姨一副“你俩在谈恋爱”的表情。

这就是小地方的不方便，多少恋情曝光于被人看到在哪条街瞎逛。

晚上马岩送林斐回静江花园，到门口时，马岩说道：“实话实说，在咱们这儿，咱俩今天这么逛一天，基本就是在谈恋爱了。”

林斐心想：你还知道啊？

马岩靠近她一点，问：“谈吗？”

“不！”

“为什么？”马岩疑惑不解，“我不是油性皮肤。”

林斐一愣：“啊？”

他一本正经地给她检查手指，继续说：“我也不留长指甲，指甲缝也干净。”

“哈哈哈，走开！”

林斐和马岩在一起了，主要是林斐考虑不在一起有点亏，林斐但凡能放下一点对美色的贪恋，这段恋爱也谈不起来。

马岩对此毫无异议，保证说自己一定尽量跟年岁赛跑，别太早变丑。

林斐家里知道这事了，马岩天天晚上来，怎么可能一无所知。林斐大致说了下马岩的工作和年纪，林妈又见了一次马岩本人，暂时满意。

大人们自然有打听马岩情况的渠道，马岩父母的事被问出来，林爸妈略微考虑了一下就不在意了，主要还是看上马岩这个人。

人民警察，至少品行端正，不会不务正业，再加上马岩长得好，别的倒都是小事了。

林妈私下跟林斐说让她好好跟人处，林斐心里给马岩加了一分。

别人如何她不知道，但她找老公，条件多着呢，让父母满意给家里长脸也是考量标准之一。

过日子嘛，过的就是身边人，林斐不信什么关起门过二人世界，她得处处活得好。

二月，小方回来了，还有个帮忙的孩子不来了，林斐得重新找人，暂时比较忙。

马岩还是每天下了班就找林斐报到，不上班的日子他也会来。他记着林斐的话，眼里有活手脚麻利，不出一个月，林爸林妈对他已经很亲热了。

马岩很喜欢来林斐家，什么时候来都有热饭吃。虽然他下班回家也有饭吃，但总是不一样。回自己家其实不忍心奶奶操劳等候，还时常觉得自己孤单可怜，来林斐家觉得热闹，听着她和爸妈家长里短地聊，再一起吃一顿夜宵，胃里暖暖的，心也暖暖的。

林妈见这两人是真打算奔着结婚谈的，又看马岩对林斐上心，于是敢跟亲戚朋友说这事了。

孙蕊知道后打电话来问林斐。

“你居然找了个警察！不是辅警吧？我可告诉你，辅警不行，转正基本没希望。”

林斐说：“本来是辅警，因为长得太帅，犯罪分子都为他投案自首重新做人了，局里一高兴给转正了。”

“哈哈哈，少胡说，看看照片。”

林斐特意选了张小马同志靠着车身吸烟的照片，满满的荷尔蒙挡也挡不住。

“真的帅哎！”孙蕊夸赞，“我订婚带妹夫来啊！”

“好。”

林斐特意给马岩打电话，问：“本月25日你上班吗？”

“稍等，”马岩算日子，“那天可能要值班，怎么了？”

“没事，我就问问，你忙吧。”

挂了电话，马岩被队长叫去谈工作。谈完了，他仔细琢磨林斐最后一句话的语气，转身进办公室提前请了 25 日的假。

晚上，马岩到林斐家院门口打电话叫她下来。

林斐磨磨叽叽下来，不是很热情。

马岩走到她面前，说：“25 日我请假了。”

林斐高兴，却不想表现出来，忍着没作反应。

马岩清清嗓子，说：“人和车都在这里，任你调遣。”

“噗……”林斐没忍住笑了。

马岩一脸严肃：“噗是什么任务？”

林斐觉得他这种一本正经的严肃很迷人，于是没控制情绪，眼睛里满是欢喜。马岩向前一步拉她入怀，那一刻他也笑了起来。

拥抱很有力，他的胸膛很温暖。

他说：“我想任何工作都有身不由己的时候，但只要有心，是可以克服客观困难的，给我机会证明好吗？”

“嗯。”

林斐心里大叫完蛋，以后撒泼的路被堵死了！

林斐这边安排好了，但家里不让她去。

理由很多：店里不能没人，只是订婚长辈去就好，去了还得浪费酒店钱，马岩还得工作不好请假……

舅妈那边也是这态度。

孙蕊很生气，给林斐打电话：“太搞笑了，我不结婚的时候，把结婚这事说得比天大，好像我单身就要天塌地陷了。真要结婚了，这也没必要那也用不着，真是没劲。”

林斐安慰她：“本来一大家子开车过去就劳师动众，你们家订酒店花费也不小，能省一点是一点呗，婚礼才给多少红包，不划算。”

孙蕊冷哼：“酒店都是王泽订的，本来就给你订了一间。”

“没办法啊，我妈不让，你结婚我肯定去的。”

林爸妈提前去参加订婚宴，24 日中午，林斐在旁边饭馆点了炒面给小方吃，她还没吃一口就接到孙蕊的电话。

“出事了！”

“什么事？姐夫弃暗投明逃婚了？”

孙蕊没心情开玩笑：“常州来了！非要我去见他，他就住在我订婚的酒店里！”

常州就是孙蕊那个出轨的前任。

这可坏了，舅舅舅妈可是最要面子的人，又很传统，订婚宴要是让前任毁了，家里得闹个人仰马翻。

“他想干什么？”

“他要见我，说当面聊聊。我现在怎么去见他？亲戚们都在！”

“那咋办？”

“你能来吗？帮忙把他带走，你送他去车站吧，你看着他上车我才能安心。”

火车站在林斐这边，林斐答应了。

高速开过去也就一小时二十分钟，为了不被发现，林斐借了朋友小娜的车。

林斐到了之后自然不敢回舅舅家，在孙蕊家门口接上她，二人去了林斐自己订的酒店，已经叫常州去那里等着了。

孙蕊不想和常州单独见面，三人相处，林斐很尴尬。

常州来道歉挽回，嘴上叫着老婆回忆了许许多多曾经的美好，孙蕊难免哭一场。林斐躲在洗手间玩手机，心想这都什么事。

不可避免要谈到出轨那事，常州的说辞不过是男人爱用的借口，醉酒了，糊涂了，一次不代表什么，再次保证绝无下次。

孙蕊一直说：“太晚了，不可能回到过去。”

她不能接受也不相信没有下次。

常州说：“我真的没有在意那事，老婆，我很尊重你，你不愿意我从来不勉强，也没有想过从别的女人身上获取，跟你在一起什么都好，真的，我绝对没有嫌你不能满足我的需求。”

孙蕊被这番话叫醒，冷笑着说：“感谢你压抑自己的欲望委曲求全，这份尊重我要不起。常州，如果你真的在意我们的曾经，今天就马上离开，算我求你。”

“你爱他吗？”

孙蕊说：“或许我现在还没有爱他，但我肯定不爱你了。”

这场谈话持续了一个多小时，终于结束。孙蕊来卫生间洗脸补妆，林斐坐在马桶盖上发呆。

孙蕊说：“辛苦你了，回头请你吃饭。”

见林斐不说话，孙蕊问：“想什么呢？”

林斐说：“人与地理位置的关系。”

“啥？”

林斐架起二郎腿，看着镜子里的孙蕊，淡淡地说：“你说我中午还在二号路买炒面，这会儿又在这里跟你说话，不得不感叹一句，城市发展快啊，交通建设好啊！”

孙蕊只想踢她：“赶紧，开车上高速把人送走，我谢谢你。”

林斐自说自话：“你能理解我那种心情吗？真的，我现在买张机票，晚上就能睡在北上广的酒店了，神不神奇？”

孙蕊翻了个白眼：“你就像头回进城。”

三人整理好走出酒店，遇到了熟人，王泽的朋友，他热情地跟孙蕊打招呼。

孙蕊没慌，拉过林斐介绍：“我妹妹，跟对象来找我玩。”

林斐点头：“对，我对象，来找我姐。”

她转身给常州一巴掌：“苦着脸做什么？叫你来为了什么呀？我警告你，回去就跟我订婚，不然就分手！”

县城民风淳朴，还没见过这么彪悍当街逼婚的，王泽的朋友顿时心生敬意，寒暄几句后就走了。

孙蕊陪他俩去吃饭，王泽打来电话，知道这事了，问道："你哪个妹妹？林斐吗？她来了我得好好招待啊。"

孙蕊说："别声张，我姑不知道，她和对象过来玩一圈，你要说了又闹得不高兴。"

王泽很理解，他也经常和朋友一时兴起开车去周边玩，于是回道："那你请妹妹吃饭吧。"

"好，他们一会儿就走了。"

吃完饭，林斐开车带走常州。一路无话，度秒如年。

到了火车站，距离发车还有两个多小时，林斐见常州中午也没吃，请他去车站旁边的小炒店吃饭。

常州最终没忍住，问林斐能不能原谅这种事，他还特意加了句彼此很相爱。

林斐眼皮子都没抬："别问我，你就问问你自己遇到这事能不能原谅。"

常州说："能。"

林斐说："吹。"

也没地方去，两人就在饭馆坐着熬时间。

中间小娜打来电话要车："我妈让我送人去车站，你在哪儿啊？近的话你帮我送得了。"

"巧了，我就在车站，你来取车吧。"

"你缺不缺德？我要去火车站，你让我到火车站取车？"

"这不回去的打车钱都省了吗？赶紧来。"

"臭不要脸！"

"爱你！"

快检票了，林斐送常州到入口。

常州道谢离开，走出几步又回来，递给她一个小盒子："麻烦你转交给她，她看了就知道，这是我欠她的。"

林斐懒得再推拉，收下了："一定送到，快进去吧。"

看着常州过了安检进入大厅坐到检票口前面的位置上，林斐依旧在门口站着，等发车，任务得完成啊。

她一手握着盒子给孙蕊发微信：【好了。】

孙蕊回复：【谢谢妹妹。】

林斐正在打字，一只手伸过来拿走她手上的盒子，差点把她手机弄掉。

“谁啊？”林斐抬头，对上警察小马不悦的脸。

“真巧！”

马岩打开盒子，把戒指展示在她眼前，表情十分难看。

林斐望天望地，说：“我的追求者……外地那一批……”

“呵，了不起。”

马岩合上盒子，抬手扔给林斐，林斐堪堪接住。

两人眼对眼不说话，马岩沉不住气，质问：“不解释？”

林斐笑了：“别人的，托我转交。”

“哦。”

“吃醋啦？”她得意。

马岩转头看别处，无所谓地说：“我还要忙，下班找你。”

“去吧。”

马岩走出去几步，折返回来，问：“你还不走？”

“我等人。”

“谁？”

林斐说：“我看看下趟车有没有给我表白的。”

马岩笑了，摸摸她的脑袋：“赶紧回家，”他又补充，“等我电话。”

林斐等小娜过来开走车，她去找马岩。

马岩说要带她回家，她有点犹豫，这就见他家里人了吗？

马岩说：“我奶奶去庙里了，她隔三岔五会去住几天，我爷爷这会儿都快睡觉了。我住单独的院子，没大人。”

林斐笑了，揪着他的衣服扣子小声问：“好啊你，没大人你想干什么坏事呀？”

马岩非常正经，搂住她肩膀上车："反正跟你脑子里想的不是一件事。"

"哦……我想的什么事啊？"

"好事。"

"不要脸！"

马岩好委屈，他哪里就不要脸了："既然说到这里，那咱们先说好，虽然我家没大人，但请你控制自己，不要对我有非分之想，我是个正经人。"

林斐凑过去端详他："哪里正经？"

马岩低头亲了她一下："公安认定的正经。"

马岩家背后不远处就是所中学，林斐曾经念过的中学。

这一块她都熟，倒是没想到马岩就住这里。不过也是，那会儿他上高中，上下学都碰不到。

进家门后，马岩去爷爷房间报到完就带林斐进了小院子。

林斐参观他的卧室。

房间很整洁干净，床对面的墙上贴满了海报和磁带、光碟，很复古，一看就是高中时代流行乐中毒患者。

马岩倚靠着桌子看林斐，见她参观完，开始算账："说说吧。"

林斐走到他面前，指着床边那面墙说："你这堵墙正对着后面的路，开个窗户当小卖部肯定赚翻了！"

马岩也是没想到，他把林斐扯到怀里，语气危险地质问："谁让你惦记拆我家房了？说说今天怎么回事？"

"惦记让你发财！"

"不要企图转移话题。"

林斐靠在马岩怀里拨弄他的纽扣，说："这事不能跟外人说，等你成了内人再告诉你，反正我是整件事里最勤劳无辜的小可怜。"

"有戒指收还可怜？"

"有戒指有什么用？又不是我的。"

"知道了。"

“别误会啊朋友，你还在考查期。”

马岩按着林斐的脑袋推开她，走去电视机前挑了部电影，邀请她一起看。

两人和衣靠在床头看电影，没多久，马岩就表现出急躁。

“想抽烟？”林斐问。

“是。”

“还是戒掉吧，烟抽多了牙齿会黄……”

马岩轻轻地笑：“就担心这个？”

“对啊。”

“狼心狗肺！”

闻言，林斐抬头瞪他。

马岩捏着她下巴吻下来，他留恋地舔她的唇。

林斐笑了，问他做什么。

马岩嗓音沙哑：“戒烟。”

“管用吗？”

马岩继续加深这个吻，说：“不能停下。”

这天，马岩下班来找林斐的时候，正好碰到林斐的二叔。二叔是个自来熟，头回见马岩就跟他是马岩的二叔似的：“我跟你们刘所长可是朋友，以后得让他关照着点我侄女婿。”

林爸冲女儿挤眼，父女俩对二叔的吹牛心照不宣。

林斐拉着马岩去厨房，有醪糟鸡蛋汤圆吃。

“我二叔好吹牛，别信他的。”林斐说。

“嗯。”

马岩也没想着借林斐亲戚的光升迁。

一碗醪糟还没吃完，二叔已经订好了桌子。餐厅最大的包间，能放两张桌子，大人一桌孩子一桌，全家都去，就这个周末，挑马岩休息的日子。

吃饭那是真热闹，林斐家里人对马岩都很热情，一个劲赞扬他的工作、脾性。

饭桌上二叔鼓动着喝酒，林爸伸手先拦着了，马岩心里很暖。

吃到一半，男性长辈们点拌面吃，林斐正好出去了，林妈还没张口，马岩就说给林斐点一份。后来先上了三碗面，马岩又拌好了先给林斐吃，林妈在一旁瞧着，心里对马岩越发满意。

林韬今天也来了，中间接了个电话出去再没进来。林妈让林斐出去看看，林斐出去一瞧，林韬跟胖子、百灵在门口说话。

“你们在密谋什么呢？”林斐问。

胖子笑着回答：“我来问个事情，听说姐姐快结婚了，到时候记得给弟弟发个请柬，我得喝姐姐一杯喜酒。”

“少不了你的。”

林韬赶林斐，林斐懒得理，问他为什么还不进去，林韬说聊完就进去，结果到散席他也没回来。

饭后马岩想结账没抢到，林爸说有他请客的日子，不用急，马岩就大大方方地收起了钱包。

三姑姑在后面站着，跟林妈说：“我可真爱看小斐跟马岩站一块，这大个子般配得很啊。我心里一直想着咱们家小斐找对象就得找个长得好的，那些矮胖的我就先看不上。”

林妈也笑眯眯的，说：“马岩脾气比斐斐好。”

“这就更合适了，马岩看着是稳重。”

来吃饭的还有一桌半大不小的弟弟妹妹，猴孩子们缠着林斐要姐夫请客唱歌去。马岩当然愿意，掏了五百块钱让他们自己玩去了。长辈们看到这一幕更喜笑颜开，林妈也觉得有面子。

二叔喝醉了，不肯散，要回林斐家继续。

今天就二叔跟马岩开了车来，林爸林妈坐马岩的车，林斐去开二叔的车。

二叔说要跟小马继续聊天，也上了马岩的车。二婶笑骂丈夫：“喝醉了就出洋相，啰唆死了你！”

马岩只是笑。

林斐站在马岩旁边拽了拽他袖子，马岩低头，林斐在他耳边说："今天有面子！给小马同志加一分！"

马岩捏了捏她手心，一本正经地说："谢谢领导表彰，我一定再接再厉。"

林斐心里甜滋滋的，跟吃了蜜糖似的。

一行人回了家，林韬和胖子、百灵在家喝啤酒说话。林妈见了赶他们上楼玩去，等他们出了门，林妈问林斐："那姑娘是谁？小韬的对象是吗？"

林斐说不知道，因为她真不知道他俩和好没。

二叔车轱辘话说了一晚上，终于去厕所了，林爸趁机让马岩赶紧回去睡觉别耽误上班。马岩找不到林斐，去二楼，她在林韬屋子里，四个人正一脸严肃地说话呢。

林斐送马岩走，马岩问："你们聊什么呢？"

林斐简单说是胖子跟霍达闹矛盾了，马岩看时间晚了就没细问。

他抱了抱林斐，说："等我奶奶回来，你来家里吃饭好吗？"

"好啊。回家告诉我一声，开车慢点哦。"

"嗯，你早点睡觉。"

林斐回去继续听那三个孩子聊天。

胖子去年下半年跟着霍达几个放贷，年前他家里扩张店面用钱就拿回来了，本来也没什么，霍达退钱也很爽快，当时也没说不高兴。结果百灵在酒吧打工听见霍达好几次跟人说胖子玩不起，耽误他的事，话里话外瞧不起人。

这不胖子现在还想跟着霍达做贷款生意呢，人家都不带他了，他觉得奇怪，百灵才告诉他实情。

后来林斐把这事跟马岩说，马岩本就关注这事，详细问了她。

霍达几人去年凑了一百万放贷，赚的钱大家分也没多少，然后霍达说他爸爸给他开公司这事一直还没落实，想入伙的不少，胖子就是一个，奈何霍达看不上。

马岩听到百灵说霍达在酒吧里讲瞧不上平头老百姓手里那几万块钱，要做大生意。

他心下了然，笑着说："县里这两年经济不行，大家手头都紧，他说这话也是对的，普通老百姓的确没钱，借出去了就容易坏账，一坏账难免牵扯到暴力催收，他有这胆子吗？如果他要给做生意的老板放钱，一来生意人资金缺口相对较大，二来这门生意轮得到他吗？"

林斐认同："我也这么想，可能就是吹牛？反正不带胖子玩也好，本来就是普通家庭的孩子，老老实实挣点钱稳当。"

"别让林韬掺和。"

"我知道，他也没钱瞎搞，就好喝酒请个客，冤大头一个。哎对了，马子超不是跟他们混呢？什么情况？"

马岩皱眉，半天才说："他的事我管不了。"

林斐没再多说。

几天后，马岩的奶奶从庙里回来了，马岩开始张罗请林斐吃饭。

马岩奶奶生了四个孩子，大儿子是马岩的爸爸，二儿子在乡下种地过日子，还有两个姑姑。

最终商量结果是在奶奶家吃饭，马岩的爷爷得过甲肝，怕传染，这些年在家里吃饭都是用的单独碗筷，出去吃不方便。

马奶奶家里有做饭的保姆，叫小琴，马岩给请的。小琴做饭水平一般，平时给爷爷奶奶煮饭，软烂最重要，味道是次要的。知道林斐要来，马岩的两个姑姑下厨。

林妈知道在家吃，心里多多少少有点不舒服，觉得他们家不重视，但转念一想，马岩没有父母操心，很多事的确难周全。林妈心软，想到这些反而叮嘱林斐不要给马岩难堪。

林斐本身没介意，被老妈提点了一下，去了之后却觉得有点不受重视了。

饭菜就是普通家常菜，硬菜也就是一个炖鸡。

问到林斐的工作，姑姑们惋惜她没考工作。林斐没回嘴，说帮家里忙。

又提到结婚，小姑姑玩笑说到时候她们坐父母席，三姑姑提到马岩的舅舅，气氛一时尴尬，小姑姑又打圆场说结婚还早。

吃完饭，两人在马岩房间看了部电影后，马岩送林斐回家。

回到家门口，林斐要进去，马岩突然叫她："小斐。"

林斐回头，马岩拉住她的手，抱歉地说："对不起。"

"怎么了？"

她靠近了看着他。

马岩把她鬓角的碎发拨到耳后，说："今天去我家，没好好招待你。"

林斐心里那点不高兴瞬间烟消云散，取而代之的都是心疼。她想起妈妈的话，深刻意识到父母对孩子的重要性，有些事真的只有亲爹妈才能那么上心张罗。

马岩这么高大的一个男人，此刻站在她面前却像犯了错似的，这又哪里是他的错?

林斐轻轻叹气，上前抱住他，说："别傻了你。"

马岩回抱她的力度很大，在她耳边承诺："小斐，我会对你好的，你信我。"

"我信。"

到家后爸妈问林斐今晚吃饭的情况，林斐简单说了，又说马岩跟她道歉的事，这下子算是把林家爸妈的心彻底收拢。没有亲家问题不大，他们两口子本就给女儿准备着买房置业的，不差婆家那点贡献，只要女婿能一心对林斐好，那就是最好的选择。

又过了几日，马子超来酒吧找林韬和胖子，他说霍达同意让胖子入伙。

胖子这回不愿意了，他们三个都是一起玩大的，有话就直说了，于是他把霍达背后骂他的话说了出来。

马子超大骂胖子傻："大哥，你打电话要钱的那天，霍达跟人谈生意呢，就因为你差点黄了！"

胖子不信："我要个钱还能黄？"

马子超无语："霍达现在要搞贷款公司，来往合作的都是大老板，那些人也要看霍达的实力，你但凡要个百八十万也算一笔钱。十万块搞得好像霍达给不出来一样，可不给人下面子吗？”

“我说啥了？发微信他没回我就打了个电话。”

马子超问林韬：“你说是不是这么个道理？”

林韬实话实说：“这倒也是，做生意的人，有时候该装的场面是得装，有没有都得装。”

胖子里外被骂，心里更烦了：“算了，我也不弄了，反正我现在也给家里帮忙，没时间。”

“随便你，我是看你前段时间着急，才说帮你问问。”

林韬回家跟林斐闲聊这事，林斐也能理解。做生意不一样，有的得藏着有的得露着，各有各的道理。

林韬说：“霍达就吹牛吧，一个公司年前说到年后，一点动静都没有，就知道喝酒。”

林斐说：“你少喝了？”

林韬笑了：“姐，我想开酒吧！”

“想着吧，爸不可能支持。”

林韬想这事有些日子了，前年就闹着要开酒吧。林家买商铺的时候他还说要开全城最高端的网咖，总之林韬爱做流行的体面生意，对家里这摊子算不上上心。

也是这两年生意不大好了，不是前几年一家四口关门数钱数半天的光景了。

林韬跟马岩关系不错，以前就认识，据说他中学的时候还想跟马岩混，但马岩不搭理小屁孩。

林韬现在一口一个哥叫得亲热，有时候马岩来了还要跟马岩“打架”，次次被马岩收拾得服服帖帖。

林斐有一次拍了他俩在院子里比画拳脚的照片发朋友圈，配文说：【警察和流氓。】

林妈看到骂林斐口无遮拦，林斐删了重新发：【警察和中二少年。】

林妈问："中二啥意思？"

"高中二年级辍学的意思。"

林妈又骂她。

下午的时候，吴佩的妈妈来家里玩，提了两箱水果。

林斐很是瞧不上，一看就是单位发的，过年不见他们提着烟酒来拜年，年后送什么吃不完的烂水果。

吴妈知道林斐有对象了，还很清楚马岩家的情况，她跟林妈坐着闲聊，问："他家里谁给买房？他爷爷带只怕会偏心大孙子吧？"

林妈笑着说："好像早买了房的。"

"那不错，不过就算没房，你和老林肯定也给预备了的。"

林妈开玩笑："不预备，没房就睡大街去，嫁鸡随鸡，我才不管。咱们那个时候结婚有啥啊？啥也没有。"

"到底年代不一样了，要婆家其实也就是婚前出钱帮衬小夫妻成家，有孩子了帮着带孩子。"吴妈看了眼林斐，又说，"幸亏你们家这两个年岁差得大，这要是差一两岁，都结了婚，你们两口子带孙子和外孙得累死。"

林妈还是笑呵呵的，说："我就等着带孩子呢，到时候把店给他们一交，我也睡个好觉。"

"带孩子还能睡好觉？咱们都是为儿女操心一辈子的命。"

林斐忍不住了，拿了个橘子剥开，吃了一瓣，说："张姨，你这话说错了，我和我弟没那么娇气啥都指望爸妈给我们办，都结婚生孩子了哪还能把爹妈累死，这可是亲妈啊。我们不像你们家佩佩，从小娇生惯养得习惯了，你和我叔也习惯了吧？"

吴妈一时接不上话。

林斐又说："要我说，你们这些大人也该为自己想想，孩子就得自力更生，哪能上学、工作、结婚、养孩子都靠爹妈？都说儿女是讨债鬼，其实啊，有些爹妈上赶着被讨债，怨得了谁？你和我叔该退休了吧，等退休了你俩把房一卖满世界旅游去，辛苦了大半辈子自己也享受一下，当什么免费劳工？怪可怜的。”

吴妈笑了笑，对林妈说：“不得了，你们将来可要享福了。”

林妈瞪了林斐一眼，说：“你要是考个研究生进银行，我和你爸也把你供起来。”

“算了，咱俩凑合过吧。”

林斐打帘子出去，再不想听吴佩妈说话。

月底，孙蕊的外婆身体不好住院了，孙蕊跟爸妈请假过来看外婆，王泽开车送来的，打了个招呼就回去上班了。

孙蕊联系林斐要拿戒指，林斐这才发现戒指居然不见了，找了一圈才想起落在马岩那里了。本来马岩要给林斐送来，林斐想着自己丢三落四，先存他那里也好。

孙蕊吃完午饭过来，林斐这会儿在外面办事，办完了就顺便去马岩家取。

去了之后，林斐先跟爷爷奶奶打招呼。小琴刚做好饭，清汤挂面，一点红红的汤是番茄碎，再加上蛋花，其他菜一点没有。

林斐说：“这也太清淡了，应该吃点有营养的。”

奶奶笑着说：“牙没了，什么菜都嚼不动，青菜煮烂了发苦我还不爱吃。”

林斐笑了：“奶奶，我先进去拿东西。”

“去吧，对了，小岩他二叔在后院住着呢，你见了叫二叔就行。”

“知道了，奶奶。”

林斐进了里边，果然看到马岩的二叔。一家三口在院子里吃饭，林斐主动上前自我介绍。

二婶很客气：“小岩上班去了，你吃饭了吗？快来一起吃。”

林斐看了眼饭桌，凉拌茄子、土豆排骨、胡萝卜番茄炒鸡蛋……很丰盛。

“不了，我来拿个东西，我妈还等我回去吃饭呢。”

林斐找到戒指锁好门就走了，出去的时候看到爷爷奶奶吃的饭她心里有点不舒服。她其实能理解长辈之间有很多不为外人道的矛盾，亲儿子跟妈住各过各的她也不是没见过，但她到底看不得老人家过得可怜。

她又想到马岩，可怜的马岩从小跟着可怜的爷爷奶奶一起生活，也不知道那日子怎么过的！

唉！林斐内心沉重，说不清的滋味，一边同情，一边又觉得自己对马岩不是很了解。

常州给孙蕊买的戒指少说值一两万块钱，这东西被王泽发现没法解释，林斐问孙蕊打算怎么处理，孙蕊说还没想好。

二手要卖上价钱她没收据，留着也确实是隐患。

林斐私心觉得这个戒指不该收，倒不是说不能拿前任的礼物，只是送的东西很尴尬。

孙蕊不这么想，她必须拿这个戒指，她能想到常州送这个东西的意思——还想拿过去恶心人。但她凭什么赌气不要呢？

她上学的时候一个月的生活费掰开两半跟他一起花，毕业刚工作没钱，为了找他的时候吃点好的住个干净酒店，从小乖巧听话的她人生第一次骗家里说钱包被偷了，以此又问家里要了一份钱。

当然，常州也不是没对孙蕊付出过，他能挣钱后，除了给自己一天留一顿吃面的钱，剩下的全给孙蕊买好东西。从前孙蕊多么心疼他挣钱看人脸色，此刻却丝毫不在意他哪里弄来的这笔钱。

偷的也好借的也罢，他回去后怎么过日子都跟她没关系了，这戒指她就得留着，最好能折现卖了，给自己买点真心喜欢的，毕竟钻戒她已经有了。

王泽给孙蕊买的戒指很漂亮也很贵，孙蕊想到自己曾经天真地把钻石和爱情联系在一起，且不在意克拉数，就发自内心地嘲笑自己。

王泽忙完之后请假过来接孙蕊一家，这趟他见了孙蕊妈那边的亲戚。

晚上，王泽无意间发现了戒指，孙蕊很淡定地解释：“小斐送的，我们俩以前约定结婚互送钻戒。”

这番解释哪怕放在三天前，王泽都会起疑，但现在他很相信。其实也是因为他接触了孙蕊妈妈这边的亲戚，两相对比，姑姑家的财力和大方高出不是一点半点。再加上他几次跟林斐接触，也看得出来她的消费水平，他要不信且不说瞧不起姑姑家，倒像是不信孙蕊家能有这样得脸的亲人似的。

王泽说："亲姐俩也不过如此了，到时候我给你报销。"

孙蕊发自内心地觉得日子舒心。

她心安理得地把戒指放进包里，再也没有变现的想法。她要留着提醒自己，半年前还在一心祈求老天眷顾让她和常州有情人终成眷属的那个她多么可笑。

林斐得知此事后心情复杂，玩笑说自己结婚就等着收戒指了。

孙蕊一家第二天上午走，林妈留客，说什么都要吃了午饭走。林妈本来打算请客吃海鲜自助的，舅妈拒绝了，说就在家随便吃点。

中午，林妈早早做菜，林斐跟孙蕊在二楼聊天。

孙蕊问起马岩，对林斐说："我以前就是看上常州帅，觉得他有品位什么都懂，现在想想都是什么呀，人好能比过日子重要，说到底婚姻跟爱情无关。"

林斐点头认可："是，老一辈的有几对是自由恋爱的？还不是一辈子过下来了。"

"你倒是冷静，说归说，能爱一次也是好的，只是爱情不尽如人意罢了。你爱马岩吗？"

"说爱有点夸张，还在了解，目前还不错。"

"得了吧，你看人家长得好。"

"长得好有错吗？"

"哈哈哈。"

吃过饭休息了一会儿，孙蕊一家启程。

路上，孙蕊妈妈说："幸亏我早上打电话，不然你姑姑已经把桌子订了，回回让人请也不合适，咱们请客他们又天天忙。"

王泽搭腔："姑姑家挺有钱的吧？生意很不错。"

孙蕊妈说："有钱。"

孙蕊说："这钱挣得不容易，天天忍受噪音过日子，我宁愿挣死工资睡个好觉。你看我姑父买的好车也没地方停，那么好的新房子都不去住，一天到晚灰头土脸的，也是辛苦。”

对此，孙蕊一家都很赞同。

半个月后的一天晚上，一家人都睡下了，林韬要出门，爸妈不让。

林韬焦急地说：“我朋友让人骗了，我过去一趟，不喝酒，放心吧。”

“放什么心？你朋友被骗了你去能干啥？”

林斐问：“咋了？”

“霍达人不见了。”

“啊？”

林斐安抚了爸妈跟林韬一起去。

马子超已经急疯了。

胖子也在，跟他们说经过：“霍达拿了好几个人的钱跑了，一开始大家都没在意，他天天到处喝醉睡醒才回消息都是正常的。看朋友圈上周人还在成都买鞋呢，结果这个礼拜电话一直关机，微信也没回复了。小凡他们都还不敢跟家里说，想着霍达过几天就回来了，结果今天晚上我们在这里喝酒，飞飞说前天霍达还问他借钱来着，但是第二天就还了，你说奇怪不奇怪？”

林韬指了指马子超问：“他借了多少？”

胖子悄悄比画了个四：“跟他爸要的钱。”

马子超已经崩溃了，一支接一支地点烟。

林斐想了想，说：“报警？”

马子超犹豫了一下，说：“万一是误会呢？他爸还在这里，他们家都在这里啊。”

“那你等等呗。”林斐问胖子，“几个人啊？一共拿走多少？”

“就我目前知道的十多个人加一起能有一百四十万。”

林斐坐着嗑了会儿瓜子，建议说：“今天太晚，明天给他爸打电话问问，就说有事联系不到人，看他爸怎么说。”

也只能如此。

“你跟你哥说了吗？”林斐问马子超。

“你别到处说了，求求你！”

林斐冷笑一声，走了。

出去后林斐给马岩打电话，马岩在加班赶报告，林斐去所里找他说了这事。

马岩很生气：“只怕打一开始骗的就是这帮孩子。”

林斐问他：“你舅舅是不是嫌你多管闲事来着？”

马岩惊讶，的确是这样。其实他还跟舅舅提过一次要谨慎，舅舅当时还笑话他挣死工资的命。

林斐不高兴，说：“你不要再多说一句，好心当成驴肝肺！”

马岩搂住她，心想被人偏心的感觉可真窝心。

这事林斐姐弟都默契地没跟家里说，编了个小事糊弄过去了。

马子超第二天一早弄到霍达的妈妈电话打过去问，他妈说没见到人，不知道去哪里了。

又过了几天，基本可以确定被骗了。

霍达过去一年保持良好的信用记录，还时常大方请客，谁也没怀疑他没钱。他今年说开公司，大伙都等着呢，但执照下不来。霍达说自己这边有好些用钱的客户，一番利诱，这帮孩子就把钱借了出去，倒是人人手里都有霍达本人的借条。

他还是老办法，借大家的就三分，再借出去利滚利，第二份分账合同是要另签的，就这点时间差，人坐着飞机跑了。

有跟霍达的亲戚关系好的打听到一点情况才知道，霍达被家里流放好久了，他老子根本不让他插手家里生意，也不给他钱。

马子超再次主动找上马岩，马岩没让他开口：“借钱就算了。”

“哥，你帮帮我吧，我爸催着要合同，瞒不住了。”

马岩很绝情，说：“你的解决方案是什么？”

“先把我爸瞒过，你的钱我明年还你。”

“你在车管所一个月工资多少？不吃不喝一年有四十万？”

“我再想办法。”

“你那些有钱的朋友都被坑了吧，你想什么办法？”

“哥……”

马岩语气软下来，说：“这事只能告诉你爸，让他去找霍达家长解决，别无他法。你自己没能力解决，另外你们这也没法立案，借条一年期写得清清楚楚，没到日子不还钱也行。”

“我爸会打死我的！”

“借条不有利息吗？这也挣了钱啊，你只能等霍达回来还，或者让大人出面。你们这些孩子都回去通知父母，或许霍达他爸面子挂不住就先还了，现在还也没几个利息。”

马子超只能灰溜溜地回去跟大伙商量。

马岩的日子照常过，没事他就去找林斐。

这天林斐在店里忙完之后，发现马岩在陪她奶奶读经。奶奶识字不多，有些经文不认识，马岩就在一旁给她写个她认识的同音字。

林斐有点感动。

她这人就是爱屋及乌，马岩对她奶奶好，她就对马岩奶奶好。

闲下来的时候，林斐买了些菜和肉去马岩家里，她还买了个砂锅炖鸡汤。

等着熬鸡汤的时间，林斐跟小琴坐着聊天，她把自己只穿过一次的一套裙子给了小琴，很贵的牌子。

小琴很喜欢，一高兴就开始跟林斐掏心窝子：“姐姐，我告诉你，二叔他们谋算哥哥的房间呢！就等你和哥哥结婚搬走了要在家开门市部呢！就哥哥那个房间！”

“是不是啊？”

“我可不敢胡说，我上厕所时听到他们俩说话。开个门市部给他小儿子，大哥已经结婚了在乡下不下来，二哥刚毕业，平时就在工地打工好辛苦的。我说呢，要不然二叔他们怎么今年这么早就来城里了，地里要开始忙了也不回去，还不是以为你们快结婚了！小姑姑前两天还说哥哥好日子近了呢。”

林斐打听：“这院子是谁的呀？”

“地皮应该是爷爷的，盖房子好像是哥哥的爸出钱了，还有爷爷的钱。那时候姑姑们都还小没钱的，二叔一直就没啥钱，后面这院子就是哥哥家的啊，以后爷爷……”小琴望了望四周，凑近林斐小声说，“爷爷没了，就算给儿女平分，哥哥就拿他爸的，肯定有的。大家都说这条街要拆，这么大个院子要补偿好多房子吧，肯定有哥哥的啊。”

“嗨，这里拆迁的话从我小学就开始说了，拆不动。”

“再过十年可以了吧？姐姐，反正我告诉你了，你心里有数就行。你跟哥哥结婚了，这院子就是你的啊。”

这话说得林斐心花怒放，她对小琴说：“你这孩子真不错，好好打探消息，回头让你哥哥给你涨工资。”

“嘿嘿，哥哥一家对我都挺好的，从来没说过我一句重话，两个姑姑也对我好，还带我染头发呢。就二叔他们我不喜欢，真的，我们农村人都没这么对老人的，我要不在的时候，哥哥上班那么忙还要给奶奶做饭。说实话，两个老人一顿饭就吃一小把挂面，加碗水的事，一起做咋了？真的，脸好硬的。二婶婶进进出出就跟看不见奶奶一样，都不打招呼。你等着下次来姑姑们在的话，她又跑出来热热闹闹地说笑，太那什么了。”

“这事你跟别人说过吗？跟马岩说过吗？”

“说了，哥哥没说啥，还叫我不要到处说，我就跟你说一下。”

林斐听过也就算了，不打算跟马岩讨论，一来没身份，二来这也不是他们小辈做主的事。二叔一家再无情那也是爷爷的亲儿子，分财产不可能不给他一头。林斐这些年看多了亲戚之间的事，也懂得有些官司不是讲道理能判决的。就他们家前几年为了给奶奶做饭，为了分院子的事还跟二叔闹了一年矛盾呢。

谁家都有笔烂账。

林斐炖的鸡十分软烂，她切了一半出来留给马岩，剩下的继续炖到筷子都夹不起来。两个老人吃得很好，林斐瞧着心里不是滋味，谁不爱吃口好的呢？

她没忍住，多嘴跟小琴说以后给爷爷奶奶多做点肉。

小琴嘿嘿笑：“爷爷嫌我炖的肉汤不好吃，回回做了就我一个人吃，哥哥也说不好吃，炒菜实在没什么软和的，奶奶又不吃豆腐。”

“是吗？回头我给你拿点配料，你炖肉的时候放进去，出锅加一点盐就好。”

“好！”

马岩下班回来就有鸡肉吃，他可太满足了，吃饱了拉着林斐不让她回家。

两人在房间看电视闲聊，免不了说起马子超的事，林斐夸他做得好，叫他千万别管。

“上次都不该借钱！”

马岩笑了：“不借钱你的亏空咋办？”

“这一桩可不能白白算你头上啊，不予加分。”

“这位领导有点苛刻了啊。”

“哈哈，我要回去了。”

“不行，”马岩搂着她躺好，抱得紧紧的，“陪我躺会儿。”

“不行！上次一躺就天亮了！”

马岩不说话也不松手，林斐挣扎了两下随他去了。

躺了半小时，林斐真要走，马岩说送她。林斐见他脸色不对，一摸，有点发烧。

“你怎么回事啊？感冒都不知道。”

找了药让马岩吃了睡觉，林斐准备自己回家，马岩有气无力地跟她说到家打电话，林斐答应了。

马岩抱住她，说：“小斐，回家能看到你真好。”

林斐深深叹气，感觉这个恋爱再谈下去，她这颗钢筋心要变成绕指柔了。

林斐第二天早起还惦记着病休在家的马岩，今天不忙，林妈炖了排骨，林斐要了一份打包去看望病号。路上她想到生病不能吃太油腻，于是决定去吃给马岩看。

他家巷子路窄，出租车不方便进出，林斐还想在路上买点东西就在路口下车步行进去。

她刚走到院门口就听到里面在吵架。

小琴来开门，小声说："哥哥的舅舅来了，说小超被骗是哥哥怎么了。"

林斐怒不可遏地冲进去。

马岩的舅舅正情绪激动呢，说："你倒是知道提醒跟你不相干的人，自己弟弟不管？看着他往火坑跳？我们家穷了对你有什么好处？"

马岩的舅妈接上："喂不熟的白眼狼！白对你好！早从你小时候对你妈那个样子我就该知道你不是个好的！巴不得我们全家过不好你才高兴是吧？"

马岩一脸平静地问："哪个不相干的人？"

"胖子，你敢说不是你苦口婆心劝他别投钱？人家现在可感激你呢，跑到小超面前炫耀，啊，你哥管我不管你。马岩，你可真行啊！"

马岩奶奶吓得不轻，颤巍巍站都站不稳，问道："他舅舅，到底怎么回事？我们小岩咋可能骗你的钱？他可是警察，犯法的事不可能做的。"

马岩舅妈冷笑，气焰更甚："警察？丢死个人的警察！"

林斐听得来气，本想暂且忍着看马岩怎么说，谁知马岩对上她的眼神，竟苦笑了一下。这一下，可把林斐的保护欲点燃了。

她冲到马岩舅舅面前，毫不客气地说："您说话得有凭据，马岩没少劝你们谨慎吧？你们领情了吗？自己做发财梦，吃了亏赖上马岩。那您赚了钱会不会想着分给我们马岩一半啊？"

马岩舅妈一把拉开丈夫站到前面指着林斐骂："你谁啊？有你说话的份吗？缺管少教的！"

这女人一看就是个泼辣不好对付的，林斐最不怕跟泼皮吵架，袖管一撸正要骂回去，马岩拉住她。

"你带奶奶回屋去，我来处理。"

林斐叫小琴扶着奶奶进屋，她把一边坐着不说话的马子超叫了进去问话。

骗钱的事昨晚暴露的，有人扛不住告诉家里了，家长之间一联系就都知道了。马子超详细跟爸爸说，为了开脱自己，有的没的都说了一气。正好胖子先前说幸亏自己听了林斐和马岩的话，马子超把这事也说了，又把他找马岩帮忙借钱马岩不管他的事也说了。

马子超妈妈先坐不住了，她一向惯儿子，这会儿听了儿子的说辞，竟然觉得马岩不借钱给小超比霍达骗走钱还严重。晚上睡下夫妻俩聊这事，这女人添油加醋说了一番，马子超爸爸又已经知道霍达家里不管这笔账，现在只惦记要不回来的钱，还有一肚子火没地儿泄，一大早就找了来。

林斐探头瞧，马岩带着那两人去里边院子里聊了。

她问马子超："霍家怎么说？"

"让拿借条，借条写的一年期，到了找霍达要去，不还就起诉，家里一毛不给，还把小凡爸爸训了一顿。"

林斐这会儿瞧着马子超，只觉得霍达骗他才是活该！

奶奶休息了会儿缓过气来，林斐正想跟老人家好好解释明白，谁知奶奶却拉着她的手，焦急地说："小斐，我们小岩不可能是那种骗人钱的，你可别信啊。"

奶奶把她的手握得很紧，却没什么力气。林斐心里难受死了，这情状倒让她想起自己爸妈当着外人不自信的样子。

"我知道，奶奶您别着急，这是误会。他爸现在是自己没脑筋被骗了找不到人撒气，没道理的是他，咱们理直气壮。"

"是吗？到底怎么回事啊？"

林斐耐心地给奶奶讲了全过程，马子超听到一半就走了。

安抚好奶奶，林斐去找马岩。

马岩在讲道理："第一，小超头次问我借十三万，我一句废话没有就给了。他头回向我张嘴，这钱不还我也不追的，当然他还了我心安理得地收，毕竟是孩子，讲诚信是好的；第二，从那次起，我屡次三番跟你们二位说小超跟着霍达瞎混有风险，钱财上要慎重，你们怎么个态度我不重复；第三，你这次借出去四十万，那是你儿子亲自从你手里拿走的，什么生意怎么赚想必跟你们说清楚了的，你们作为大人应该有评估风险的能力，孩子拿走那么多钱你就放心让他放出去，那也该承担风险，被骗了实在与我无关；第四，小超再问我借四十万我是不会借的，现在也是这态度。出了这么大的事，也该长教训，冤有头债有主，我不负责善后，这也不是几千几万。您二位现在心里着急找我撒气我能理解，但也请适可而止。”

马岩舅妈叉着腰啐了一口，厉声骂道：“放屁！不还你也不要十三万？那是哪个狗娘养的连利息都拿走了？借了半个月都要利息，八辈子没见过钱啊？也就是小超傻子一个还把你当哥来求你，照我说，头回拿了利息就该知道你是个白眼狼！是，你现在有钱你出息，你爸宁肯坐牢给你留的钱，你买房买车娶媳妇，钱多着呢，花也花不完。我们打小给你花钱都是喂了狗！扔水里还听个声儿，到你这儿就是肉包子打狗没得回报！小超问你要钱怎么了？没道理？”

她停下冷笑几声，像是找到了什么铁证一样底气十足继续骂：“马岩，就你也是个人！你老子留下的钱没有你妈那份？屁股一拍走了几十年，什么爹生什么儿！一家子都不是好东西！我呸！”

马岩面色铁青，拳头握得紧紧的。

林斐冲过去站在马岩面前问他：“你不说话？就这么听着？狗咬你，你不知道弄她？”

马岩还没说话，马岩舅妈抬手要打人，林斐反应敏捷，一把推开她。林斐也双手叉腰，本想怒目而视，念头一转又笑起来：“您说得对，马岩有钱，可有钱了，钱多得都想满大街散了，可就是不借给你们家。哎，您今天滚地上撒泼也没用，不给钱！我劝您回家好好学学怎么求人，这态度走到哪儿都借不来钱的呢。”

“你是个什么东西？我们家的事有你插嘴的份？有妈生没妈养的东西，怪不得跟着马岩，嫁个劳改犯的儿子你可真有福！”

马岩把林斐拉到身后，对舅妈说：“出去，不然我不客气了。”

“呵！我今天就不出去，你能把我怎么样？”

林斐不生气，说：“这位阿姨，您又说对了，什么人配什么人。就像您，嫁了个没脑子的丈夫生了个没脑子的儿子，一屋子智障真是圆满！”

马岩舅舅被惹怒，走上前要打林斐，马岩轻松地把舅舅推开。

一旁看热闹的马岩二叔二婶过来拉架，又叫马岩和林斐回屋去。

马岩搂着林斐进房间，门关上，林斐从窗户往外看。那女人又开始跟二婶白话诉苦，二婶一副看热闹不嫌事大的表情，林斐气个半死，打电话给林韬。

“上回马子超借钱说要给利息，我没要，钱你拿没拿？”

林韬嘿嘿笑：“拿了……姐，给你亲弟弟吃顿火锅不行啊！”

“多少？”

“问这干吗？”

“我问你多少！”

“就一千块。”

林斐挂了电话，从自己兜里掏出来一把钱，就五百多块，她伸手问马岩要：“再给五百块。”

马岩沉默着把钱包给林斐，林斐抽出五张，一起拿着开门出去了。

她直接把钱塞到马岩舅妈兜里，说：“澄清一下，你儿子当初借的十三万是我的钱，当时我跟马岩还没好，收他利息合情合理。当然，要换作现在，我跟马岩好了，别说利息，本钱都不借一分！”

“你个贱蹄子你给我回来！还没结婚就把自己当主人家？这是谁家的女儿这么不要脸，我倒要会会你妈去！”

林斐充耳不闻进屋反锁门隔绝了外面的世界。

马岩还是刚才的姿势站着，一句话不说，嘴唇紧抿。

林斐走到马岩面前，马岩看着她，苦涩一笑，声音沙哑：“我爸……”

林斐打他胳膊一下：“你就是这么过日子的吗？由着人家欺负到你脸上吗？你有没有出息！”

马岩抬手抹了一把脸：“小斐……”

林斐拉马岩的手，马岩好想抱抱她，但觉得自己没资格。林斐心里难受，主动抱住马岩。马岩迟疑了一下，回抱住。

他埋首在她脖颈处，呼出的气息温度提醒林斐这还是个病人。

“小斐……”

他只会叫她名字。

林斐眼泪突然就下来了，她推他，想离开，马岩死死挽留维持拥抱，林斐也倔，就是要分开。

站好了，林斐看着马岩脸上那一丝像等待审判的绝望犯人似的表情，她嘴唇抖动了几下，下定决心，问道："你的户口本呢？"

马岩没听明白似的："什么？"

"我们结婚去，以后谁敢再说一句我没资格在这里说话，我就有东西扔她脸上了。"

马岩怔住，很快，他无力地说："小斐，别开玩笑了。"

林斐走近他，眼神坚定："我再说最后一次，马岩，拿上你的户口本，跟我结婚去。"

他们牵着手从屋里跑出去，马岩兜里装着自己的身份证明。

跑过撒泼看热闹的，跑出这个小院，林斐开马岩的车，一路到了静江花园。

从父母卧室拿到户口本，林斐头也不回地下楼去。

小城民政局冷清，今天可能也不是什么结婚的热门日子，队都不用排。

填表时，马岩最后问林斐："你确定吗？"

"少啰唆，写快点！"

马岩奋笔疾书地写好结婚登记表。

拍照的工作人员说他俩正好都穿白色上衣，拍出来肯定好看。

林斐和马岩肩并肩坐在镜头前，微微整理发型，摄影师在镜头前指挥他俩怎么靠近那么微笑。

不过两三次调整，准新娘就不耐烦了，说："帅哥，会按快门吗？我赶时间呢。"

摄影师今天心情好，好脾气地说："回头拍不好可没得朋友圈啊，再说，还有什么比领证更急的事啊？"

镜头里新郎微微笑着，脸上洋溢着幸福和平静，一旁的新娘却笑得诡谲魅惑双目喷火。许是民政局冷气太足，吹得新娘皮肤煞白，倒凸显她唇色艳红，那玫瑰似的唇拉直了弧度，张嘴就是一句："老娘赶着回去骂人！"

“咔！”

摄影师吓得按下快门。

结婚照定格，林家小斐杀气腾腾地闯进婚姻！

第三章
我的老公是警察 -

结婚证拿到手，林斐这就要去打架。

马岩抢了驾驶座，林斐没意见，坐在副驾驶上边转脖子活动筋骨，嘴里边说着：“等会儿你就别出面了，毕竟是个警察，有些场合该回避就回避，别让我难做。”

马岩没说话，一路乐呵呵地开车来到……金城花园小区，也就是马岩的新房。

林斐脸色铁青：“往家开。”

马岩下车走到副驾驶开了门，林斐不动，马岩给她解开安全带把她抱下来。

见林斐怒目而视，马岩抱住她：“小斐，你先听我说好吗？”

“说吧，简短一点，别煽情，我没耐心。”

“咱们回家说。”

来到连个凳子都没有的家里，马岩跟林斐面对面站着，他拉住她的双手，目光灼灼地看着她，说：“小斐，现在最重要的不是去找舅妈算账吵架，重要的是咱们结婚了。我是不是应该去你家给你爸妈一个交代，不能就这么把你娶回家了是不是？一点面子都没有。”

“面子？老娘的面子都被那泼妇一家踩到底了！”

马岩一再跟林斐说这次就算了，吵架不能解决问题。

林斐不干，脱口而出：“不让我吵回去我白结婚了！”

马岩愣住，表情受伤地说：“你跟我结婚就为了吵架吗？那吵完架怎么办？”

林斐气得推了他一把，骂道：“你是猪吗？我随便见到谁被欺负都嫁吗？”

见林斐转身就走，马岩拉她回来紧紧抱住道歉：“对不起，我说错话了，别生我气。”

林斐气得泪花都出来了，靠在他怀里跺脚，声音带着哭腔：“我今天要被气死了！”

马岩的心跟着她的嗓音颤抖，他亲吻她的鬓角、脸颊，再把她的眼泪拭去，说：“谢谢你小斐，谢谢你那么心疼我，可我也心疼你，今天让你为我受委屈我无话可说，我跟你保证没有下次了。”

林斐用手背抹眼泪，倔强地说：“不行，你今天不让我打回去我马上跟你离婚！”

马岩不说话，林斐也不妥协。

“我是怕她再骂你，小斐，你不懂，咱们这小地方，人的思想都很传统，你就这么跟我结了婚，我自然感恩戴德，但旁人不这样想，只怕背后有多少难听刻薄话。你乖一点，这次听我的，要出气不急这一时，我们先去你家好吗？”

“我！不！”

马岩没办法，两人僵持，这时小琴打来电话说奶奶高血压犯了，两人开车回家去。

舅舅舅妈见老人家犯病也怕了，在马岩回来前走了。

奶奶问题不大，吃了点药正卧床休息呢。

马岩在旁边陪着又解释了一遍事情真相，林斐去厨房问小琴那两人后来还说啥了。

小琴告诉她：“赖着不走，说要等哥哥回来赔礼道歉，还说小超给的利息不是一千块是一千八百块，反正就一直跟二婶他们说哥哥坏话，把奶奶气晕了。爷爷叫他们走也不走，还……还提到哥哥的爸爸，又把爷爷气倒了。”

“你辛苦了，晚上做点有营养的。”

“我知道，姐姐你真厉害，就该骂他们，哥哥就是太好说话了。”

林斐笑了笑，走了。

她去找马岩，说要回家。

“你好好照顾爷爷奶奶，结婚的事后面咱俩商量一下再说。”

马岩拥抱她，说：“我晚一点来找你，你把车开走吧，我现在走不开，不能送你了。”

“好，有事你给我打电话。”

“嗯。”

林斐出门就把林韬叫了来问马子超家地址，林韬问：“出什么事了？”

林斐简短告知并问：“你姐和你兄弟，你帮谁？”

林韬没犹豫：“你当我什么人？帮着外人不管你？走！”

半路上，林韬给马子超打电话叫他回家去，还跟林斐说：“他爸妈也上年纪了，马子超在好歹有个见证，也不会说咱俩欺负老年人。”

“行，去了你别说话。”

过了一会儿，林韬又说：“我不是向着外人啊，我是觉得那好歹是马岩的舅舅，你以后跟他结了婚还要往来，去了怎么做你心里得有数。”

林斐笑了：“你还挺懂，我当你是个傻子呢。”

“滚蛋。”

“对了，马子超到底还了多少利息，怎么又说一千八百块？”

“一千八百块？”林韬想了半天，翻出手机看记录，怒了，“马子超说的？要脸吗？那是他还欠了打牌的八百块一块儿给了。有时候一次半次忘了给我没要过，他想起来了给我，我凭什么不要？是转了一千八百块，八百块是打牌的。”

“知道了，估计马子超忘了这茬吧。”

快到马子超家附近，林斐越想越觉得马岩不来正好，他是警察，万一被那家子拿着把柄去找领导，前途就毁了。

下车的时候，她把结婚证从兜里拿出来放回了包里。

来到马子超家，马岩舅舅不让进门，林斐笑着说：“我来还债。”

马岩舅舅狐疑地看了林斐一眼又去跟老婆讨商量，马岩舅妈骂骂咧咧地说：“让她进来，我看她一个小孩子还敢怎么样！”

敢怎么样？

林斐进门就一脚踹翻了门口的衣帽架，包包、袋子散落一地。马岩舅舅冲过来像是要动手，被林韬拦下。

林斐骂道：“听到钱就开门，穷疯了吧！”

“你个缺少管教的杂种！”马岩舅妈指着林斐骂，“你给我捡起来收拾好。”

“收拾你个头！给你收尸还差不多！我告诉你，别冲动，要动手，你们两个老东西不是我对手。我来自然有话说，咱们心平气和聊完就算完，不然你看我敢不敢打你！”

“你要说什么话？有你什么事？”马岩舅舅问。

“坐。”林斐跟主人似的招呼，“首先告诉你们一个好消息，霍达是跟他老子斗法呢，这钱一时半会儿的确回不来，他爸不管也是真的。你们只需要等到一年期限到，那时再不还，你们各家联合起来去起诉，金额那么大是要坐牢的，那时候霍达他爸爸就会管。”

舅舅总算听到句钱能回来的话，他一时心安，语气缓和地问道：“你怎么知道的？”

林斐讥讽道：“看你们二位就知道了啊，自己的儿子哪怕再是个不成器的畜生，也没有眼睁睁看着他去坐牢的，为人父母嘛，都是这样。您二位不也是拿自己家小崽子当宝贝？”

这话激怒了马岩舅妈，她听不得旁人骂自己儿子：“你给我嘴巴放干净点！”

她又质问林韬：“这是你姐？你跟超超这么多年好朋友，好的时候穿一条裤子，这时候跑到我家闹事？行了，我也知道你是谁家的，回头我倒要问问你爹妈怎么教育的！”

林斐将茶几上的水杯摔到地上，碎片四溅。她站起来指着马岩舅妈的鼻子骂：“找我妈？你也配！你敢上我们家去，我拿钢筋把你脑袋开了。你不是知道我家吗？那你也知道我家人口不少吧，怎么着，我之前还听到你说马岩爸爸坐牢？这可真是巧了，我们家亲戚里也有这号人才，咋进去的知道吗？没别的事，就是打架太凶失了手。没办法，咱家卖钢筋的，别的没有，打架就地取材这事永远吃不了亏。算算你这把老骨头能打几个？不要脸就算了，还不要命啊？”

“哟，你这是威胁我呢？老徐，报警！”马岩舅妈指使丈夫。

林斐闻言大笑不止：“您姓徐啊？马子超不是你儿子啊？”

上门女婿徐大山气个半死。

林斐点到即止，坐回去，对马岩舅妈说：“给你儿子打电话，再问那一千八百块咋回事。我改主意了，利息还是还我吧，虽然我们家没损失几十万，但我们本本分分生意人，赚点钱不容易，没有白白给人送钱的道理，赶紧还钱。”

马子超正好赶进门，还带了一帮兄弟。

林斐一瞧那几个小子，都是认识的。她盯着其中一个问候：“周克，你老子有日子没捶你了吧？赶紧滚啊。”

周克赔笑脸：“斐斐姐，你怎么在这里啊？嗨，我还以为什么事呢，您别告状，我马上回家。”

马岩舅妈问马子超利息的事，经过提醒，马子超也想起来了，当时精神紧张就顾着开脱自己，没细想。

马子超跟林韬说话：“差不多了吧，把你姐带走，咱们这么多年朋友，你要欺负我爸妈？”

林韬笑了：“你这话说得，何止是朋友，我姐跟马岩结了婚咱还能更亲呢，可惜你们家先欺负我姐不是？这亲戚可没法做。”

马岩舅妈回屋里把早上林斐给她的一千块钱原样还她：“赶紧拿钱走！”

“话还没说完走什么？有没有礼貌？你妈没教你待客之道啊！”林斐拿马岩舅妈的话回击。

马岩舅妈气得脸都涨红了，手指打战指着林斐，大声道：“你个没教养的这么跟大人说话？”

“你算什么大人！”林斐骂，“要我说霍达干得好！骗的就是你们这些贪心不足脑子有屎的蠢货！也不看看自己儿子几斤几两有没有挣钱本事，几十万给儿子拿去祸害，不知道的还以为您家底多深厚，拿四十万不当钱呢。谁知道竟是个空壳子，区区四十万就让你们一家子狗急跳墙丢尽脸面！我都觉得臊得慌！”

“你……你给我滚出去！老徐，你管不管？”

被点到名的徐大山一言不发地抽烟。

林斐鄙视地看着这一家窝里横，不紧不慢地说道：“急什么？没钱过年了啊？还有没有有钱亲戚接济啊？哦，有一个，马岩有钱，不光马岩有钱，我也有钱，但我们不管你们。反正你们是自愿借钱出去的，报警都没用，就等一年期到吧。这一年老实点，没钱就不要出门了，丢人。

“对了，以后别让我再听到你们背后对马岩说三道四，嘴怎么那么碎！还长辈呢！回头我们办酒席就不请你们了，看你们也没钱随份子。”

林斐拿起桌上的一千块钱慢慢数，边数边继续说：“活该你们一家被霍达耍！稍微换个有底气的也不至于这么闹，被骗钱的不止你们，你看谁家大人像你们？霍达他爸那么大产业在那里，能少了你们这点钱？你当谁家都跟你们似的没见过钱啊？好歹我们马岩叫你们一声舅舅舅妈，我今天发善心指点一下你们。千万别拿今天这套泼皮行径去霍家闹，你跟我们闹，马岩顾念着亲戚情分不跟你计较。霍震华可不好惹，等这档子事过了，人家霍达还是霍震华亲儿子，十年后说不定那震达地产就是霍达做主，有的是你们求人的时候，不如趁早把你霍爷爷当祖宗供着。”

林斐要走时，马岩舅舅开口了：“姑娘，你今天来给马岩出气，以后你嫁了他，也得管我叫声舅舅，别太绝了，做人留三分，日后好相见。”

“呵，日后见什么呀？难不成我们还指望你们什么？倒是舅舅您老人家，别日后眼红我们日子红火来沾光！”

林斐走后，马岩舅妈哭闹了一场，不骂儿子却骂丈夫。

徐大山默默去卫生间抽烟。

他本没读多少书，婚后又入赘，丈人、妻子都是强势性格。

当然，他是很疼爱儿子的，同时他也很疼马岩。

马岩的妈妈，也就是他的亲姐姐当年再成家没能带走马岩，他作为舅舅，受姐姐托付一直关照着马岩。

马岩上小学第一辆自行车是他买的，马岩中学毕业第一部手机也是他买的，那会儿他挣了钱。

小时候马岩奶奶不让马岩跟妈妈这边多接触，他也被冷言冷语对待过，这些他都看在孩子可怜的分上忍了。

如今走到这一步，徐大山心里很不是滋味。

他年纪大了，手头没什么挣钱生意，就两间铺子出租，早年攒的四十万也就是给儿子娶媳妇给自己养老的钱，怎么不着急？

徐大山给马岩打电话，两个人都很沉默。

他说了今天林斐来家里闹的事，马岩冷漠地问："你们对她说什么做什么了？"

徐大山笑了，想到那个林斐，他倒觉得这姑娘和他妻子有些相似，都是泼辣性格，只是林斐更能言善道。他说："那姑娘不会吃亏。"

马岩说："你要是出了要紧事需要帮忙我不会不管，但这事我不能管。"

"我知道，马岩，今天找你起码我个人不是要让你补这个钱。我是听到你管别人不管小超我心寒，你懂吗？"

马岩说："我也有心。"

马岩还想说好在如今有人心疼他这颗心了，但又觉得没必要跟旁人说，这份感受自己珍藏着就好。

徐大山说："结婚的时候告诉我一声。"

马岩没说什么，挂了电话。

马岩给林斐打电话，说晚饭后找她去。

林斐在外面瞎逛，揣着结婚证瑟瑟发抖不敢回家。下午在马子超家的威风不见踪影，此刻只觉得，回家她就没命了。

思来想去，她给马岩发微信，说：【要不咱们先不告诉家里？等到他们催咱们结婚再顺水推舟？】

马岩回：【你在哪儿？】

林斐说：【小娜叫我一起吃饭呢。】

马岩回道：【好，吃完你给我打电话，我去接你。】

林斐坐在路边发愁，想不通自己怎么就结婚了。

她想起小时候，那会儿爸爸跟一个朋友合伙开饭店，林爸是副经理，林妈当服务员，但不怎么上班。当时厨房有个大师傅家的小女孩跟林斐玩得好，小女孩经常要帮忙洗菜剥蒜没空玩，好可怜，爱管闲事的林斐好几次帮小女孩剥蒜剥到手指头辣得哭着回家。

三岁看老，她就是个冲动的鬼。

马岩这个人，身体健康吗？家里有遗传病史吗？他的房写她的名字吗？结婚给买戒指吗？婚后谁管钱？家里谁说了算？他谈过几次恋爱？有没有出过轨打过女朋友？酒席办几桌？生不生孩子？这个人能不能生孩子？她什么都还不知道……居然结婚了！

但是，话又说回来，结都结了，总不能创造本县城结婚时间最短的纪录，到时候被人知道，别人肯定指指点点说马岩没爹妈才被嫌弃……

算了！是好是坏走着看吧！

安定了心绪，林斐开车回家去。此时已经是晚上八点，她来到二号路，进了院子，家里人都在。

林斐调整好心情进屋，赫然看到马岩坐在爸妈对面。林斐见着气氛不对劲，正想着随时跑路，林妈突然问："领证了？"

马岩站起来走到林斐身边，握住她的手给她勇气。

见林斐点头承认，林妈伸手："我不信，结婚证拿来我看看。"

林斐找出来，让马岩递过去。

林妈翻来覆去看了好久，最终，把结婚证扔在了林斐身上："滚，你们俩都滚！"

也算如愿了，虽然没能把结婚证扔在舅妈脸上，但结婚证被扔到人类脸上了。

新婚夫妇手牵手来到院子外面。

马岩问："去哪儿？"

林斐暴躁地戳他胸膛："你说去哪儿？你现在都结婚有老婆了！你说你该带我去哪儿？你没家吗？家里没床吗？不要脸你就带我去睡大街好了！"

马岩只听得到“老婆”二字，他满腔的柔情难以抑制，在林斐家门口抱住了自己的老婆。

马岩带林斐回家，奶奶已经知道领证的事了，亲热地拉着林斐说话，马岩出门去给她买洗漱用品。

马岩爷爷跟林斐说：“孩子，叫你爸妈放心，你们俩结婚该有的都会有，不会让你受委屈。”

奶奶又从床头的木箱子底下翻出来一个红色的布包，也就巴掌那么大。她拉着林斐的手坐在床沿上，打开布包，里面都是些金饰，一看就有年头了。

“早些年的旧样式，就当是奶奶一点心意，你戴着玩，回头让小岩给你买好看的去。”

林斐大大方方地收了一个金戒指和一副金耳环，甜甜地说：“谢谢奶奶，我很喜欢。”

奶奶满心欢喜地看着林斐，她摸了摸林斐的脸颊，眼眶又有泪水：“小斐，你跟小岩成了家奶奶就放心了，哪怕奶奶现在就死了也没啥放不下的了。”

“奶奶别乱说，您要健健康康活着。”

“那是那是，我还要看你们结婚，等着当太奶奶呢。”

闻言，林斐有点不好意思。

马岩回来的时候，林斐正在试戴耳环，她问马岩：“好看吗？奶奶给我的。”

“好看。”

“行了，你们去睡吧，我们也歇着了。”奶奶说。

林斐跟马岩回屋，见到二婶，林斐打了个招呼。

马岩这屋子和林斐在二号路的卧室一样，没装空调，但好在平房晚上还算凉快，马岩自己买了个制冷机，打开来劲还真大。

洗澡屋在另一头，马岩把自己的睡衣给了林斐。

林斐看他买的东西，牙刷、漱口杯、牙膏、毛巾、拖鞋还有一次性内裤，说：“还挺齐全。”

“走吧，我去给你放水，我们夏天用太阳能，水很烫的。”

林斐在里边洗澡，马岩在院子的凉椅上坐着刷淘宝。他心里琢磨着家具得赶快买，结婚用的东西也得马上买。对了，先得给小斐买戒指，也不知道她喜欢什么样式，不过好像求婚都是男生自己买秘密筹划？

他还没想出个头绪，林斐就洗完了。

夏夜清凉，林斐拉过椅子坐着让头发自然干。

马岩拿毛巾又给她擦了擦，然后把自己的手机给她，说：“你自己挑戒指好吗？我怕我买的你不喜欢。”

林斐乐了：“你准备给我买多贵的？”

“你喜欢就行，我都给你买。”

林斐满意，傲娇地说：“小马啊，现在开始你的钱就不是你的钱了，是咱家的财产。作为已婚男人，可不能做一掷千金买戒指这种事，钱要花在刀刃上，知道什么是刀刃吗？”

“你是刀刃。”

“回答正确，去洗澡吧。”

“好的，领导。”

双双收拾完，小琴回来了，提着个大袋子。林斐问她去哪儿了，小琴说她每天晚上去摆地摊卖手机壳呢。林斐看了看她卖的东西，还挺好看，于是选了一个付了钱，小琴本来不要的，没拗过林斐。

小琴高高兴兴地加了林斐微信收下红包，又问：“姐姐，你爱吃啥？明天我给你买早点，奶奶他们就喝牛奶吃油饼。”

“不用管我，我起不来。”

“那我给你买点放着你起来吃。”

“好，谢谢你，快去睡吧。”

林斐跟马岩回屋，刚关上门，马岩就抱住了林斐。

林斐在他怀里笑：“干什么？”

“就想抱抱你。”

“抱吧，现在合法了。”

马岩这一抱就没撒手，睡下了还一直抱着她，怪热的。

马岩跟林斐说买家具的事，林斐家装修那会儿她收藏了好些喜欢的东西，后面都因为尺寸不合适或者风格不合适没买，马岩说就按她的心意买。

他又交代了自己的存款、财产，说钱以后她来管。

林斐心中满意，说：“以后谁问你借钱就让他来找我。”

“好的，老婆。”

林斐笑了，心想：这个称呼他还叫得挺自然。

马岩亲吻她的脸颊，问：“小斐，你怎么不叫我啊？”

林斐装傻：“马岩。”

“咱俩都结婚了。”

林斐看他：“老……马！”

马岩笑了，望着她的眼睛，说：“目前还是小马，以后再叫老马也不迟。”

林斐嘿嘿笑，马岩没忍住低头吻她。

两人亲密相拥着接吻，屋里制冷机关掉了，林斐只觉得睡衣贴在身上热得后背都开始冒汗。她嘴里嘟囔着热，手上抓自己领口。

一只手从她后背伸进去撑开衣服，凉风灌进来，她舒服了一点。

微微分离，两人的眼神都写满情意。林斐其实心头紧张，各种复杂情绪冒出来，既期待又担心，她是想的，但这环境……

马岩与林斐想的一致，他再次把她抱进怀里，手也拿了出来，说：“睡吧，老婆。”

林斐反而不干了：“小马，你是不是不行？”

马岩的呼吸瞬间沉重，随即又笑了出来。他没动，眼睛还闭着，只说：“你自己试试行不行。”

这话说得！林斐不懂了，她自己试？

马岩像是知道她所思所想，牵着她的手伸进被子按在他被质疑的部位。

“可以了吧？”他在她耳边问，“乖乖睡觉。”

林斐抱住马岩的腰，抬头。马岩微微叹气，无奈又情不自禁地吻她。

“这么正经啊？”林斐问他。

“在这里不合适，等咱们搬进自己家。”

林斐有点感动。

马岩其实没想到今晚能带林斐回家，也没想到小斐愿意跟他来这里住。

他只想到林斐对他的一心一意，万万不想今晚就猴急地跟她发生关系，显得自己娶老婆就是为了合法办那事。况且今天她受了太多委屈，以后还不知道岳父岳母会不会为难她，马岩只想抱着她安心睡一觉再面对明天。

今晚以后，他会为林斐挡风遮雨，像她说的，两人齐心合力经营他们的生活。

林斐很快就在马岩怀里睡着了。

马岩失眠了，他心潮澎湃，回想着这一整天发生的事情。马岩看着林斐熟睡的面庞，发自内心地感激这个女人把他人生里糟糕的一天变成最幸运的一天。

第二天一早，马岩出门前林斐还在睡，他写了留言条放在床头让她等他一起回她家。

出了门到单位，他又啰唆地发了一遍微信。

同事小张给马岩拿了早点，拜托他后天替个班。

马岩笑了笑拒绝了，说：“你有老婆，我没有吗？”

“你有吗？”

“我有。”

“真的假的？”

“准备红包吧。”

林斐上午被老妈叫回去了，母女俩单独说话，林妈开口第一句就是问怀孕。

林斐十分无语：“我们俩就没有那个！我上哪儿怀孕！”

“那你急什么？”

林斐仔细地把经过跟妈妈说了。林妈听完后心里不是个滋味，她教育林斐：

“你替人着急什么办法没有，怎么就把婚结了？这传出去怎么好听？我是不反对你们相处，但凡事有个过程有个规矩，你得让我和你爸有准备，哪儿有自己偷偷结婚的？结婚是那么简单的事吗？

“你还跟人家舅舅吵架，现在也成亲戚了，这关系怎么处？”

林斐无所谓：“我怕什么？只要我们俩过得好，不怕亲戚不热情。就算我们俩没本事过得一般，那我少一个没素质的亲戚不是好事吗？”

林妈不认同：“你啊，到底是小孩子，啥也不懂。你真的没怀孕？”

林斐翻白眼，还在自己肚子上捶了几下：“要不我喝二两白酒给你看看？”

“滚滚滚。”

母女俩又说了许多，林斐告诉妈妈马岩把钱都给她了，房子也会加她的名字，林妈总算表情好了一些。

林斐趁机问：“妈，我结婚你给我陪嫁啥？”

林妈甩开她胳膊站起来：“陪嫁个屁！我不管你！”

林斐做了个鬼脸。

林妈走到门口，想起什么又回来问她：“你们昨晚住哪儿？咋打算的？他家里人什么态度？”

“就他爷爷家，他爷爷说让你放心，他们不会委屈我。早上我出门，奶奶说让我问你们，看是他们来家里找你们，还是找个介绍人来。”

林妈这才满意了一点，她也是这么想的：“你们俩领证的事就别到处说了，婚礼办了要紧。你让他奶奶找介绍人来吧，他爷爷奶奶倒还明理。”

“知道了，我跟马岩说。”

中午马岩来二号路找林斐，林妈本来还生他的气呢，马岩进门叫了声“妈”。

林妈傻眼了，愣了一下别别扭扭地说了句：“洗手吃饭。”

马岩吃了饭就得去单位，他把金城花园小区房子的钥匙给林斐，林斐带着爸妈去看房子。

这房子林爸林妈还是满意的，他们当年买房早了一步，不然也会看上这个小区。

林妈问："买家具他给你钱了吗？"

"给了给了，银行卡密码都给我了。"

"唉，前两天还跟你舅妈说蕊蕊要结婚了，你倒会抢时间。"

一家三口开车回家时，林妈跟林斐说："我给你那五十万本来就是打算让你买房的，你要找个没房的对象也不能租房住去。现在马岩有房子，我和你爸都觉得你就别买了，你们年轻小夫妻有套房住就够了，咱们小地方房子不值钱，花几十万买一套租出去一年也就一万多租金。这笔钱你拿着干点别的，以后有孩子再换大房，手里有存款日子好过。"

林斐惊喜万分："谢谢妈妈，我爱你！"

"这钱你自己拿着！别跟马岩说，嫁妆那些，先看看他们家……再说吧。"林妈说。

"我知道，你把我当傻子了啊？"

"你干的事是正常人干的事吗？"

没过两天，马岩奶奶找的介绍人来林家，两人的婚事正式提上日程。亲戚们也都知道了，问起怎么这么快就定了，林妈只说马岩爷爷奶奶有年纪了，早点办了好。

孙蕊知道后给林斐打电话，她说："妹妹，你不是个贪财的人啊，这怎么为了个戒指就闪婚了？"

"什么戒指？"

"我给你买戒指啊。"

"哦……哈哈哈，那我等着收货。"

"你结婚的日子定了吗？我还想你给我当伴娘，你不会赶在我前头结婚吧？"

孙蕊八月份结婚，林斐要到年后开春了，但她已经不是单身女士了。

林斐糊弄孙蕊："你还是另找人吧，咱这办事速度你也知道的，说不定明天就结了。"

整个六月，林斐都在忙着装修新家和见马岩的亲戚们。马岩一开始还不在二号路住，后来经常跟林斐研究家具研究到半夜，就自然而然住下了。

林妈看着来气，抽空去了趟金城花园，见卧室大床装好了，就让他们俩滚到她看不见的金城花园去住了。

林斐想买车，马岩说他给买。林斐说想买摩托车，马岩一口回绝："又想摔断腿啊？"

"你怎么知道？"

"听你妈说的……"他神色古怪。

"撒谎骗老婆倒血霉！"林斐说。

马岩捏她脸，说："你住院那会儿我见过你，当时我奶奶身体不好就住在旧住院部那儿，你骑摩托摔了，护士们都在说这事。你死了心啊，摩托太危险了。"

"那我买个小电驴吧，家里没必要养两台车，都没地方停，而且我平时拿快递走着去不方便。"

马岩想着林斐每天就是在店里忙，晚上他可以开车接她，平时用车开他的就好，于是同意了这个提议，当天出门就"牵回来"一辆小电驴。

小电驴买回来的第三天，下班路上的马岩接到老婆的电话帮忙取快递。

马岩说："你把取件码发我微信。"

林斐说："你跟老板报我的手机号就行。"

马岩去了，把车停在马路边走进巷子，找老板报了手机号。

老板说："斐斐的啊？开车了吗你？"

"开了……"

老板指着旁边一车箱子："那都是。"

马岩哭笑不得，这哪是小电驴能装得下的？

大大小小十六个快递，后备厢都被塞满了。

在家里吃了晚饭，夫妻俩回了金城花园。

马岩问物业借了个推车把包裹一趟拉回家，林斐换了睡衣坐在地板上开始拆箱子，新衣服、洗漱用品、化妆品、护肤品，还有一些小摆件。

物业的人算着时间来要箱子，马岩省了丢垃圾的任务。

把新衣服挂起来，衣柜里依旧空荡的，马岩问："哪天我陪你去拿衣服？"

"啥衣服？这就是我全部的衣服。"

马岩一愣。

林斐的性格是衣服只穿一季，说一季有点夸张，穿两三回吧，旧衣服基本都给妹妹们捡走了，她的衣柜永远只有新买的不到十套。

马岩倒不在意这个，笑着跟她说："你这喜新厌旧只能针对衣服啊，可不能针对你老公。"

"放心。"

还有个小盒子，马岩帮她拆开，全是计生用品。马岩会心一笑，抱着她说："我老婆也太贴心了吧。"

林斐拍拍他的脑袋，说："没办法，主要你没钱了。"

财产全部上缴给老婆的马岩十分高兴，换了睡衣洗澡去了。

家里布置得七七八八了，卧室收拾得很温馨，马岩看着卫生间满满当当的瓶瓶罐罐，真的很有家的感觉。

双双洗完，夫妻俩默契地抱着同样的想法回卧室。

林斐捏着小塑料袋对马岩说："不好用我可要退货的啊。"

马岩抱她上床，故意说："来不及了，老婆，盲选老公玩的就是心跳，砸手里你也得认。"

见林斐假装后悔哭泣，马岩亲她："哭也没用，警察不相信眼泪。"

这一夜对林斐来说有点梦幻，像是回到少女时代的粉色幻想，当然那时候的她很单纯，幻想得最狂野的也止步于亲吻拥抱。

深夜，林斐趴在老公身上。

马岩紧紧抱着她，他问道："满意吗？"

马岩单位的同事都知道马岩要结婚了，但没人见过林斐，众人正起哄要马岩带老婆请客呢，林斐就自动送上门了。

那是一个阳光明媚的午后，自称戒了烟的马岩正在马路边上和同事悠闲地吸烟。

说话间，一辆眼熟的小电驴来到他身边。遮阳伞下，林斐冲他意味深长地笑。

等林斐下了车，马岩搂过她介绍："我老婆，林斐。"

"嫂子好，我是小李。"

林斐跟小李打招呼，她拿过马岩手上的烟不动声色地掐灭了。

马岩摸了摸她肩膀，偏头小声说："我错了。"

林斐皮笑肉不笑。

"这会儿这么热你怎么骑着车出来了？"马岩问。

"我妈想喝冰冰乐叫我来买。"

"我陪你去。"

冰冰乐是马岩喜欢去的那家咖啡厅山寨星冰乐出的饮料，二十元一杯在这个小县城绝对算贵价单品，但卖得很好。

林斐自己也买了一杯巧克力的，喝了一大口后给马岩品尝。马岩尝了尝，不太喜欢，还是点了杯冰美式。

"我怀疑这老板前几个月去星巴克打工偷配方了，冰冰不乐，星巴克不乐，就老板一个人很快乐！"

马岩给林斐擦了擦嘴唇上沾的奶昔，问："晚饭在哪儿吃？"

"我三姑姑家，你下班直接过去，我跟我妈先去。"

"好。"

林斐喝完了去给妈妈买，服务员让办卡："您刚才消费的两杯再加上现在打包的一杯都可以积分，满七杯就能免费换一杯的哦。"

林斐就这么充了两百八十八元办了卡。

晚饭姑姑家做了凉面和绿豆汤，菜摆了满满一桌。马岩来的时候大家都吃过了，三姑姑给他拌了一盘，林斐带他去洗手。

在洗手间，林斐嫌弃他："你闻闻你身上的烟味，太难闻了！"

马岩不敢狡辩，跟她讨饶："以后真不抽了，老婆。"

"呵呵。"

吃过饭，大人们又商量他俩结婚的事，说来说去也就是那些琐碎流程。

林斐懒得参与，跟马岩回家了，走之前她拿了一袋包子当早点。

回家路上，林斐没忍住掰开一个温热的包子，拿给马岩看："我姑姑自创的红烧肉包子，这吃着才爽嘛！"

她"啊呜"一口，半个没了，再把另外半个塞给马岩。

马岩嘴里塞满了肉，听着林斐说些家里的事，他心里美滋滋的，觉得这日子过得真是舒心。

舒心到回家，林斐宣布今晚不许他上床。

"家有家规，你要么就跟我说你戒不了，要么你就说到做到，今天你抽烟了，你去小房间睡。"

马岩不想去小房间，但林斐又说得没错，他纠结了一会儿，问："明天开始我不抽了能回去睡吗？"

林斐瞥一眼他，说："能。"

马岩得了承诺，老老实实地换衣服去洗澡。

各自洗完澡，林斐准备睡觉。

马岩穿着睡衣抱着枕头茫然地站在客厅看林斐，林斐不为所动地回卧室，马岩跟着她走，被林斐挡在门口。

马岩说："万一有事你叫我。"

他还说："我就睡沙发。"

林斐说："哦，去睡吧。"

马岩迟疑了一下，说："晚安。"

"嗯。"

林斐回屋睡觉，她先玩了会儿手机跟姐妹们约逛街打牌，随后又看起了综艺。

马岩也睡不着，沙发太小躺着很是难受，小房间倒是有床，但一个人睡怪寂寞的，马岩觉得自己为了一支烟被老婆赶出房间真是怎么想怎么不划算。

"小马。"林斐突然叫他。

"怎么了？"

"我渴了，想喝酸奶。"

马岩去冰箱拿了一瓶酸奶倒在杯子里给林斐拿进去，林斐当着他的面一口气喝了半杯，马岩又拿出去了。

回到客厅，马岩抱着半杯酸奶在思考，林斐刚刚是不是给他台阶下呢？他是不是应该睡回去？酸奶只是幌子吧？已婚夫妻之间耍赖怎么了？

失策失策，马岩懊悔不已，心中发誓只要有下次，一定不要脸赖上去。

等啊等，等到林斐辗转反侧唉声叹气，但她就是不再叫小马，马岩竖起耳朵听动静。

“咳……”清嗓子的声音。

“小马……”

终于！

马岩掀开被子起身抓起枕头直接进卧室去。

“你……”林斐问。

马岩把枕头扔上去，上床抱着她躺下了。

林斐躲在他怀里捂嘴笑：“谁让你进来睡的？”

马岩也笑，反问：“你叫我做什么？我还是进来睡吧，离得近方便你叫我。”

林斐抱着马岩后腰的手微微向下拨弄他的裤腰，马岩浑身肌肉绷紧。

“饿了……”她说。

“嗯。”

马岩扑倒她吻了上去。

周末，小琴请假一天。

林斐本想跟马岩回爷爷家做饭，但马岩的小姑姑来做饭了。

小姑姑买了不少菜，叫马岩夫妇也回去。

林斐本打算等马岩下班，午饭后被林妈赶出去：“就张着嘴去吃啊？早点去帮帮忙，勤快一点。”

林斐不理解：“我又没公婆，做戏给谁看？”

林妈说：“你要有公婆倒不用了，马岩爷爷奶奶年纪那么大，你不做饭叫他们做？”

林斐便早早过去了。

小姑姑正在给奶奶换床单洗衣服，小姑姑的女儿星星在写作业，林斐进屋陪爷爷奶奶说了会儿话，累了，回马岩房间睡了一觉。

这一觉睡到了快下午四点，她起床后洗了把脸，星星把从外面小卖部买的零食分了她一包。

林斐看着包装感慨："巴西烤肉，我好多年没吃过这个了。"

星星说："嫂子，你喝过云顶咖啡那个冰冰乐吗？可好喝了。"

林斐还没来得及说话，小姑姑先骂星星："天天就知道花钱，一杯饮料要二十块，我每周给你补习费花那么多怎么没见你对学习上心？"

星星顿时气得脸通红，大声回嘴："我说我要喝了吗？我不能说话了吗？难道我必须二十四小时学习吗？我不是人不需要休息吗？"

她说完就坐到墙角的凳子上，背对着大人抹眼泪。

林斐觉得好笑，去厨房问小姑姑吃什么。小姑姑说："弄火锅？跟老二他们一起吃，人多热闹。"

"好，吃火锅我得喝饮料，星星，你帮我跑个腿买饮料好吗？"

见星星不理林斐，小姑姑跟林斐说："别理她，猪脾气，说不得骂不得！"

星星气得跑出去，林斐追出去拉住她，给了她咖啡店的会员卡，又给她五十元跑腿费，叮嘱她记得给马岩买一杯冰美式。

星星拿着钱去了。

晚饭就摆在院子里，插线板拖出来，电磁炉上煮着火锅，一桌子菜。

林斐跟星星坐在一起啃干锅排骨。

锅开了，小姑姑先煮了些软烂的土豆和山药给爷爷奶奶吃。

老人没上桌子，煮好了夹到碗里端去房间吃。林斐叫奶奶一起吃，奶奶还没说话，小姑姑跟她说："涮菜他们都咬不动，再说你爷爷吃饭单独吃的。"

林斐看了一眼老人，心里不是滋味，她觉得一家子开饭独独留下两个老人坐在安静房间里吃十分让人难受。再说，马岩还没下班，这一院子人，爷爷奶奶跟她还算亲一点。

"没事，让爷爷坐我旁边，我给他夹菜就行，一起吃热闹。"林斐坚持。

马岩回家进了院子看到的场景是这样的：一家人在院子里涮火锅，星星吃饱了在旁边聚精会神地玩手机，林斐在跟姑姑婶婶聊天，她旁边坐着爷爷和奶奶，手上忙忙碌碌地捞着肉和菜，软烂的鱼肉夹起来给爷爷一块，自己吃一块，给奶奶一块，自己再吃一块。有时候一筷子夹多了，爷爷碗里多出嚼不动的海带和玉米，林斐就自然地夹起来一口吃掉，继续跟大家说话。

就属林斐面前堆的碗碟多，放骨头的、自己的油碟、给奶奶涮辣椒的开水碗、给爷爷夹菜的碗……

马岩走近了，大家都发现了他，小姑姑给他拿碗筷，爷爷奶奶催着他洗手。

林斐跟马岩进去，顺便去冰箱把他的咖啡和自己的饮料拿出来。

她揪住他衣领闻，并问道："抽烟没？"

马岩抱着她的腰亲上去："你试试。"

林斐吓了一跳，还开着门呢！被人看到她丢死人了！这一激动手边的咖啡就碰掉了。

"没事，这么晚了我喝完该失眠了。"马岩说。

"浪费钱啊……"林斐想了想说，"以后你喝速溶吧。"

马岩面露难色："速溶有点难喝，咱们需要这么勤俭度日吗，老婆？"

林斐本是说笑，这会儿突然想到马岩二婶真想在院子里开小卖部的打算，她心思转了转，觉得家里既然要开源那就别太节流，否则活着有什么意思？

她大方豪爽地拍拍马岩的胸膛，说："咖啡会员卡你拿去，随便喝。"

"谢领导奖励。"

对于二婶想开小卖部这件事，林斐不大乐意，她私心想自己开，可以把马岩的卧室改了，给小琴加点工资让她看店，每天再给爷爷奶奶做顿饭，她也不用去摆摊儿了。

马岩说："二叔还没明说要我这间房，另外，就是他们要，这也得看爷爷同不同意，咱们不好做主。"

林斐能理解，但不甘心。

星星就在后面的初中上学，林斐跟她一起去学校逛，毕业好多年了，校园已经大变样。

星星带林斐去学校超市，林斐进去瞅了眼，死心了。

两层的地下超市应有尽有。

“老板是我们校长的亲戚。”星星说。

“肯定啊，开在这里头肯定是关系户。”

林斐上学那会儿正门口有两家小卖部生意很好，现在大门整修了，一家都没有了，就门口大路上有一家很小的店，生意很是冷清。

林斐再不惦记这件事，二叔想开就另找房，别拆马岩的就行。

没过几天，奶奶果然悄悄跟林斐说二叔想开店。

林斐态度很好地跟奶奶说自己的市场调研结果，又说：“二叔要是没工作天天在家，守个店一天卖几十一百也算收入了，他住的那间用不了，开在哪儿呢？把卫生间拆了？太小了吧？”

奶奶说：“我也跟他说了，小岩的房子别动，看他怎么办都行，你们回来还要睡呢。”

“是啊，马岩总是不放心你和爷爷，我们要经常回来住的。”

林斐又叮嘱小琴给她打探消息：“要是有人背后骂我，你告诉他们，我这个人脾气上来六亲不认的。”

还真让她猜着了。

奶奶把这话又跟老二说了一次，二婶心里不大痛快了，觉得林斐人小主意大。

姑姑们来的时候，二婶跟她们说嘴，说马岩娶了个厉害媳妇，还没怎么着就惦记老两口那点财产。

姑姑们都知道林斐骂马岩舅妈的事了，三姑姑感叹说：“是个泼辣性格，也不知道小岩在背后说了多少话，难不成还觉得我们亏待他了吗？”

二婶附和：“可不是这话。”

小琴进来做饭，取了面准备和面。

小姑姑问：“做什么？买点面条就好，也吃不了多少。”

小琴说："晚上哥哥回来吃饭，小斐姐爱吃手工面。"

小姑姑笑了，阴阳怪气地说："哎哟，小琴现在就听林斐的话啊，你跟她关系不错啊。"

小琴笑了笑，说："现在是小斐姐给我发工资，再说我还害怕姐姐呢，她脾气不好，骂起人来连亲戚都不认，我这个外人不敢惹她。"

"怎么脾气不好了？"三姑姑问。

小琴抬下巴指了指二婶："您问婶婶，那天要不是哥哥拦着，小斐姐肯定要打人的，特别凶，又能说，力气还大。"

林斐五点钟过来的，来的时候大家都在奶奶屋里。

小姑姑买了好多蛋糕让奶奶当早点吃，因为晚饭做拌面，奶奶不想吃，这会儿泡了牛奶吃蛋糕当晚饭。

林斐端着一杯冰冰乐进来，奶奶没喝过，林斐要给奶奶喝。

小姑姑阻止："老年人本来就觉轻，再喝咖啡，晚上睡不着了。"

"没事，这是饮料，喝一口尝尝味道，他们又没喝过这花里胡哨的东西。"林斐给爷爷奶奶一人倒了一点，奶奶喝了很喜欢，林斐说回头再给她买。

"吃蛋糕。"奶奶让林斐自己拿。

"我不吃了，等着吃饭。"

爷爷手里拿着不小一块，掰着吃了几口吃不下了，奶奶说："你放着明天早上吃。"

爷爷把那一小半蛋糕单独放在他手边的报纸上，旁边就是完整的蛋糕袋子。林斐看着那块孤零零的蛋糕，觉得爷爷和蛋糕一样可怜。

她自然地拿起那块蛋糕吃了起来，爷爷愣了一下，眉眼笑开，跟她说有牛奶，叫她喝。

林斐不喝。

甲肝这种病她不是第一次听说，点点的爸爸也是这病，家里吃饭也是餐具单独分开的，不过也没有说不让上桌子。

林斐不禁思考"传染"这两个字，病毒再可怕，也比不上一家人区别对待。

她这行为看在姑姑们眼里又是另外一个意思，姐妹俩在厨房聊天，她们都觉得林斐聪明，讨好爷爷怕是惦记分房子呢。

吃过饭，姑姑们回家了。林斐跟马岩准备住这里，林斐在院子里乘凉打游戏，马岩去洗澡。

小琴去摆摊儿前跟林斐告密，说姑姑们背后的议论。

林斐不解："什么房子？"

小琴小声说："拆迁啊，这院子拆了要赔好几套呢，还有赔偿安置款什么的。"

林斐乐了，说："你还知道得挺多，快去出摊吧，早点回来。"

"好。"

林斐越想越高兴，还有这美事吗？那她可得好好巴结爷爷奶奶。

回屋躺下，林斐跟马岩说这些事，她说要好好讨好爷爷，马岩只是笑。

林斐问："你会不会觉得我欺负你姑姑们啊？"

"不会，你做什么我都信你。"

"为什么？"

"因为你是我老婆。"

"这么愚昧吗？"

"就这么愚昧。"

林斐哼了一声，说："我可不惦记这些，当然，该你的我也不会让，你的就是我的，凭什么白白让出去？但我是真心觉得爷爷单独吃饭好可怜。"

"那也没办法，虽说这么多年了，但防着点总比生病好。"

"是要预防，但也要讲方式方法，又不是外人，一起吃饭可以的吧？涮火锅他的筷子不能进锅，上桌吃可以吧？不就夹个菜嘛，多大事。"

马岩抱紧林斐亲吻她的鬓角。

"你真可爱。"他说。

这是发自内心的话。

马岩说信她，是信她本性善良，做事有原则有底线，不是那种一味贪财自私的人。她同情爷爷吃饭就像她看不得舅妈骂他，这么善良的林斐，成了他的老婆，他每天都过得很感激。

闲话说完，林斐开始不老实。

马岩笑着轻咬她耳朵，叮嘱她："不要出声啊，不方便……"

林斐捏他一下，转身睡了："说得对，睡觉吧。"

马岩哪里肯就此罢休，他贴上她抱紧："别闹。"

林斐转身面向他，表情很正经："真的，算了，下次吧，在这里不好，万一被人听到还回不回来了。"

马岩心里那点旖旎消散干净，他搂住她闭着眼睛睡觉。

一分钟后，林斐又开始动手。

马岩算是知道了，这家伙成心的。

"刚刚谁让你这么激动了？"

"正常反应，谢谢。"

"那就这样吧……"

"就你坏。"

马岩逮她回来善后。

良久之后，马岩在她手里释放，他问："老婆，不需要服务吗？"

林斐心里想，但嘴硬："不需要，我不像你，我的意志像钢铁般坚硬！"

"哦……"

马岩自己整理了一下上床，他突然想起刚从警那年的趣事。

"头一回扫黄没经验，那女人一直喊她没穿衣服，我就不敢进去，我说让她一分钟穿好，还在那里老老实实地倒计时呢，男人已经跳窗户跑了。"

"哈哈哈。"

马岩想起上回在二号路抓嫖遇见林斐，说："幸亏我聪明，断后路能遇到老婆。"

"对的，老婆帮你立功，你跟老婆说别套近乎。"

马岩厚脸皮："有吗？你记错了。"

"嘁。"

林斐很快睡着了，马岩看着她的睡颜陷入沉思。他觉得生活很奇妙，半年前他还是单身，对人生没什么幻想，此刻却是有家的人了。

马岩从不在意，也不想参与家里这些琐碎的事，爷爷奶奶去世后财产怎么分他不在意，他毕业回来本来就为了给爷爷奶奶养老送终。等老人去了，他要还是一个人，马岩想辞职去外面看看。

他一度坚信自己会一直单身。

好在林斐出现了，她强势地跟他结了婚，插手家里这些大大小小的亲戚关系。

马岩觉得这样很好，感觉自己也是个有家庭羁绊的人了。

林斐要怎么样就怎么样吧，反正林斐总是心疼他的。

孙蕊要结婚了，林斐一家都过去，家里交给林韬看着。

林妈让马岩正日子再过去，或者不去也行。

林斐不懂："为啥不去？"

林妈瞪她："你们俩去了又住一起！我不嫌丢人？别啰唆，后天一早让他过来吃了酒席就回。"

"好吧……"

林斐不当伴娘了，去也就是坐席，婚礼前一晚她陪孙蕊睡。

孙蕊提到戒指的事："你们买了吗？不如我给你买？"

"哟嗬，这么大方？"

孙蕊笑起来："我下单马岩付款。"

"嘁。"

孙蕊正经起来，说："真的，以后王泽问起来，我也有个交代，别穿帮啊，妹妹。"

"知道了。"

第二天早上五点多，林斐陪孙蕊去化妆，到家后马岩已经来了，正吃饭呢。

在家等新郎，孙蕊给林斐看自己买的戒指，又介绍了自己买的那家店。

林斐看了看，有一款还行。见林斐喜欢，孙蕊这就要下单，被林斐拦住了："大喜的日子哪能让你买东西？之后再说，你先安心结婚。"

到了酒店，新婚夫妇站在门口迎客。孙蕊的婆婆来后见到儿媳穿的露肩婚纱，跑去旁边超市买了条披肩非要孙蕊遮起来。孙蕊自然不肯，王泽劝妈妈回去坐着，婆媳俩弄得有点尴尬。

正好林斐在旁边，孙蕊跟她吐槽："还是你没有婆婆好。"

马岩就在跟前呢，林斐冷了脸，说："你可真会说话。"然后挽着马岩走了。

见林斐不大高兴，马岩劝她别在意："难道还不许人说了？高兴点。"

林斐又跟马岩说戒指的事，马岩无所谓："你决定，她要买给王泽看，我转钱给她就是，你选你喜欢的。"

"真麻烦。"

马岩被灌醉了，散席之后回林斐的舅舅家睡到下午。吃过晚饭，林斐和林爸开车，一行四人回家去了。

几天后，孙蕊替林斐买了钻戒，马岩给了钱。

接连不断的婚礼袭来，林斐的未婚姐妹们都在下半年结婚，正月里还有一个，林斐几乎每个月都参加婚礼，还都是关系很好的。红包流水似的发出去，林斐开始关注自己的婚礼，想收一波红包回血了。

年关将至，林斐的姑姑们开始相约烫头发、文眉、买衣服，借口都是为林斐的婚礼做准备。

林斐乐了："谁结婚啊？你们比我还积极。"

三姑姑邀请她："走，我请你弄头发，烫个鬈发到时候盘头好看。"

"这便宜我得占，还有谁想请客？听说结婚得穿喜庆点，我前两天看到街口那家品牌店有一件大衣很喜庆，谁给我买？"

三姑姑问："那个牌子的衣服颜色都比较素，有大红的？"

林斐说："价钱很喜庆……"

"那让马岩给你买吧。"

年前，林斐厚脸皮地带着马岩住到静江花园去了。林妈虽然嘴上嫌弃，但每顿饭都很丰盛。

这天两人在家歇着，马岩接了个电话，神色不对劲。

林斐问：“是谁？”

马岩沉默了一下，说：“我妈。”

林斐“哦”了一声。

马岩的妈妈徐小兰在他七岁那年离开，她跟着一个男人走了，这事马岩知道。爷爷奶奶态度坚决，不许她带走马岩。马岩自己也不记得妈妈是否争取过，但他记得自己挽留过她。

为了防止徐小兰偷偷带走孩子，马岩被奶奶送去了姑姑家住。等他再回来，就没有妈妈了。母子再相见是三年后，彼时徐小兰又生了个儿子。

徐小兰回老家的时候会买很多东西来学校找马岩，马岩扔过东西恶语相对过，长大一点之后就只会冷眼对待了，不过这机会也不多。

舅舅徐大山给马岩买了手机之后，马岩偶尔会收到妈妈的短信，生日和过年各一条，但他从来不回复。

林斐问马岩：“那你爸呢？”

马岩伸手摸口袋，像是在找烟，可他已经戒了。

林斐搂住他肩膀靠在他身上，马岩开口说：“我妈走之前他已经不怎么回家了，好像在南方做生意，后来就没消息了。前几年突然有人联系家里，说我爸打人被关起来了，对方伤情严重，他进去了。”

林斐没说话。

发现马岩明显焦躁起来，林斐安慰他：“因为是你爸妈，从你的角度看你很受伤，他们不管你确实大错特错，但离婚什么的就很正常。”

马岩冲她笑了笑。

林斐问：“你妈找你干什么？”

“问我结婚的事。”

“她想来吗？”

马岩转头看她：“你怎么想？”

林斐愣了一下：“你怎么想最重要，是我们结婚，新郎官不高兴可不行。”

马岩问：“你爸妈会希望婚礼有……家长吗？”

林斐摸摸他的耳朵："爷爷奶奶不是家长吗？"

马岩抬手搂住她，说："小斐，我一点儿也不想纠结过去的事，我只想跟你好好过日子。"

"我也是。"

没过几天，林斐接到马岩舅舅的电话，约她见面，是马岩妈妈想见她。

林斐考虑了一下，拒绝了。

十分钟后，徐小兰亲自给她打电话约见面。

林斐说："您有什么事电话里说。"

徐小兰语气说不上高兴："好歹我是马岩的妈，你们要结婚，我当然得见见你。作为婆婆，也应该对你有所表示。"

林斐不为所动，说："我觉得，您还是应该找马岩，我见不见您无所谓，您儿子认您才是关键所在。"

徐小兰终于亲自领教到弟妹嘴里难缠的林斐的厉害，她语气诚恳下来，说："你跟我见一面，想必你也知道马岩不愿意见我，我们俩没什么过节，你见见我也不会吃亏。"

"我想想吧。"

林斐跟妈妈商量，林妈让林斐去。林妈能理解徐小兰的态度，小县城的人就是这样，儿子结婚这种大事不请她会被人戳脊梁骨。

两人约在了云顶咖啡。

林斐入座后打量徐小兰，觉得马岩的长相应该是随了爸。

徐小兰想参加婚礼，她带来一套老凤祥送给林斐添喜气。

林斐看了一眼，内心很是鄙视。

她怀疑徐大山在背后骂她小气贪财了，否则素未谋面的徐小兰怎么会觉得一套首饰能打动她？亏得她来的路上还幻想徐小兰给她拍一张房本。

林斐笑着拒绝礼物："今天我不能收您的东西，我就是来见见您。"

徐小兰的表情有点尴尬，问道："小岩……他很记恨我吧？"

林斐挠头："这您得问他本人，我怎么说呢。"

徐小兰不说话了，林斐忍不住打听："您这些年怎么不管儿子呢？我不是想教育您什么，您刚刚问那个问题，我就觉得，您都没管儿子，就不能指望他心里一点不受伤。"

"小岩这么跟你说的？"

林斐脑子一转，撒谎："不是啊，舅妈说的。"

"她？她怎么跟你说这个？"

"上回吵架您知道吧？我见她骂马岩骂得难听说了她几句，她还劝我别嫁给马岩，说咱们马岩妈妈不管、爸爸是劳改犯什么的……唉，要不是马岩跟我说详情，我还真不敢结婚了。"

徐小兰将信将疑，她早听弟妹说了这个林斐多巧言善辩，问道："什么详情？马岩怎么跟你说的？"

林斐说："他说他妈妈有了新家庭，说他爸爸是路见不平拔刀相助，人家坐牢也是不想把留给儿子的钱白白赔偿给流氓。"

徐小兰皱眉喝咖啡，不知在想什么。

许久，她说："我怎么不管他，当时他爷爷哪里肯让我带他走，我都找不到人。这些年我联系他，回来看他，他总是不见我，也不知道听了多少我的不是。"

林斐不太接受这个解释，从她一个旁观者的角度来看，父母离婚孩子留守爷爷奶奶身边这事真的太常见了。别说马岩父母都不在老家生活，即便在一个县城，一年到头不来往的也多得是。她到底是偏心马岩的，也顺带着偏心了马岩的爷爷奶奶，觉得爷爷不让儿媳带走孙子可以理解。但这件事不应该是徐小兰二十年不管孩子的借口，逢年过节一个电话，寒暑假回来买个玩具买点衣服就算尽到母亲责任了？这也太轻巧了。

她惊讶大人们的虚伪，为什么就不能承认自己开始新生活后没精力管另外一个儿子了呢？谁说女人离异后不能重新开始？但徐小兰不承认，林斐就觉得徐小兰虚伪。

"您走的时候马岩还小，正是需要父母的时候，长大了反倒不需要了。

像我爸妈一直在我身边，现在我大了有时候还觉得他们唠叨呢，小时候可不，就爱黏着爸妈。”

徐小兰说：“那两年我也想着好好挣些钱。”

林斐拆穿她：“可是您不是很快生了孩子吗？怀着孕还工作啊？那是辛苦。”

徐小兰看林斐的眼神开始有不满。

彼此沉默一会儿，徐小兰提出想出席婚礼，拿面子说事。

林斐心里明镜似的，知道徐小兰觉得她是女孩子，她家里肯定愿意要体面圆满。

林斐说：“我跟马岩在一起就知道他家情况，要是介意就不在一起了。”

“不管怎么说，你们结婚我总要表示我的心意，头次见面，今天这点东西你别嫌少。你们的婚房准备好了吗？还缺什么吗？”

“什么都不缺。”林斐说。

徐小兰还想说话，嘴都张开了，突然愣愣地看着前方。

林斐回头，就见马岩在收银台点单。

他也看到这边了，脸色不太好看。

林斐跟徐小兰说：“我得走了，阿姨，我还是觉得，您跟谁有矛盾就去找谁解决，我一个外人，并不能做什么。”

林斐追上马岩，马岩在生气。

她抱住他的胳膊：“跟我生气？”

“没有。”

马岩说不清跟谁生气，但他下意识觉得不能生林斐的气。

他还要去工作，林斐跟他说：“下班早点回来，我给你做好吃的。”

“知道了，回去开车小心。”

林斐回二号路，下午就一个客户装车，小方看着办了。

林斐跟妈妈在屋里说话，她把徐小兰跟她说的话告诉妈妈。

林妈说：“你不要多嘴，他们母子好就好不好就不好，反正你是当没公婆的条件嫁过去的，看马岩怎么处理就行，你说多了没好处。”

“我知道。”

林妈又叹气，想起别人家类似的情况，跟女儿说了半天闲话，中心意思还是想说母子情缘断不了。

下午五点的时候林妈煨了一锅鸡汤煮馄饨给奶奶吃，馄饨皮特意擀得很薄。她问林斐要不要，林斐装了一大盒带去金城花园了。

她在路上买了点熟食凉菜，再开两罐冰啤酒，一顿承诺的“好吃的”就完成了。

吃饭的时候，林斐跟马岩说了下午和徐小兰见面谈话的内容，马岩只是听着，听完就没胃口了。

马岩去阳台吹风，林斐知道他心里委屈，走去他身边陪他。

她挽着他的胳膊靠在他身上说：“老公，你觉不觉得大人们有时候很虚伪啊？”

“怎么说？”马岩看向她。

林斐说：“小的时候拿棍子教育我们做错事要勇敢承认错误才是好孩子，到了自己身上又不认了。难怪孩子大多不听话，教育我们的人也没做到承认错误。”

马岩抽出胳膊搂住她。

林斐又说：“其实我觉得你妈妈应该跟你道歉，承认自己曾经觉得带孩子再婚不方便，承认自己想要新生活，承认自己曾经的确因为短暂摆脱了孩子而感到愉悦过，承认自己做错了，跟你说声对不起。做错了不代表她对你的感情是假的，人都是复杂的，她现在又能做什么呢？你也没有要求她做什么啊，就是死要面子。”

马岩转身抱住林斐，不知道说什么，他觉得林斐说到了自己心坎里，但又不完全对。

他的确需要这样的道歉，但这样的道歉对他来说还不够。怎么才算够呢？他自己也不知道。除非发明时光机器回到过去，让一切变得圆满，自己生活在幸福的三口之家，但这根本是天方夜谭。

不够的部分无法弥补，所以他紧紧拥抱林斐，他想，他真的只是想别被过去的阴霾遮天蔽日，就好好跟林斐过日子。

“小斐，我曾经觉得，我爸妈虽然不在我身边，且他们都各有各的生活，但我起码不算是孤儿。可是现在，我却希望我是个孤儿，你懂吗？”

林斐拍拍他的后背：“我懂啊，就是希望他们不要再伤害你，不要再纠缠不清，对吗？”

“嗯，我觉得跟你结婚特别好，就我们俩，一个家，我很满足。”

“我知道，那你就别多想了，咱们家的碗还没洗呢，你快去洗一下。”

马岩笑了，抱紧她：“再等五分钟就去洗。”

“好吧。”

徐小兰回家后一直惦记着马岩，她犹豫要不要给林斐打电话问问。

马丽，也就是徐小兰的弟妹，一直缠着徐小兰追问见林斐的细节。徐小兰本就心烦，现在看到马丽那副八卦的表情，联想到林斐的话，倒也顾不上辨别真假，心底真实觉得马丽讨人嫌了。

她只回来几天，徐家父母早已过世，徐大山是上门女婿，每年都在老婆家过年，姐弟俩这些年都是各自过年。

走之前她又找了一次林斐，林斐收下了她的首饰。马岩只是说林斐喜欢就好。

林斐问道：“不喜欢呢？”

“不喜欢拿去换个你喜欢的。”

孙蕊今年带老公回老家过年，他们一家还要去乡下老家认亲，带的东西多，王泽一辆车还要载人不够坐，林斐的爸妈便开车一起去。林斐提议自己和马岩也顺便去认亲，被老妈给了一记白眼，叫她不要丢脸丢到老祖宗面前。

爸妈一走，林韬撒欢了，大白天就去找朋友喝酒。

林斐很忙，头一晚卸货到半夜，直接在二号路睡了，第二天马岩又值班，她又在二号路住。

半夜睡得正香，林斐听见有人叫她和妈妈的名字。林斐穿好衣服开门出去看，马路边上站了四五个女人，都扛着大包。

“斐斐，是我，开下门。”

林斐赶忙下去开门。

来的是乡下老家去新疆打工的年轻嫂子们，刚下了火车没地方去。

大家都饿了一路，进门洗漱了一下就借了厨房。

也不用林斐提供食材，几个嫂子从行李包里拿出挂面和咸菜馒头，手脚麻利地点火烧水。一个嫂子刀功了得，土豆丝切得跟工具刀切的似的。几个人三两下就做好了饭，满满一锅挂面捞出来四大碗，火都不关继续煮。

李嫂从她的大包里拿出葡萄干给林斐，林斐蹲在台阶上一边吃葡萄干，一边跟她们聊天。

干力气活的人饭量都大一些，一大碗面条几口下肚跟没吃似的，林斐看这面条实在简单，她想起冰箱里有好些卤味，拿出来热了给嫂子们下饭吃。

李嫂问起林斐有对象没，林斐说有了。

刚被念叨的马岩发来微信，说：【来了个醉汉，吐了一地，我想打人。】

林斐笑晕，回复：【切记你是保护群众的！】

马岩秒回：【深夜三点了还不睡？】

林斐跟他发语音说家里来客了。

马岩听完后问：“家里住得下吗？”

“挤挤睡呗，林韬不在，睡他屋，我屋里再睡两个刚好。”

“那你睡哪儿？跟奶奶睡？”

“嗯。我都不困了，还有点饿。”

“家里有吃的吗？大半夜别出去了。”

“我知道。”

“我要去忙了，你吃饱了早点睡觉。”

“嗯。”

马岩接到报警，一个五岁的小女孩哭着说爸妈不见了，就她一个人在家，好害怕。马岩开车赶过去，孩子的爸妈在一楼邻居家打牌，孩子半夜睡醒不见爸妈吓哭了。

马岩板着脸教育了一顿这对父母，又夸奖了小姑娘聪明又勇敢这才走。

回所里的路上路过烤肉店，他本想下车给林斐买夜宵，低头看到自己身上的警服，去不了了。

值夜班出警要穿警服，尤其是这种小朋友报警，看到他的衣服也能更信任他，就是不能中途办私事了。

马岩继续开车返回，路上他想起方才见到那个小孩时她哭得好不可怜。是了，小孩子半夜睡醒不见家长能不害怕吗？都尿裤子了。他小时候也害怕过。

他又想到林斐，觉得自己是个糟糕的丈夫，就算现在能给她送一份夜宵又如何，还是要匆忙赶回去，不能留她一个人孤零零地坐在家里吃东西。

他以前半夜来林斐家，她经常陪着他吃夜宵。

马岩开到路口，掉转车头去了二号路。

他告诉自己这不算违反纪律，二号路也有一个群众半夜醒来没见到丈夫害怕了。

林斐安排好嫂子们休息后下楼去关灯，走到拐角处听到门口有动静，似乎是谁在撬门？喝醉的吗？

她轻手轻脚地下楼，站在楼道口，随时准备喊人。

仔细听了几秒，似乎是在开门，有钥匙的这会儿能来的就林韬了。林斐放下心来，准备等弟弟进门就通知他滚蛋，没想到，进来的是马岩。

四目相对，马岩看着自己老婆手里拿着一根钢筋精神抖擞地站在院子里，他微笑着走过去。

“怎么这么早回来了？”林斐问。

马岩接过她手里的武器轻轻放好：“我还得回去，只是出警路过。”

林斐的笑容维持了一秒，然后叹气。

马岩拉她的手，问道：“吃东西了吗？本来想给你买吃的，可我穿着警服不能去。”

“去了会怎么样啊？”

“违纪处罚。”

“那你现在回来会不会被处罚？”

“不会。”

“为什么？要是咱家正好是开娱乐场所的呢？”

马岩也不知怎么解释才好：“嗯……你不举报我就没事。”

“我能大义灭亲吗？小看我！”

马岩笑起来，抱住她问：“饿不饿？”

“吃了好多葡萄干，饱了。”

“我不能待太久。”马岩说。

林斐摸摸他的后背：“值夜班的孩子好可怜，明天你就直接回家睡觉吧，睡醒上来吃饭。”

马岩想到家里来人了，他来的确没地方睡，于是说：“我睡醒可能下午了，午饭就别管我了。”

“好，那你吃了饭再睡啊。”

“知道了。”

马岩这就要走，林斐送他到门口顺便锁门。

马岩搂着她的腰亲了亲，说：“再去睡会儿吧，不然明天要犯困。”

“我知道，你开车小心。”

“嗯……”

马岩抱住她不撒手，林斐笑起来说他撒娇呢，马岩还是第一次被人这样说，心里也觉得好笑。

“快进去吧，别冻着。”

嫂子们第二天一早就走了，林妈赶来做饭已经不见人了。

快过年了，林爸林妈去分头收账，林斐给奶奶煮了一碗番茄鸡蛋面。她自己本来想去吃汉堡，小琴来给她送饭了，是家里炖的羊排，马岩奶奶让小琴给送来的。

就够两个人吃，小方在呢，林斐不好意思吃独食，跟小方分着吃了，刚吃完，马岩来了。

林斐笑了：“你会算命啊？知道我们吃肉不带你就找来了？”

马岩穿着便服，是林斐给他买的毛衣和羽绒服，整个人看上去帅帅的，他跟林斐说自己早上吃得多还不饿。

“怎么不睡觉？不困吗？”林斐问。

马岩坐在沙发上把外套拉开看着她说：“睡醒了。”

睡醒家里没人，他觉得有点冷清，便来找林斐。

小方吃完饭去院子里忙活，机器打开，轰隆隆地响起来。马岩想跟林斐说句话都得喊，着实费力。

林斐出去了，不一会儿拿进来一簸箕石灰，马岩问她做什么。

林斐说：“楼顶蓄水池的水管冻裂了，水流了一地，都结冰了，一会儿太阳出来一晒就完蛋了。我爸一早说要弄，又出去收账了。”

“我来弄。”马岩脱了外套接手这个任务。

马岩去水池边加水和石灰，林斐带他上楼去。

走到楼梯口，马岩让林斐别上去：“你那鞋容易滑倒。”

林斐站在原地看马岩一步步稳稳地踩过去，走向蓄水池，到跟前了，找到出水口。马岩研究了一下，把漏水的地方重新快速砌好，将多余的石灰都抹平在四周。他拍了照发给林斐，说：“验收一下。”

林斐看了照片，回道：“完美。”

林斐看着马岩卷起袖子端着小铁盆走过来，她给买的白毛衣干干净净的，一双腿修长又笔直，就手腕上沾了一点石灰。林斐心里冒泡泡，看着他傻笑。

“笑什么？我脸上沾了？”

“低头。”她勾手指。

马岩把脸凑过去，林斐亲了他一下：“小马同志真帅。”

马岩得意，偏头亲上她的唇：“谢谢老婆赏识。”

“不要脸，都不知道谦虚。”

“我谦虚那不是不给你面子？”

“有道理。”

一下午，两人围着火炉打游戏聊天，马岩问林斐：“你天天忍受这么大的噪音，听力还没受影响也是奇迹。”

林斐假装耳背：“你说什么？”

马岩笑着揽住她：“别闹。”

林斐看他打游戏，想到自己的成长环境，的确不利于孩子学习，于是说：“老公，咱们得晚点要孩子。”

马岩看了她一眼，说：“听你的。”

他没想过要孩子的事，跟林斐在一起就挺好的，谁知道他能不能做个好爸爸呢？

林斐靠在他身上发愁：“你说我不能一辈子卖钢筋吧？这规模我也不能在家当老板，自己看店吧又不自由，有了孩子跟着我天天嗡嗡嗡的，肯定没心思学习。”

马岩说：“那你把生意做大在家当老板。”

“做不大啊，那些开发商又不从我这小店买，你说我怎么才能打入他们内部呢？”

马岩觉得这是一个值得思考的问题，建议林斐从长计议，不要心急。

林妈下午三点多回来，见马岩在这里，打发他们回家休息去了，反正下午店里也不忙了。

回到金城花园马岩就拉着林斐睡觉，林斐见他真的困，说：“谁让你不睡觉跑出来？这会儿睡了晚上还睡不睡？”

马岩闭着眼睛抱紧她：“就睡半小时。”

林斐转个身让他抱着，自己脑子里在思考生意，怎么才能做大做强呢？

一个小时后，马岩从梦中醒来，怀里空空的。

“小斐？”

“在呢。”

见林斐在客厅沙发上坐着，马岩打着哈欠走过去坐下抱住她靠着。

林斐神情很是兴奋，反手摸了摸马岩的下巴，说：“老公，你说咱们县城未来十年会怎么发展？”

马岩有点蒙：“啊？”

一觉睡醒，老婆要竞选县长了？

林斐拿起茶几上的地图开始讲解自己的想法：“你看咱们这里的地理环境，虽然依山傍水，但是地形狭长，城区面积小，横看竖看就是两条线，中心建设就这样了。从前几年开始都在发展河对岸，但那边条件有限，现在修满了宾馆没人住，旅游是搞不起来的，农副产品也没啥优势。从新商场到天桥商业街，这边下去这些地都盖了房子，但人口就这么多，谁买？”

马岩没心思回答这个问题，十分震惊地看着妻子，问：“咱家为什么会有地图？”

“爱护家乡。”

马岩佩服不已：“你真是站在书记的高度在看问题。”

“没办法，地方小，赚钱不容易。”

“那你研究出什么结果了？”

“我想去卖房子！”

“为什么？”

林斐娓娓道来。

林家爸妈买的静江花园已经在城市边缘了，再开发下去就要接连上镇子了。城里人要么原本有房有地自己盖，要么像林斐家这样有车的买静江花园找清静，再往下可就没人去了。

林斐那些朋友结婚买新房宁愿要城里的二手房也不去城边上，不然晚上想喝个酒车都打不到。

所以那一长排被开发商买下来的地皮最终都是要卖给乡下人的。

现在农村人也有钱了，像林斐老家那些小孩都不务农了，要么进城打工，要么考乡镇单位工作，要么就是一大家子买一套房进城住享清福，乡里人越来越少了。

她去卖房子说不定能赚一笔，而且还能打入开发商内部，没准就能得到些有用的消息。

“我爸妈他们就吃亏在消息不灵通。”

林斐对他说：“小马，以后工作注意，多跟队长、所长、局长的搞好关系，随时听着点领导们的话，有什么动向立刻向我报告。”

马岩说：“好的。”

他又问：“你真要去卖房子？”

林斐想了想：“先结婚，等结完婚再说，我不能让我孩子重蹈覆辙，得给孩子一个安静的成长环境吧。”

马岩问：“你对我就没点要求？”

林斐警惕地瞪着他：“你想干啥？当老板去会所包秘书啊？你死了这条心啊，老老实实地当你的警察，以后领导提拔你记得及时拒绝，别想包小蜜！”

马岩笑得肚子疼：“老婆，那你到底要不要我跟领导搞好关系？”

林斐说：“好与不好之间的尺度你自己把握。”

“行，我知道了。”

快新年了。

林爸准备了一些烟酒，说让马岩年前或者年后找时间给刘所长拜年，马岩一时傻掉。林爸以为他不愿意做这种事，还劝他：“要跟他搞好关系，你们单位其他人难道都不送？就是这么个人情社会，你去拜个年对你只有好处没坏处。”

马岩不是不懂，他每年过年也表示过心意，只是感动林爸对他的好。他接过盒子，说：“谢谢爸，您买这些花了多少钱？”

“一家人不说两家话，给你你就拿着，不用多说。”

“好。”

拿着老丈人准备的礼物回家，马岩心情很复杂，他突然不想送了，觉得很珍贵。

况且，今年刘所长可能会不待见他。

马岩没告诉林斐，刘所长其实有意让他当自己女婿，刘所长家的女儿刘思扬对他也是有意思的，最近因为他结婚的事，刘所长对他明显冷淡了起来。

一月份发工资，马岩发现上个月的绩效奖金少了，他心底明白这是怎么回事，但也不想去问，因为知道问到所长那里，理由随便找。

就拿平时工作时间的纪律来说，轻轻松松找点违纪举报很容易，什么工作时间去买东西了，穿着警服干私事了，甚至说你穿着警服开车上班路上跟人撞了。即便是对方责任，那群众也能举报你徇私枉法，反正举报又不影响群众利益。真要找碴容易得很，马岩只是不想给刘所长这个满足。

马岩不想，但瞒不住林斐。

林斐对他的工资十分清楚，莫名其妙扣了绩效，林斐得问清楚。

马岩这下不能擅自揣测了，只能去单位问个清楚，得到的回复跟他想的一样，说他上班时间违规被匿名举报。

林斐不信："谁会举报？大家都这么做，谁那么闲？你是不是得罪人了？"

马岩只好告诉她缘由。

林斐听完后乐了："我老公真是招人喜欢，幸亏被我早早盖章了！"

马岩见她不生气，放心了，搂住林斐说："这事就算了吧，过段时间刘所长就消气了。"

"他能慢慢消气，我不能让你长期受气啊。"

马岩感到窝心，抱紧她："我没受气，我有老婆谁也不能气到我。"

林斐笑而不语。

一家人商量，决定请刘所长吃饭。

林斐的二叔积极张罗，说他来组织："小马和斐斐你们俩别去了，我们大人好说话，这事你们别管，安心上班。"

林斐听话但又不完全听话，大人们有大人们的人际主张，她也有自己的解决办法——抓源头，找刘思扬。

刘所长想要乘龙快婿，林斐就给他安排一个，大家都高兴。

正好她有一个人选，这个人家庭条件、人品、性格各方面都不错，以前追过林斐，是她初中同学，一个很憨厚温和的胖小子。林斐认可他的条件但看不上他这个人，综合算下来，正适合介绍给刘思扬。

她托朋友打听刘思扬，想着找机会认识一下交个朋友，一打听才知道，刘思扬和吴佩是好朋友。

这不巧了吗？

林斐很高兴，想着解决完刘思扬再给吴佩找一个，谁也别想逃。

第四章
我主外，你主内 -

赵东是林斐的初中同学，为人十分善良忠厚，对待朋友更是亲和慷慨。他爸还开着两家酒楼，两个儿子一人一家。要说赵东有什么让林斐瞧不上，其实还真没有，作为朋友她很欣赏赵东，但要恋爱结婚，赵东就不合适了，他太过内向，并且有点胖，脸倒是不丑，就普通人吧。

赵东现在也到了想成家的阶段，林斐刚回来的时候他追过，追了一个月林斐都不知道他在追求她，就是三棒子打不出一个屁的木讷性格。

林斐想给刘思扬介绍，慎重考虑过后，觉得自己去介绍说不定刘思扬会介意，于是迂回作战。

她先是找机会和刘思扬一起打了次麻将，然后主动加刘思扬的微信。估计刘思扬也想知道马岩的老婆是个什么水平，给微信给得很痛快。

林斐把刘思扬拉进自己的牌友群，里边都是些女孩子，平时爱聊购物、美妆一起拼单之类。林斐没事就在群里提赵东名字增加印象，说的都是好话。

林斐家腊月二十九休息，奶奶今年被二叔接去了，除夕全家人都去二叔家吃年夜饭。

林斐好歹嫁了人，除夕得去马岩奶奶家。马岩今天休息，姑姑们也来了，一家人热热闹闹团圆了一天。晚饭后林斐和马岩要去二叔家继续吃饭，林斐见他们走了就剩两个老人有点可怜，于是主动提议留下来陪他们看电视。

爷爷奶奶当然很高兴，林斐今天给孩子们发了红包，马岩爷爷私下给了她一个大红包。

晚上八点多开始，林斐家里一个接一个电话叫他们回去，奶奶让他们赶紧去，说自己也差不多要睡觉了。

林斐关好院门出来，看到各家各户张灯结彩的，她抱住马岩的手臂随口问道：“你以前过年都这么冷清啊？”

马岩想到去年今天的心情，对林斐的话感动到心坎里。他站在院门口拥抱林斐，看着自己家的院门，觉得自己这辈子都不会再感到孤单寂寞了。

“小斐，谢谢你嫁给我。”

林斐有点脸红：“哎呀，肉麻死了，快走啦。”

这就肉麻了吗？马岩笑着亲她一下，说：“老婆，我爱你。”

“滚啊你，烦死了！”

到了二叔家，马岩连外套都还没脱就被拉去灌酒，林斐被弟弟妹妹们团团围住讨红包。林斐心口堵得慌，发号施令，安排弟弟妹妹们给她切水果、剔肉骨头、捏肩捶腿换红包。

二叔早就喝醉了，跟三姑父两个酒鬼拉着马岩说车轱辘话，什么“你要对小斐好，不好我们都不依”，又煽情让马岩不要怪父母，都不容易，说他们就是马岩的长辈亲人，但前提条件还是要对小斐好。

马岩好脾气一一应承，林斐受不了，太肉麻了，她跟姑父告状：“小马对我不好，今天都没给我发压岁钱。”

小马很无辜：“我的钱都在你那里。”

二叔主持公道说小斐欺负人，转头又教马岩怎么藏私房钱，二婶趁机套话问出了他的私房钱，全家都乐得不行。

林斐问妈妈：“林韬呢？”

林妈哼了一声：“火烧屁股似的，饭都没吃几口就跑了，谁知道去哪里喝酒了。”

林韬还没结婚，按理要拿压岁钱的，林斐“善良”，替他收了自己花。

姐妹群里在抢红包，点点发来一段视频，是在尾巴酒吧，一帮人发红包玩呢，一次发五个，手气最佳继续发，金额翻倍。

点点发来语音：“太凶残了，这帮娃真有钱，我进来的时候还发一百，现在一个红包一千多块。我刚刚抢了一个，两百多，幸亏不是最佳手气，就差一点点！”

她又说：“小韬也在，你弟弟今晚手气不行啊。”

林斐说：“穷死他活该！”

点点又发来几段视频，林斐看到赵东也在玩，她点开朋友圈刷了一圈，发现好多人发这个现场。

林斐给赵东发微信：【过年好啊，老同学，有对象了吗？】

赵东先回了个拜年红包再说话：【没有。听说你快结婚了，记得请我。】

【肯定请你，你怎么还不找？】

【得有人看上我啊！】

林斐截图发朋友圈给赵东征婚，文案是这么写的：【快来个美女管管赵老板，一晚上发出去几万红包，败家啊。】

半小时后，刘思扬点赞。

五分钟后，刘思扬留言：【这是在哪里玩呢？】

林斐私聊回复：【尾巴酒吧，你要去吗？那边正缺人手打牌呢。】

刘思扬回：【我倒是想打牌，没有认识的，朋友都在家看春晚呢。】

林斐说：【我给你推个微信，你找他玩，我同学，人不错。】

见刘思扬没回复，林斐把赵东的微信推给她，又给赵东打电话让他把握机会。

赵东紧张得很：“别了吧，都不认识，我不好意思。”

“见了不就认识了。今天除夕，礼貌点，给人家发个小红包就认识了。她爱打牌，你要没喝酒去接她呗。”

“不好吧……”

“那算了，你明年继续光棍跟小孩子玩吧。”

“哎……那我怎么说啊？直接说我去接她？”

“爱怎么说怎么说，自己发挥。”

马岩被灌醉了，在二叔家的沙发上盖着毯子睡觉。林爸林妈回家了，林斐跟妹妹一起看春晚，等马岩睡醒才带他回家去。

跨年就在回家路上了，红灯路口，林斐还想许愿呢，马岩黏糊糊地凑过来抱她叫老婆，说他头晕。

到家洗了澡，两人换上林斐新买的春节红睡衣，马岩喝了两大杯冰果汁，舒服了点。

年前林斐买了好多东西布置家里，结果因为太忙到今天连春联都没贴，马岩给她扶着椅子贴了对联和福字。

林斐进屋又把水果、菜肉都归置好，嘴里念叨着："明天我再收拾吧，家里都没点过节气氛。"

她一转身，马岩拿着钻戒站在她身后，说："要不要我跪下？"

"别了吧……好尴尬。"

马岩笑着拿出戒指给她戴上，抱着她亲吻："我爱你，老婆。"

"我也爱你啦。"

林斐困极了，挨着枕头就睡着了。

马岩这会儿精神了，他躺不住，去收拾家里。

他在林斐买的节日水果盘里摆上水果、干果、零食，沙发垫换上新的，生肖玩偶摆好，再把窗花贴好，又找到她买的彩灯挂起来亮着，玄关、电视柜到处摆上小摆件……也不知道合不合她心意。

忙完这些他又把快递盒和垃圾拿下去扔了，这时已经快早上六点了，马岩从冰箱找了些东西定时熬粥给林斐当早餐。一直到上班时间，他收拾好出门，给林斐留言让她记得吃早餐。

林斐醒来的时候天大亮，家里的小彩灯一点效果都没有，但她看着各处的摆设，心里暖洋洋的。

好像就是这样的，小时候过年去别人家，家里都跟平时不一样，说不上有什么特殊，也就是一些水果、糖果和春联，或者是家家户户的金橘，总之很有过年气氛，林斐一直想着自己有家了也要这样有仪式感。

她刷了牙去厨房喝粥，山药排骨粥。

林斐给马岩发微信：【你早上喝粥了吗？】

马岩没喝，但他说喝了。

中午去静江花园吃饭，林韬早上回来的，睡到午饭才醒。

他跟林斐说："霍达他爸把账都还了，霍达也回来了。"

"他爸倒是爽快。"

"生意人嘛，都讲究，不会让那么多家过不好年，也没必要大过年的让人咒骂他们家是不是？反正霍达这次被他老子关家里了，昨晚都没出来玩。"

"你昨晚发出去多少红包？"林斐问。

"你别管我发出去多少，我的红包你拿了吧？赶紧还来。"

"什么红包？我不知道。"

"脸皮厚！"

"没大没小。"

林斐吃了午饭找朋友去，她先带了饭送去给马岩。

马岩就等着老婆投喂呢，见她来，小马同志感到非常有面子。

林斐跟马岩的同事们闲聊，后来见到了刘所长，她跟他打招呼，对方不太热情。林斐无所谓，想着迟早要吃一杯媒人的酒，到那时看你刘建军还板不板着脸了。

去打牌的时候，林斐在街上看到刘思扬上了赵东的车，她心情很好，连带着手气也好了。

点点一直输钱，很是气馁，跟林斐说："你把你那招财的钻戒拿下来，我这也太背了，大过年的必须让我赢一下。"

林斐给她放水。

同样打牌放水的还有赵东。

第二天一家人去乡下上坟，本打算下午返回的，结果正巧碰上张家办喜事，说什么都要留下林斐一家吃酒席。

非常自然地，酒量不太行的林爸和马岩双双醉倒，好不容易睡了一觉清醒了，晚上还是酒席，又被年轻小伙子们拉着喝酒。没办法，一家人只好借住到各家。

林斐和马岩被安排到稍远一点的孙明家住，他家去年刚盖的新房，有一间房空着。

孙明家还是土炕，热得林斐根本睡不住，穿着衣服躺在被子上面。

农村的夜晚很黑很安静，林斐半夜尿急，自己不敢出去，她叫醒马岩陪她。找到厕所却是土厕所，走近一点都臭得不行，林斐不肯去，马岩只好带着她往偏僻的地方走，去野地里。

“你别看我啊。”林斐不好意思。

“老婆，这么黑我什么都看不见。”

“你别说，我害怕。”

“别怕，我给你放首歌好不好？”

“好。”

音乐响起，遮掩住林某人如厕的声音，她放松了下来，愉快地解决了内急。

林斐出去上个厕所，最后被老公抱着回来了。

土炕烧得火热，两人锁好门脱衣服钻进被窝，寒意驱散，相拥而眠。

林斐在马岩怀里扭，马岩捏捏她腰部不许她闹。

林斐揪他耳朵算账：“好小子！天天想着和谁玩那些野路子？”

马岩深感冤枉：“你。”

“不信。”

“真的，这几年就想你了。”

林斐愣住：“这几年？”

马岩假装咳嗽：“睡觉！”

“不要！说说看嘛……”

“我睡着了。”

林斐失望：“哦，不愿意说算了，看来是我自作多情了，还以为我的老公很早就喜欢我了，唉！”

马岩无声地笑，就是不说。

说出来不利于助眠。

马岩就大学的时候谈过一个女友，毕业分手，回来这么多年再没有恋爱的心思，直到他见到林斐。

初见林斐，她打着石膏来医院拆，一众亲人围着她。

林韬因为马子超的缘故认得马岩，彼时马岩奶奶住院，马岩每天来陪护。林韬跟马岩打招呼，说自己姐姐之前骑摩托摔了。

那时马岩也没有刻意关注林斐。

马岩奶奶住院了小半个月，就在旧住院部，正门出来就是二号路，向前走几分钟就是林斐家的钢筋铺。

二号路对面有城墙，有年头了，后来修过一次，建了凉亭，连接着新旧城区，夏日晚上总有很多人在那里乘凉。

马岩那段时间习惯心情不好的时候去那里走走，走到林斐家正对面，时常能看到她。

有时候林斐在路边上看着人装车或者招呼客户，有时候她在楼顶晾衣服、吃西瓜、打电话，马岩不是故意看她，实在是林斐嗓门大，大多数时候她说话都在吼。

马岩的坏心情从来不是因为发生了什么，而是从小到大伴随他的麻木和郁闷无聊。他漫无目的地散步并不能消解愁绪，索性坐在那儿看着对面的热闹喧闹时，时间就能过得快一点。

奶奶出院后他就不刻意去二号路了。

有一天，有人来看望奶奶，顺便提起给马岩介绍相亲，马岩下意识想拒绝，听得那人说看中二号路开钢筋店的林家女儿，马岩突然觉得相亲并没有很令人讨厌。

不仅不讨厌，那一晚他还第一次梦到了林斐。梦里的林斐就在那个院子里那栋小楼里跟家里人说说笑笑，下一秒，天黑了，她进房间冲他笑，她是他的妻子，晚上和他一起睡觉。

然后林斐的拒绝就把他的梦浇醒了。

想到这些，马岩一瞬间有点想咬林斐，下一秒却亲了她额头。虽然一点小误会让他曾经受伤，但最终果实实在甜蜜，把一切辛酸苦辣都冲走了。

“乖乖睡觉。”马岩对林斐说。

过了正月十五，刘思扬要去省城办事，正好赵东也要去，他邀请刘思扬同行。

最近他们俩发展顺利，刘思扬觉得赵东很有礼貌，脾气也很好。

出发前一晚，赵东给刘思扬发微信说帮她订了酒店，特意声明一人一间。刘思扬是开心的，也不想驳了这番好意，就把自己订的退掉了。

晚上刘思扬跟吴佩聊微信，提起自己和赵东的事，吴佩问她怎么认识的，刘思扬说林斐介绍的。

吴佩打电话过来和刘思扬聊了许久，说：“你别冲动，赵东那么好，林斐自己干吗不留着，介绍给你？”

“她都要结婚了啊。”

“我是说以前，他们认识这么久不是吗？”

刘思扬起了疑心，原本最近赵东对她的殷勤让她很受用，以至于都忽略了林斐这家伙把吴佩看上的马岩抢走了，这会儿听吴佩一说还真觉得有道理，是得慎重。

不过她也没全信吴佩的三言两语，她们俩也是去年才玩到一起，两人都喜欢海淘，直邮到小县城，有时候邮费很不划算，于是她时常和吴佩凑单拼邮费，东西要么寄自己家要么寄吴佩家，一来二去就经常一起玩了，打打牌吃吃饭逛逛街，倒也算不上特别了解的好友。

刘思扬想得开，马岩已经结婚了，她不可能惦记他，有新的选择当然要抓住。何况马岩比赵东，也就皮相好，赵东条件好啊，真要成了，她就是金碧辉煌的老板娘了。

刘思扬跟赵东出去一趟，并没发现他有什么惹人讨厌的地方，不过就是话少，但很会照顾人，比起油嘴滑舌，付诸行动的体贴更适合结婚吧？

这趟回来，赵东在微信上跟刘思扬说觉得她很好，问能不能追她，他说他是想找老婆。

到底是年轻小女孩心里藏不住事，刘思扬思来想去，直接给林斐发微信，问她赵东有什么缺点，要是真的处处都好，林斐自己怎么不要?

林斐回：【我要不要关你什么事?你要不要关我什么事?给你介绍个牌友还介绍出毛病了，别烦我。】

刘思扬生气，气完了又觉得林斐这态度挺好，要是林斐满口夸奖她反而不高兴。

其实林斐没想那么多，她是真烦了。

吴佩这个大嘴巴跟她妈什么都说，她妈来找林妈聊天，提起林斐给刘思扬介绍好对象，玩笑说给吴佩也留心一个。

林斐本来没生气，心里还觉得有合适的就介绍，结果吴妈又问起林斐已经和马岩领证的事，这让林斐很生气。

她气的不是领证被人知道，她都和马岩住一起了还怕知道这个?她烦吴佩这个大嘴巴。

林斐给吴佩发微信：【别急，回头我把你嫁出去！】

吴佩急了：【谁急了！】

【你。】

【你少给我介绍！自己留着吧！】

【你妈来了，托我给你物色对象，以后继续跟你妈说闲话，我回头给你介绍个耳背的天天听你絮叨。】

吴佩气死了：【你怎么那么烦人啊！】

林斐截图发给她：【截图了，赶紧道歉，不然我把你们银行卡注销了，回头经理问原因，我就说工号多少多少的人这么骂我来着。】

【对了，你工号多少?】

吴佩：【公报私仇，随便你！】

林斐撒完气，没再理她。

到了晚上，吴佩小心翼翼地给林斐发微信：【喂，你不会真的投诉我吧?开玩笑的吧?】

林斐回道：【我看你长得像个玩笑！】

吴佩到底怕林斐投诉，虽然她觉得林斐不至于，也知道就算投诉了也不会丢工作，顶多扣一点奖金被领导教训教训，但就是这个教训她受不了。对比领导丑恶的嘴脸和林斐，她还是宁愿给林斐服软。

吴佩回道：【骂你烦人我道歉，我以后再不说你的事了。】

林斐回了个调皮的表情。

第二天，小方又来跟林斐打听小琴，林斐当时就怒了，她成了本县第一媒婆了？

“我四月结婚，其他人都给我让一让，让我做个安静美丽的新娘好不好？”

马岩下班回来看到自己老婆蹲在门口一脸郁闷，问道：“怎么了？”

林斐叹气：“我在思考人生。”

“思考出什么结论了？”

林斐拍拍他的肩膀，十分沉痛地对他说：“人都会变成自己曾经讨厌的样子。”

马岩一头雾水。

林斐的婚礼筹备进展很顺利，家里的喜悦气氛越来越浓，就林韬看着愁眉不展。

他阴郁了一天，晚上来林斐家借住，林斐挡着门不让进：“有话直说。”

林韬说：“有正经事跟你商量。”

林斐不买账，掐指一算，自己还有七天结婚，说：“万事等我结完婚再说。”

林韬表示这事不能等。

林斐急了：“你借高利贷了？”

林韬翻白眼：“百灵怀孕了。”

林斐傻眼，放他进屋。

姐弟俩坐在沙发上相顾无言，马岩洗完澡出来问：“怎么了？”

林斐指着弟弟说：“这畜生想把我们的婚礼变成他的。”

“啊？”马岩一惊。

林韬无语："什么啊！"

"那你预备怎么办？"

林韬叹气："现在不是我怎么办，怀孕的是她，得听她的。"

"她什么想法？要结婚吗？"

"应该是吧。"

林斐叹气，真心实意地说："你还没做好结婚的准备。"

"谁知道她怀孕了。"林韬沮丧。

"这下好了，双喜临门。"林斐说风凉话。

林韬说："百灵的爸妈本就看不上我，我怕他们现在去家里闹影响你的婚礼，下周完了再说吧。"

林斐想了想，说："你明天带百灵来，我问问她的想法。"

"行。"

第二天中午，林斐在外面请百灵吃饭。

百灵的态度很坚决：第一，她要结婚，并且必须在她肚子大起来之前办完婚礼；第二，她很不满意林韬现在的消极态度，她等不起。

林斐没说自己家现在顾不上林韬，她对百灵只有一句话："嫁给林韬你自己想清楚，他没准备好做丈夫，更没准备好当爸爸。"

"孩子生下来他不管？那我也不管。"

林斐都气笑了，这不就是两个浑蛋生孩子吗？

她再啰唆了一句："你要生是你的决定，哪怕你生完孩子扔我家门口再不管，我爸妈肯定能把孩子养好。我只想告诉你，林韬还没收住玩心，你想好了再决定。"

百灵反问："你劝我把孩子打了？"

她看林斐的表情好像在看刽子手。

林斐再不想跟百灵说责任之类的话，只告诉她："生孩子是单箭头，没反悔余地，你要觉得我是为你好你自己能想清楚，你要觉得我是坏心那就随你便。"

百灵估计也不想和未来婆家闹僵，说：“我就是喜欢林韬嘛。”

林斐嫌弃：“你这审美我真心不懂。”

林韬的事就先这么放着了，等婚礼结束再通知家里。

婚礼前三天，林斐去马岩奶奶家吃饭，无意间听到奶奶在跟谁打电话说马岩结婚的事，临了还叫了声儿子，说让对方注意身体。

林斐问马岩，马岩说应该是他爸，一年前出狱的，一直没回来。

林斐心想马岩爸爸应该是不想让他们的婚礼尴尬，对比林韬这个给她添堵的小浑蛋，林斐觉得马岩爸爸还挺会做人。

“你爸一个人在外面怎么生活啊？他成家了吗？”

“没有。”

“那他打算回来吗？”

“不知道。”

“好吧。”

林斐对这个未曾谋面的公公印象不错，不给儿女添乱，还给儿子钱。除了没陪伴马岩长大，他在林斐这里没啥毛病。

婚礼前两天，林斐的舅舅一家来了。

林斐见姐夫没来，便问了一句，孙蕊说：“他加班呢，明天过来。”

私下姐妹俩聊天，孙蕊告诉林斐：“我俩差点离婚。”

“啊？为啥？”

“因为他后妈！”

“他还有后妈？”林斐震惊！

孙蕊无语：“他妈妈其实是后妈，他亲妈在他小时候过世了，他是后妈带大的，我不是跟你说过吗？”

“不好意思，忘了。”

孙蕊翻白眼，说：“我跟他妈妈合不来，那个人太假，前天我就说了几句，王泽跟我差点翻脸，气得我当时就说离婚。”

“唉，这个后妈是从小带姐夫的，感情肯定深，你们合不来就少来往，又不住一起。”

“我倒不是气这个,我就是失望王泽对我发那么大火,果然结了婚就变了。”

林斐笑了笑，说：“你也不是因为爱情结婚的，过日子不就是这样吗？”

孙蕊趁机提醒她：“以我为鉴，别抱期待。”

林斐心底觉得自己和马岩的闪婚很明智，他们俩过得可好了，但在别人不痛快的时候秀自己多幸福不太好，于是她配合孙蕊，说：“我知道，我跟马岩也是冲动结婚，领证之后我就想过了，木已成舟反悔不了，只要不出什么原则性问题，就算赌婚成功呗！不抱大的期望就没有大失望，咱们把自己过好就行。你也别跟姐夫吵架了，估计他后妈对他是真好。”

孙蕊被林斐逗笑了：“听过赌钱赌石头，没听过赌婚姻啊！你可真行。”

林斐没再说话，她想到马岩，要是马岩有个从小带他的后妈，只怕自己也不能说对方不好，人都是有情感偏向的，很正常。

林斐出去喝水，碰上马岩，他端着切好的水果站在那里表情不对劲。

家里全是人，林斐拉着他去阳台说话。

马岩问：“小斐，我有哪些地方让你失望吗？”

林斐这便知道他听到自己的话了，她拉住他的手，踮脚在他耳边说：“我哄孙蕊呢，她和我姐夫闹矛盾，我总不能秀恩爱说我老公特别好不惹我生气吧？”

马岩将信将疑：“真的？”

林斐说：“孙蕊从小小心眼，你别跟她学，我要照顾全世界我累死了！”

马岩抱住她：“我照顾你。”

“嘿嘿，没有不开心了吧？”

“嗯。小斐，我会努力做一个合格的丈夫，你信我。”

“特别信你。”

喜日子终于到了，林斐穿着抹胸鱼尾婚纱站在西装笔挺的马岩身边，每一位宾客都夸奖他们登对。

婚礼的流程都大同小异，马岩的爷爷特意准备了十万零一块钱现金，表示这个孙媳妇万里挑一。

婚宴开始，林斐安排小琴坐在爷爷身边给他夹菜，碗筷是她特意叮嘱小琴从家里拿的，就怕酒店给准备一次性的，看着尴尬。

马岩看到林斐在婚礼上还这般照顾他的家人，他由衷地感激上天让他娶到林家小斐。

敬酒的时候不断有人说早生贵子，林妈笑得很开心，林斐心想：你现在笑，过两天就要哭了……

马岩的婚假很短，林斐不想在来回路上浪费时间，两人商议一番就订了省城一家温泉酒店好好休息一番。

回家前一天，夫妇俩去逛街购物，林斐带马岩去自己的母校，两人在大学城吃了不少小吃。

林斐想买衣服，走进一家店，选了几件准备买单，老板居然是常州!

这可真是无巧不成书。

常州恭喜了他们，马岩买了单，两人告别。

晚上回酒店，林斐迫不及待地跟孙蕊八卦："我今天居然逛到常州店里去了！他开了家服装店！"

孙蕊问："什么牌子？"

"尾单货，杂牌子，生意还行。"

"我看看你买的衣服。"

林斐给孙蕊拍照发过去，孙蕊圈出一件薄开衫问价格，林斐说三百块。

孙蕊破口大骂："亏不亏心啊，就这破衣服成本最多二十块钱，真不要脸，连你都宰！"

林斐比画着衣服："很破吗？"

后来，马岩说："换上我看看。"

事实证明这件衣服确实很破，马岩一上手就给她撕破了，三百元人民币，就助了个兴！

蜜月回来，林斐的新房被闺密们装扮得十分漂亮，满屋子气球从饱满程度来看应该是今天才充好气的。

林妈照顾他们新婚，让林斐先不用管店里的事，如今正式办了婚礼，他们还得找时间回乡下认亲。原本是一家四口去的，出发前夜，林韬跟爸妈坦白了百灵怀孕的事，林妈当时差点掀桌子。

“好本事，你们俩都好本事，一个悄悄结婚，一个不结婚先让人家女儿怀孕了，我的脸都丢尽了！”

林斐跟马岩面面相觑，承受这被牵连的锅。

林妈第二天就气倒了，躺在床上不吃不喝，林爸托乡里的叔叔带着林斐夫妇去认亲，当天就回来了。

林斐跟马岩两人晚上住在了静江花园陪林妈。

百灵怀孕都七周多了，不敢拖着，她还没跟家里说，得让林爸林妈上门去提亲。

百家看不上林韬，但他们自己家条件也没多好，本身不是城里人，去年才买了房一家人住了过来。百灵刚毕业考工作没考上，现在在好远的乡里当小学老师，没编制，也不可能转正。

百灵妈妈的要求是：买房，给百灵把工作弄好。

工作办不了，如今想在体制内调工作，先决条件得本人考进体制内，然后才能看能不能从乡里调到镇里，再从镇里调到城里。

林家真是一点人脉都没有，唯一一个就是林斐舅舅是个副县级，但还不是本县的。

人家女儿怀着林家孙子，林爸林妈一点都抬不起头。

林妈气得几天吃不下饭，林爸一直在身边照顾。林斐和马岩搬到二号路暂住，他俩一边照顾奶奶，一边看顾店里的生意。

要说买房也不是那么容易，空房子倒是多，但林妈拿不出钱。

林韬没正经工作，贷款买房没资格，林妈刚把女儿嫁出去，婚礼虽然马岩爷爷拿了钱，但林爸林妈把这钱给小两口了，份子钱也一分没要，都给他们俩过日子用。

林爸这两年买商铺买新房扩店，手头的流动资金真不多了，原本想着林韬玩性大，结婚还得等个三五年，谁知道出了这么个事。

林妈的意思是先结婚，就住在静江花园，或者先给他们租一套环境好的房子，反正百灵怀孕坐月子她也得照顾，新房买了装修完也不能立刻让产妇孩子住。

百灵家里一开始不让步，后来提出要让林妈把步行街那个两百多平方米的商铺转给林韬和百灵，答应这个，房子和工作就慢慢来，当然，房子得在两年内买好。

林妈还没说话，林斐怒了，不愿意爸妈把商铺给林韬。

马岩拦着她不让她去闹。

他跟她说："别给爸妈添堵了，给不给是他们的决定，先把婚结了好好养胎最要紧，这么闹下去谁也过不安生。"

林斐找来林韬，质问："你跟百灵说的？"

"说啥？"

"说爸妈有多少东西能分？"

林韬急了："她问我要当爸爸了以后打算怎么挣钱，我就说家里两个店，上面这个我姐在管，我就经营下面那个，以后攒点钱再做别的生意。她就问那个商铺能不能问爸妈租来开酒吧之类的，我说那是我爸妈养老的东西。"

林斐冷笑："你还知道啊？我告诉你，你别打那个铺子的主意，卖钢筋越来越不挣钱。等你儿子生出来咱爸妈就得给你带娃，那个铺子要折腾没了，爸妈靠什么吃饭？"

"我知道，你别啰唆了。"

"我啰唆？你先干点人事。"

一连半个月，林家和百家拉扯周旋，最后商定林妈租林斐三姑父自己修的一栋两层带花园的小洋楼当新房，林家还要给百灵买车，但要在生完孩子后买，生孩子之前林韬负责接送老婆，也是担心百灵怀孕开车不安全。

林韬之前就是给爸爸打工，因为他花钱没节制，还是按月拿生活费，现在要结婚了，林爸把底下那个店彻底交给林韬，挣多少都是他自己本事。

林斐不干："我也不打工了。"

林爸冷笑："你别急，上面这个店也给你，步行街那个谁也别惦记，以后你们是好是坏，是齐心合作还是各干各的，都自己决定吧，我和你妈再不管你们了。"

林斐高兴，抱着老爸胳膊说："咱俩签合同，我每年给你百分之三十分红，你和我妈就收租拿分红天天打麻将去。"

"真的？"林爸问。

林斐看一眼林韬，说："真的，白纸黑字，以后我要生孩子了，你和妈妈给我带孩子我也给你们钱，咱不是拿爸妈当用人的人。"

林韬急了："挤对谁呢？谁拿爸妈当用人？"

"不是你啊？那爸妈伺候你媳妇怀孕，你每个月给多少？"

"我也给爸妈分红，你给多少我永远比你多百分之五。"

"口说无凭，立字为据。"

"写就写。"

林爸林妈这才心里安慰了一点。

两口子把店交给儿女，马不停蹄开始张罗第二场婚礼。

林斐计划买车，要不然她就得经常住二号路，她舍不得自己家。

她跟马岩抱怨："我命不好，只能住二号路。"

马岩倒不在意，搂着她说："我嫁鸡随鸡嫁狗随狗。"

林斐笑惨了，她浏览车型报价，说："买个贵的吧有点浪费，买个便宜的吧我不服气……"

马岩提建议："要不买个便宜的我开，我的你开走吧。"

林斐很是欣赏，拍拍他的肩膀说："这就是夫妻同心啊！"

马岩只是笑，问："车停哪里啊？"

"我正想这事呢，把旁边那小土坡填了弄个停车场好不好？应该能停四辆？到时候给邻居租车位，成本就回来了。”

“地皮谁家的？”

“跟邻居一人一半，太小了那地方。”

马岩认同：“要是地方再大点，开家汽修店，正好是进城的路，生意应该会不错。”

林斐心动：“要不我把墙砸了？房拆了？”

马岩看她这副财迷样子觉得好笑，提醒道：“房拆了奶奶住哪里？”

“也是。”

林斐找到隔壁房东，说她出钱修停车场，修好了对方还能给隔壁宾馆老王涨租金，房东欣然答应。

说干就干，林斐找来施工队填坑，又谋算着把自己家院子墙拆了扩展空间。马岩担心开了侧门家里不安全，林斐说装个铁门，马岩觉得可以，准备给院子到处装监控，想来想去还是去朋友那买了只小土狗，一来看家护院，二来陪伴奶奶。

小狗才两岁不到，还能跟奶奶玩，晚上睡奶奶屋里正好。

林斐给狗子起名叫滔滔，林韬给狗子起名叫飞飞，兄妹俩只要在家就比赛叫狗，弄得狗子非常迷茫，最后只对奶奶给的名字有反应：狗狗。

月底，林韬结婚。

他人缘好，光朋友就坐了五桌，马子超也来了，还随了八百元的红包。

林妈客气，请他去亲戚席坐，马子超说他和朋友们坐一起喝酒。

刘思扬也来了，跟赵东一起来的，赵东也算是把林韬当弟弟的，包了个两千元的大红包。

林斐问赵东什么时候办事，赵东腼腆一笑，让林斐别胡说八道。

林斐看了一眼刘思扬，刘思扬没说话。

吃到一半，刘思扬找林斐说话，她俩也没啥共同语言，就聊赵东呗。

刘思扬说她家里对赵东还是满意的，但她说赵东妈妈性格强势。

林斐说：“那你好好考虑，婆婆反正绕不开。”

刘思扬急了，质问她：“你这个介绍人怎么这么不负责？”

林斐本不想承认这个身份，但她想到自己结婚的时候，刘思扬的爸爸没来，于是她对刘思扬说：“我是介绍人，你结婚的时候是不是得感谢我和我老公，让我们俩坐第一桌？”

“能结婚再说。”

“那我等着。”

一周后，赵东微信联系林斐，吞吞吐吐的，林斐没耐心，让他有屁快放。

赵东回道：【刘思扬要去省里培训，我送她去，我听她那意思，好像是……愿意一起过夜的意思，但我不确定。】

林斐崩溃！好家伙！介绍人还得干这活？

马岩看她晕倒在沙发上，问：“怎么了？”

林斐坐起来抱着他假哭：“小马啊，为了你的前途，你老婆我牺牲可大了啊！还得手把手教小情侣开房啊！”

“什么东西？你教谁干什么？”

“你别管了。”

“你给我说清楚。”

其实，赵东还是挺贴心的，问林斐的出发点是万一刘思扬愿意，他想知道自己应该做什么准备。头一回，应该准备点啥能让对方感觉被重视？

林斐也没多少浪漫细胞，就说订个好酒店，买点花，温柔点别心急，照顾对方感受之类的。

教完了，她没跟刘思扬多嘴，反而跑去教训马岩：“某些人，都没有给我送过花什么的，也是，都上赶着领证了，是不应该期待老公体贴我，要什么玫瑰呢？又不是多爱我求婚了八十八次才娶到我。”

马岩一脸蒙：“要花是吧？”

林斐摇头：“不是，老夫老妻买什么花啊，有那钱买点花菜炒肉吃才对。哎，老公啊，以后咱们要有女儿，一定要教育她不能轻易跟男人走进婚姻，女孩子主动多了真的不好。”

马岩吓死了，扔下手里的碗洗洗手就出门买花去了。

几天后，刘思扬给林斐发微信说她跟赵东掰了，说赵东不关心她。

林斐问咋回事，刘思扬说原本安排好的行程因为赵东妈妈一个电话打乱了。

林斐又去问赵东，赵东可怜巴巴地解释说：“吃饭的时候我听她的意思晚上分开住，那我不是听你的准备了花和礼物吗？我怕她误会我要那什么，我就找了个借口先回去把东西收起来了。”

林斐好想打人，她只能当这个中间人，把赵东找她的事告诉刘思扬。刘思扬得知后挺高兴，骂赵东是个闷葫芦，什么也不说。

估计这件事催化了两人的感情，迟来的过夜提上了日程，赵东回头莫名其妙给林斐发红包。林斐连他对话框一起删了，这感觉也太奇怪了！

婚后的林韬和百灵过上了林斐预言的生活，新房子收拾得很温馨，但夫妻俩不着家，林韬天天要和朋友玩，还带着怀孕的百灵，被爸妈说了几次不带了，百灵却自己跑出去玩。

林妈有时候去照顾百灵，一起住三天就闹矛盾，然后百灵就回娘家住一段时间，再发脾气让林韬给她接回家。

无限循环鸡飞狗跳。

林斐再不管别人闲事，每天跟马岩关起门过日子，想的都是怎么发家致富。

林家爸妈嘴上说不管生意了，但忙碌了半辈子，突然闲下来也不习惯，况且百灵每周日晚上去学校，周五晚上才回来，也不用林妈天天照顾，所以她还是每天来给林斐看店，也得照顾奶奶。

林妈想到自己很快就要当奶奶了，跟林斐说：“你没有婆婆帮你带孩子，你们俩……晚点要孩子吧。”

林斐差点笑晕过去。

晚上回家，林斐把这话转告给马岩。

马岩也笑了，说：“我不急着当爸，你呢？”

“我也不急，你为啥不急？不喜欢小孩？”

“也不是，没准备好吧，感觉自己还没那个意识。”

“这可真是奇怪了，你看看林韬，也没那个意识，孩子已经在路上了。”

马岩叹气，其实他一直没说，他个人非常反对林韬这门婚事，或者说，他反对生下这个孩子。当然，这不是他该管的事。

这天马岩下班有点晚，林斐在二号路陪奶奶看电视剧，他九点去接人。

晚饭后二叔家的妹妹送来包子，奶奶非要马岩吃两个，这两个大包子下肚，刚吃完饭的马岩有点撑。

他约林斐去对面天阶凉亭散步消食，林斐看着黑漆漆连路灯都没有的城墙不是很赞成：“这么晚去那里干什么？”

马岩牵着她的手：“怕什么？我还保护不了你吗？”

林斐笑了：“好踏实哦，警察叔叔。”

“叫哥哥，不对，叫老公。”

“走吧，小马。”

这个点天阶的确没人。

这段路也不长，走到头也就十分钟。来回走了两圈，林斐累了，马岩明天要值班，二十四小时见不到她，今晚想多和她走走。

两人坐在林斐家正对面的位置，就坐在台阶上。

马岩问她：“你在外面工作好好的为什么回家啊？”

林斐长长地叹气，说：“因为伤心了。”

马岩“哦”了一声，问：“感情？”

林斐抱着他胳膊靠着，说：“大学毕业前我爸妈叫我回来，考工作，我不想复习，而且那时候我找了个工作，毕业就能转正的。后来我妈拗不过我，就说先让我混着。

“那公司挺好的，创业公司，就三十来个人，同事关系都特别好，真的跟一家人一样。我毕业没多久，公司突然就说裁员，我以为肯定裁我，结果老板把我留下了。后来我才懂，留我是工资便宜节约成本……”

马岩感兴趣了，问：“然后呢？”

林斐接着说：“反正就是公司困难嘛，没多久就要过年，工资都发不出来，那时候大家都没计较。我也是，就是那种一心想熬过去把公司做起来的那种心情，我对那公司的人真的付出了真心。”

马岩猜测：“后来公司拖欠工资了？”

“没有，相反！过年前不光发工资，还给大家发奖金，一口气发了三个月工资，就很多钱，我就换了个手机，还给家里人买东西。那是我第一次自己赚钱给家里买东西，还挺高兴的。”

“嗯，然后呢？”

“大概是来年夏天吧，公司基本上是两三个月发一次工资。那时人少，所以特别忙，连休息日都没有。我连续加班好多天，有一天晚上我不舒服，六点多就先走了。那会儿晚高峰地铁好多人，我才走到地铁口手机直接被偷了！当时，我上一秒还在听歌，突然音乐一断，手机不见了，只剩耳机线轻飘飘的。我一回头全是人来来往往，我好想喊抓小偷，可根本没见谁神色异常。哎呀，怎么形容那种感觉呢……就是突然觉得很孤立无援，那么多人啊，大家都一副好累好疲倦的表情。”

马岩警觉地问：“你手机放哪里被偷了？”

“我当时背双肩包，有个侧兜，我放里边听歌方便……”

“有拉链吗？”

“没有……”

“你这不是等着被偷，你这是在给小偷下战书，不偷你对不起祖师爷。”

林斐被马岩气死，刚刚情绪才进入，她揍了他一下，说：“你少说风凉话！”

马岩抱歉地笑了笑，说：“职业病。对了，不是在聊回老家吗？”

林斐不想理他：“我不说了。”

马岩搂住她哄：“我错了老婆，以后说话先过脑子。”

林斐还是想说的，很久没回忆过去了。

“当时我就一个手机，地铁站离公司很近，我真的是逆着人潮哭回去的，好多人看我，中间路过一个停车场还被升降杆砸了脑袋……”

马岩摸摸她的脑袋，表示安慰。

林斐说：“我回到办公室，老板同事都在，七八个人吧，我哭得那么伤心，跟我们老板面对面走过，他冷漠地看了我一眼出去了，根本没理我。后来我同事帮我注销各种卡，又给我找了个公司的手机先拿着。同事们问清楚咋回事后，我老板又回来安慰我说破财消灾，我这才回家去。”

“小可怜，怎么这么惨？”马岩搂住她。

林斐情绪上来了，说：“第二天我去买手机，那个月好像没发工资，我又不好意思问家里要，刷信用卡分期买了一部苹果手机。结果我老板看到后还跟我开玩笑说感谢小偷让我用上苹果手机，当时我就挺不舒服，但说不上为啥不舒服。”

“因为你真心对待公司，老板很冷漠？”马岩猜。

林斐点头：“对！我跟一个年纪大点的男同事关系好，我俩一起吃饭的时候他跟我说这事，他说老板当时看到我哭下意识以为我跟上司闹矛盾哭了，那种情况身为老板不能管。我真的不理解这种规矩，你懂吗？”

“我懂，不平等。”

“是，你要是个什么国际五百强企业的大老板我也不说啥了，咱们十多个人跟着你不拿工资卖命，看到我哭都不问一句，我真的很失望。”

马岩看着林斐，目光温柔地说：“因为我们小斐是非常有情义的人。”

“唉……反正那事之后我就有辞职的心了，加上我爸妈一直叫我回来，工资结算完我就回来了。”

“幸亏你回来了。”马岩说。

林斐靠在他怀里笑。

其实还有个事她没说，当时她有男朋友，男朋友出差了，回来知道这事以后他说他能理解她的老板，林斐对男友也失望了，她是分了手回来的。

马岩抱着老婆看着家的方向，他想起以前来这里散步的日子，谁能想到此刻他就成了那个女孩的丈夫呢？

多好的安排。

“你想什么呢？回家吧？”马岩说。

“再坐会儿。”

闻言，马岩脱下外套给她披上。

林斐也在看自己家，两人一时无话。马岩心里琢磨着要不要跟她说说他以前来这看她的事，她会不会喜欢听呢？

林斐突然说："什么时候把老王家的宾馆拆了开个汽修店就好了。"

马岩心里什么温情都没了，他捏她的脸："不解风情！"

"什么风情？只有风！"

马岩懒得啰嗦，拉林斐起来回家。刚站起来，他又不愿意浪费这风景，于是他亲了林斐。

本来亲得好好的，突然不知从哪儿来了路人，林斐一紧张，直接推了马岩一把，然后……小马同志就摔下去了……

"啊！老公！你没事吧？"林斐追过去扶他坐起来。

马岩护着自己滚下去的，没怎么受伤。见林斐吓得脸色惨白，马岩连忙说："没事，你等我缓缓。"

林斐松了口气，拍着胸脯说："我就说这里危险吧！"

马岩哭笑不得："我头晕，你别逗我笑……"

"危险分子"乖乖闭嘴，心疼地摸着老公四处检查："真没事？要不要去医院？"

"不用。"

"明天请假吧，在家观察一下。"

"没事，别担心。"

"还是请假吧……"

马岩站起来让林斐扶着，想再说一句"别担心"，就听林斐又说："有机会逃班就抓住啊，请假玩一天吧。"

马岩心痛了，靠在她身上说："老婆，你心疼我一下。"

"我可心疼你了，你回家别告状啊。"

马岩摔了一跤本不严重，但第二天值班二十四小时后，浑身疼。他请假休息，又想让林斐陪他，于是给丈母娘打电话，拜托岳父岳母辛苦一天看店。

这天夫妻俩睡到早上八点多，林妈提着早点来敲门。

马岩的左脸蛋刮伤了，瘀青一片，看着吓人，林妈以为马岩出警受伤的，马岩含混过去说自己不小心碰到了。

林妈说：“你执勤可不敢大意，我看朋友圈里谁发的，警察执法的时候挡了一下群众，被举报说打人，受处分呢。”

马岩说：“是这样的，我们也很注意肢体接触，有时候群众情绪比较激动，容易产生误会。”

“可不是，你自己小心，还有哪里伤着了？我看你走路也不太利索啊。”

马岩看了眼心虚的林斐，说：“跑步拉伤了。”

“哎呀，不要逞强，身体重要。”林妈说。

林斐埋头喝豆腐脑，内心很赞同妈妈的话，的确不能逞强，某个人昨晚就逞强来着，耍杂技似的，能不拉伤？

这么一想，马岩休病假好像也不全是她的责任。

“行了，你们俩吃饭吧，我走了，中午咋办？上来吃吗？”林妈问。

林斐说：“不了，晚上去看看他奶奶。”

“好。”

林斐送妈妈出门，问起百灵，林妈说在娘家。

下午夫妻俩去马岩奶奶那里，出门前林斐有点犹豫：“你这伤……不要告状啊……”

“不会的，你放心。”

“其实我也不是个暴力的人，一般来说我都是以理服人，不听劝再动手，这种情况也不多。”

“我知道。”

“唉，其实……”

“奶奶问我就说我嫌自己脸皮太厚拿铁砂纸磨皮来着。”

“你这个人性格咋这么极端？”

林斐买东西送了个榨汁机，她拿去给奶奶用。

奶奶知道林韬有孩子了，私下跟孙媳妇说让她也加快速度。林斐满口答应，也不跟奶奶争论。

“尝尝，你和爷爷每天早上喝杯果汁，对身体好。”

奶奶接过杯子，说：“要四个橙子才榨出来这么一杯啊，太浪费了。”

“不浪费，你和爷爷爱喝就不算浪费。”

奶奶又把榨过的果肉渣拿起来捏了捏：“这不还有呢，我可不用这个。”

林斐拗不过，说：“行吧，那我拿回去，回头我给你买个高级的，榨完了果渣都跟木头屑似的，保证一点都不浪费。”

“那高级的多少钱一个？”

“一二百块。”林斐随口说。

“不要不要，浪费那个钱，你不要买。”

林斐笑了：“行，回头我给你抽奖抽一个不要钱的。”

“哪里有抽奖？”

林斐想了想，说：“超市、银行、卖电器的都有，我们结婚买了那么多东西都能抽奖。”

奶奶这才信了，说有免费的她要一个，果汁还挺好喝。

“以后有了重孙子，给他榨果汁喝。”奶奶说。

林斐大笑：“好的好的。”

晚饭后，小琴收拾厨房，林斐和马岩陪老人说话。天气预报播完，爷爷调低电视音量，突然表情严肃地跟马岩说：“有个事跟你说。”

“啥事您说。”

爷爷看了一眼奶奶，说：“你爸……我想叫他回来。”

林斐放下水杯关注马岩的情绪，马岩的脸色几度变化，最后“哦”了一声。

爷爷叹气，还想说什么，马岩借口去厨房倒水，出去了。

林斐追出去，见马岩坐在院子里发呆，走过去蹲在他面前。

马岩不说话，林斐伏在他膝头，说：“爷爷奶奶年纪大了，再过几个月过年了，谁知道还能过几个年，想儿子回来也是情理之中。”

马岩摸摸林斐的脑袋，他何尝不理解爷爷奶奶的心情，只是他不知道怎么面对父亲。

“我好像都想不起来他的样子了。”马岩说。

其实前两年见过，就算没见那一面也不可能忘记，奇怪的是这会儿就是想不起来。

林斐陪马岩坐了会儿，拉着他回家。两人去跟爷爷奶奶打招呼，走到窗前，听到奶奶在打电话，应该是打给马岩的爸爸，叫他回来。

“哦，那得到年底才回来啊？”

“你那边房子咋办啊？”

“小岩也想你回来。”

“我和你爸挺好的，你好不好？”

林斐和马岩散步回家，走小路，很安静。

马岩牵着林斐跟她讲父亲马啸的事。

马啸前几年跟一个有儿子的寡妇交往，那女人开了个水果摊，两人相处得不错。水果摊那条街经常有混子来找事，喝多了就闹。马啸动手打人就是因为那三个人喝多了找碴儿，对老板娘动手动脚的，嘴巴还不干净。马啸好言相劝，对方仗着人多势众砸了摊子骂马啸，还放话要伤害老板娘的儿子。马啸早就看不惯这帮二流子，一个打几个，最终把带头闹事的那个打成重伤。

“这种怎么判啊？”林斐问。

“这类打架虽然是对方惹事在先，但受害者伤情严重，普通打架轻伤的话可以商谈私了，伤害严重就是刑事案件了。刑事案件不存在涉事双方私了，最多就是被害人出个谅解书减轻一下刑罚。”

“啊？那你爸怎么判的？”

“那家人是本地人，有点势力，伤情鉴定最后为一级，最严重的，这个就看是否构成恶意伤害。好在对方的记录也不干净，加上律师还不错，费了很多心思，找了很多证人，也有监控证明对方先威胁挑衅，判了两年。原本拿到谅解书的话有希望轻判，但对方要钱，我爸没答应，打官司前后折腾了将近一年，实际坐牢一年就出来了。”

林斐气愤："真不公平！这种人渣打死活该！"

马岩笑了笑："如果法律不严惩暴力犯罪，损害的是所有战斗力弱的群众的生命安全。"

"哎，我觉得你爸人不错！"林斐说。

马岩看着她，欲言又止。

他没再说话。

林斐跟爸妈说了马岩爸爸的事，她的出发点是希望爸妈不要因为马啸坐牢对马岩有成见。

林爸林妈表示他们早就知道了。

林妈很震惊："你都不知道他爸是因为啥进去的就结婚？万一他爸是个变态杀人犯，你也无所谓？"

林斐也是没想到妈妈会有这反应，说："我知道啊，早就知道，这不是怕你们不知道吗？哎呀，马岩他爸还是很仗义的啊，哈哈哈。那什么，我去买个菜，晚上涮火锅吧。"

林妈冲着她的背影骂："缺心眼啊你！没脑子！"

林斐为了安慰马岩，时不时在他面前夸马啸。

马岩并不意外林斐的这个反应，她这个反应他一点也不陌生，熟知马啸的街坊四邻都会说马啸是最讲义气最有情义的朋友。

全世界都自动忽略这个男人抛弃了自己的儿子和父母。

是了，别人为什么要在意他的感受和伤心呢？对他们而言，马啸就是会在朋友困难的时候借钱给对方，会在邻居受欺负的时候提着家伙去出气，会提携朋友一起做生意发财的好人啊，谁在乎一个七八岁没有父亲的马岩呢？

没人在乎，他以为林斐在乎，但现在林斐也不在乎。

晚上入睡后，马岩看着林斐，轻轻地抚摸她的脸，小声问："你怎么不心疼我了，老婆？"

回应他的是林斐被打扰清梦的不耐烦转身。

林斐梦到自己在海洋馆被海豚扑倒了狂啃，她挣扎着睁开眼睛，原来是马岩正在她身上作乱。

马岩结结实实地压着她亲她脖子。

见她醒来，他爬上来一点。

林斐没情绪，有点烦躁地撇开头："困死了，别折腾。"

马岩没有像平时那样温柔对待，而是把她的脸扳正，他就是要亲她。

林斐只觉得脸被他捏得有一点疼，她更生气了，打掉他的手："你要干吗呀？"

马岩注视着她的眼睛，目光似探究找寻："老婆……"

林斐没心情大清早配合他突如其来的欲望，她摸了摸他的脸，敷衍道："晚上吧，再睡会儿。"

马岩还是整个人贴着林斐，他的短发刺得她心烦意乱，林斐发火了："找死啊！"

马岩又亲了她一下，没来得及说话就被林斐推下去了。

林斐背对他躺着续梦，马岩睁着眼平躺在一侧，他一夜没睡，思维已经钻进了死胡同。安静了一分钟，他问："小斐，你爱我吗？"

问题本身没错，但提问的时间错了。

林斐掀开被子坐起来怒火中烧："我想好好睡个觉就是不爱你了？你跟我结婚就为了这个吗？不分时间满足你？"

马岩去上班的时候早饭都没吃，也没跟林斐说再见，他安静地出门，没摔门，锁门的那一声轻响击中了林斐的心。

她有一点后悔言重，但又觉得是马岩有错，心情越发烦躁，也没睡意了。

林斐一早去二号路，一整天，马岩都没给她发消息，她更加生气。

下午五点，马岩发来微信说加班晚回去，林斐只回"知道了"。

她本来想住在二号路，但奶奶一直问"小马吃饭没""要不要给他送点饭"，她实在不想谈论这个人，便自己开车回家了。

孙蕊在微信问林斐最近有没有推荐的女装店，林斐给她打电话倾诉。

孙蕊问为什么吵架，林斐不想说细节，就答了一句：“夫妻生活不愉快。”

孙蕊沉默了三秒：“妹妹，你这个话可大可小，你别吓我，难道马岩……”

“不是！”

“那就是太……刺激？”孙蕊斟酌用词。

“不是，是他大早上就闹，我还没睡醒，烦得很，吵架了。”

“嗨，多大事，吓死我了。这也值得吵？”

林斐不想说了，孙蕊又跟她说了些自己的夫妻生活磨合过程，也是个宽慰的意思，每对夫妻都需要磨合。

“行了，夫妻没有隔夜仇，等他回来你俩好好聊聊。”

挂了电话，林斐去洗澡，过程中她的气渐渐消了，想到自己和马岩的确没有交往很久就闪婚，过日子肯定会问题叠问题矛盾接矛盾，总得化解。

想到这，她穿好衣服后给马岩打电话。

“还不回来吗？十一点了。”

马岩说：“就回来了，你先睡。”

“我等你。”

马岩愣了一会儿，问：“想不想吃什么我给你买？”

林斐笑了出来：“想要老公早点下班。”

“小斐……”

“赶紧滚回来！”

“嗯。”

半个小时后，人就回来了。

马岩进门就抱着林斐道歉：“老婆，我不是那个意思。”

林斐想起自己的过激言论也蛮尴尬，不想再提，她问：“晚饭吃什么了？”

马岩说：“牛肉面。”

“饿不饿？我给你弄点夜宵吃好不好？”

“别忙了，我不饿。”

“这样啊，那你快去洗澡，好晚了。”

马岩亲了林斐一下，还想深入，林斐笑着推他进卧室换衣服洗澡：“快快快洗澡。”

马岩换下衣服进浴室，到门口又问她：“小斐，你不生我气了吧？”

“你再磨蹭我就要生气了！”

婚后第一次吵架就这么完美解决。

林斐是个粗线条，万事不往心里去，但马岩不是，马岩习惯装作不在意，他早就不是以前那个会哭闹会大声说出自己诉求的小孩子了。

第五章
两个人，一个家

马岩的爷爷奶奶来林斐家吃饭，这还是头一回，搬家后他们倒是来过，但那会儿家里还没开火，就是看看。

林斐给小琴放了假自己煮饭，她猜想爷爷来肯定有话说，而且大概率跟马岩爸爸回家有关。

她猜对了。

原本年底回来的马啸经不住父母盼望，中秋前就会回来。他回来后就住马岩卧室旁边的那个空房，爷爷已经找人来收拾了。

奶奶一直问马岩中秋团圆饭怎么吃，又说给马啸一个机会，总归是一家人之类的话，翻来覆去地说。马岩反应平静，奶奶说什么他都“嗯嗯嗯”地应着。

林斐跟着马岩进厨房盛饭，看到马岩对着窗户叹气，不知道怎么安慰他好，就跟他聊起了今天的菜。

其实林斐自己也有点紧张，之前没觉得马啸回来有什么影响，现在日子近了，她也犯愁。

怎么称呼马啸呢？

叫爸？叫不出口。

叫叔？不大合适。

马岩绝口不提这件事，林斐有一晚半夜起床不见他，出去一看，人在阳台吹风。

林斐陪着他坐了会儿，谁也没说话。

第二天，林斐就叮嘱爸妈不要“教育”马岩怎么面对他爸爸。

过了一段时间，马岩心情似乎好了起来，再没有失眠或者频繁叹气。

这天，林斐在家等马岩吃饭，菜都凉了他才回来，表情看着很不好。

“怎么了？”

“没事，有点累。”

“洗洗手吃饭吧。”

马岩洗手换衣服出来，看了眼饭菜，跟林斐说：“我没胃口，不吃了，陪你好吗？”

林斐没劝他，一边自己吃饭，一边在微信问他的同事王胜男今天发生什么事了。

王胜男很快回复：【今天有个小朋友自己走失了，我们联系到了他爸，说好马上来接，结果他爸过了几个小时才来。他爸顾着打牌呢，拿我们这儿当免费托儿所，马岩生气教训了那人，两人起了冲突，马岩被领导批评了。】

林斐问：【动手了？】

【没有，就骂了对方一顿。那小孩见我们教育他爸，还哭着推马岩，说我们是坏人。】

林斐看了眼马岩，继续问：【领导怎么说？】

【就批评教育一下，没大事。】

【谢谢你。】

【没事，嫂子好好安慰下小马同志，干我们这行有时候也很受气啊！】

【嗯，我知道，辛苦了。】

放下手机，林斐进厨房盛了碗饭。出来后她坐在马岩旁边，夹了一块牛肉给马岩：“我第一次做，给个面子尝尝嘛。”

马岩吃了，夸赞：“很好吃。”

林斐放下碗筷抱住他的胳膊：“你今天怎么了？都不想跟我说吗？”

马岩搂住她，笑得勉强：“没什么，就是工作烦。吃饭吧，我陪你一起吃。”

看着他吃了一碗饭，林斐放心了。

晚上躺在床上，林斐抱着马岩跟他闲聊家常，她心里理解马岩的感受，但嘴上不知道怎么安慰。

也不是不知道，话是会说的，但不确定该不该说。林斐的成长环境是很快乐的，尽管亲戚间也不是一直和气，但她在家里从没被压抑过情绪，所以长大后也是直爽的性格，万事不往心里去，或者说在她看来，什么事都不值得藏在心里折磨自己。

但这套处世观也只适合她自己，她不能强求别人效仿学习。

“老公，等你休假我们出去玩两天好不好？”林斐问道。

没人回答，马岩睡着了。

马岩做了个梦，梦到自己五年级的时候。

当时班上有个男生到处跟人说马岩是孤儿，马岩生气，跟他打了一架。

因为这次打架，马岩交了一个好朋友，是个女同学。两人住在一条街，放学后经常一起玩,马岩心情不好的时候会跟她倾诉,马岩很喜欢这个好朋友，觉得她特别善良。

有一天马岩去找这个女同学玩，女同学看电视正看得很专注。马岩想跟她说说话，马上要开家长会了，他不喜欢，每次都要给姑姑们打电话看谁有空。

他还没说两句，对方一脸不耐烦又嫌弃地说：“马岩，你怎么那么烦啊？你怎么天天不高兴？不要吵我看电视行不行啊？”

马岩默默回家不敢再烦她，后来他无意间听到这个女同学把他告诉她的秘密和心事跟同学们分享，他发誓再也不跟任何人敞开心扉。

林妈叫孩子们回家吃饭，在二号路，本来要回静江花园去，但林斐的奶奶不去。

正好百灵想吃火锅,去外面吃了两次都拉肚子,林妈就在家给她做骨汤的。

百灵是自己打车从娘家来的，她昨天请假上来做检查，正好连着周末可以多休息两天。

林韬在下面店里忙，说还有个装车的，弄完就上来。

马岩回来后，一家人先开饭，林妈给儿子单独留了一份干锅排骨。吃到一半，林韬打电话说朋友叫他去吃饭，林妈让他滚回来。

林韬说：“叫我好几天了，一帮人等着我，我不去人家不散也不开饭，你们都开始吃了，管我干啥？”

林爸抢过电话，言简意赅："马上滚回来。"

林韬回来后自然挨骂，林爸最近对他存了不少怨气，骂着骂着就上头了，说："租的房子给你们花那么多钱装修好你们一天也不住，你还有个要当爸的样子吗？百灵怀着孕你天天往外跑什么？"

林韬嬉皮笑脸，指着百灵说："光说我？她天天跟人通宵打麻将不回家，我不能出去玩？"

"胡闹！"林爸气得拍桌子，放话说不买房了。

林韬急了，回了几句嘴，一顿饭闹得不欢而散。

林斐帮着妈妈收拾碗筷，马岩懒得搭理林韬，跑去厨房抢着洗碗。

等他收拾完下来，在院子里遇到林韬，他实在没忍住劝了一句"结婚了要有担当，要收心"。林韬当时就翻脸了，叫他少管闲事。

马岩冷笑着回应："行。"

林斐从奶奶屋里出来找不到马岩，便给他发微信。马岩说在对面城墙上散步消食，林斐去楼顶看对面，没多会儿，看到马岩一个人在那里来回走。

爸妈开车回家去了，林韬也带着老婆走了，林斐跟奶奶打了声招呼也走了。

她去找马岩，从台阶上去，就站在原地等。

马岩又走了一圈回来时看到她，笑着走上前："走，回家。"

林斐拉住马岩的手："我也吃多了，散散步。"

两人沉默着又走了一个来回，要下去之前，林斐跟他说："老公，嗯……我也不知道怎么说，我的想法就是，你爸爸是你爸爸，林韬是林韬，邻居是邻居，群众是群众，都跟咱们没关系。你和我，我们俩好好过自己的日子就够了，咱们不管别人好不好？"

马岩看着林斐的眼睛，答应："好。"

林斐抱住他："其实你爸回来也好，他也该陪陪爷爷奶奶了。他在你也放心些，不用天天惦记着去看奶奶，这样就能有多点时间陪我了，多好啊，以后爷爷奶奶也不会因为没见到大儿子而遗憾。我知道你很爱奶奶的，不想让她抱憾而去对吧？所以他回来跟你没关系啊，你有老婆有自己的家，你就跟我玩呗。"

马岩抱紧林斐，觉得眼眶热热的，问：“这样吗？就我们俩，不管别人？”

“对啊，你管别人死活呢，你就跟我玩不开心吗？”

马岩笑起来，心里的阴霾散尽。他觉得踏实，找到了忠诚同伴似的安心，他问道：“小斐，你会永远陪着我吗？”

“会的，你是我老公啊，我陪你到死好了吧？”

“真好。”

林斐笑了，从马岩怀里出来，踮脚要亲他，又回头看了看身后的阶梯，玩笑说：“我要亲你了，你不要报复我，把我推下去啊。”

马岩被她逗笑，真的开心，他吻住她，抱紧她换了个方向，把自己的背朝向阶梯。

“只有你推我的份，老婆。”

“哎呀，不要说这种话，显得我跟惯犯似的。”

“好喜欢你啊，老婆。”

“我也是。”

闻言，马岩亲她。

林斐说：“我真的好爱我自己，我想嫁给我自己。”

“哈哈哈……”

这晚回家，马岩跟林斐聊到深夜，他说自己心里的委屈，难得的孩子气。

“你不可以像别人似的夸他多有义气多热心，小斐，你不可以，他抛弃了我，你不要夸他。”

林斐心疼死了，满口答应：“绝对不夸，我不喜欢他。”

马岩抱着她：“你不要叫他。”

林斐答应：“我就用一个‘喂’称呼他，多一个字都不叫。”

马岩小气：“‘喂’都不给他。”

“行，那我就无视他。”

“嗯。”

林斐偷笑，被马岩发现。

“你笑什么？”

林斐摸摸他的头，问：“可以睡觉了吗，小马小朋友？”

马岩恼了，不好意思了，他扑倒林斐：“你才是小朋友。”

马岩这回真的再也没有因为父亲要回家这件事而失态或者影响生活。

八月底，马啸回来了，马岩没说要回家，林斐也不好主动提。

其实她有一点好奇马啸的长相，但也就好奇这一件事。

他们不回去，架不住奶奶和姑姑们一天一个电话十几条微信地催，都知道劝马岩没用，信息全集中在林斐这里。

林斐有苦难言啊，嘴上答应着好的好的，却不敢跟马岩提。

周六，马岩休息，睡前他跟林斐说：“明天去奶奶那里吃饭好吗？”

“嗯。”林斐有点惊讶。

没惊讶多久，马岩就缠着她做了一次，好家伙，新媳妇要见公公前一晚，先被老公拆了骨架……

林斐对马啸坐牢这件事没什么成见，毕竟不是恶意犯罪，她觉得那种情况换作自己可能也会冲动。

她不敢跟马岩说，其实她心里还是有点赞许马啸的，毕竟马啸对于林斐，真的是可以抛开亲情去看待的。

然而，等林斐见到马啸本人，观念被颠覆了……

马啸人高马大，比马岩还要高一个头，他皮肤黝黑，表情严肃，五官看得出俊朗，奈何脸上有一道长长的疤痕……

搭配上他不苟言笑的气场……“惩恶扬善”四个字，可能就占了个恶……

“恶人”马啸犀利的目光投向林斐，跟混社会的大哥似的开口：“你是林斐？我是马啸。”

识时务的林斐呆滞了一秒，张口就是一声不知道从哪冒出来的“爸”。

马啸愣住了，爷爷奶奶高兴了。马岩捏了捏“叛徒”的手，就很气！

所谓覆水难收，叫出口的“爸”不可能变回“叔”，林斐因为过于尴尬，决定以后要少见马岩他爸。对此，马岩表示：“你还是不要下决心的好，何必呢？”

林斐给他一拳：“别让我揍你！”

马岩感叹：“我早该知道，从一开始你说你不爱去云顶咖啡我就应该知道的。”

“咖啡怎么了？”

马岩瞥她一眼，很是瞧不起她：“你都快喝成股东了。”

林斐恼怒，但也暗自反省，的确是不知不觉间给冰冰乐花了不少钱，以后不去了，绝对不去了！

马岩每次回去看奶奶就只是看望，不吃饭不过夜，也不跟爸爸对视对话。林斐觉得尴尬，也只能跟着他的节奏走。

小姑姑劝林斐：“你要做中间人帮忙缓和父子关系啊，怎么说都是一家人，老这么无视怎么行？”

林斐说：“我要是他爸，我就天天死皮赖脸上门来巴结求儿子原谅！”

小姑姑的眼神透过林斐看向门口，林斐一惊，回头看到小琴才放心。

小姑姑笑着说：“快中秋了，我们订了位去吃火锅，叫小岩来啊。”

“我问问他。”

回家后，林斐跟马岩说中秋节吃饭的事，马岩只是“哦”了一声。

林斐追问：“你去吗？你是不是借口值班不去啊？还是去我家吧，我家也有火锅吃。”

马岩似笑非笑地看着她：“你不想去啊？”

林斐装蒜：“我无所谓，这不是怕你不想去吗？”

马岩又“哦”了一声，换下衣服往浴室走，说：“大过节的，你不去叫爸爸了吗？”

林斐扑过去就是一顿捶。

马岩抱起她进去：“怎么这么热情？洗个澡都要跟着我？”

“不要脸！”

“哦。”

不要脸完，林斐坐在床上让马岩给她吹头发。

马岩想到中秋，想到这场“阖家团圆”就觉得讽刺。

隔天，林斐正在店里忙，百灵的妈妈来了，提了一盒月饼，林斐赶紧叫二楼的妈妈下来。

林妈很客气：“我才说让林韬给你们送月饼去，你倒先来了。快坐，林斐给你姨倒茶。”

林斐泡了茶出去忙，没几分钟，两个大人出来上二楼去了，看来是有话说，一楼太吵。

林斐叮嘱小方看着，她去二楼凑热闹。

百灵妈妈来催工作的事。

她说：“调工作也没那么快，正好灵灵明年休产假，她走了学校肯定安排人顶替她，要是这个时间能安排好，休完假直接去新单位报到那不是更方便？也省得麻烦了。”

林斐心想：这位阿姨你真会安排，那我们家当教委了，想去哪儿去哪儿，想哪天去哪天去。

林妈嘿嘿笑，给百灵妈妈添了点水，说：“这也不是咱们说了算的。”

百灵妈妈说：“也是，我就是这么一说，这不孩子快生了，出了月子灵灵还得跑那么远上班，孩子有点事也不在跟前，一周见一次的，当妈的怎么放心。”

林妈没说话，工作的事商量结婚那会儿就聊过了，林家有多大本事也摊开了讲清楚的，谁也没承诺说百灵嫁过来或者生个孩子就肯定能调到城里来。

百灵妈妈见对方不搭话，转而问道：“林韬最近忙什么呢？我去家里看灵灵，回回不见他人，忙得很啊。”

林妈脸上挂不住，说：“林韬每天店里忙完再上来，最早也晚上七八点了，要卸货或者装车，弄到大半夜也是有的。”

“忙点好，多挣钱养家，就是灵灵大着肚子一个人在家不安全。”

林妈说：“是不方便，不行就请假吧，反正也不是正式的，请假回来让百灵跟我们住，我也放心点，林韬确实不能天天在家待着。”

百灵妈妈说：“就怕请假时间长了回去没工作了，我们楼上那家的女儿也是在乡下当老师，怀孕的时候婆家给找关系调了，产假休完直接去县幼儿园上班了。”

“是吗？找谁办的？你们要认识能办事的人就好，我们负责出钱。”

百灵妈妈脸上讪讪的，换了话题又闲聊了几句就走了。

林斐正好要出门，林妈让林斐送百灵妈妈，顺便把过节的礼物让她一起拿走。

林斐把百灵妈妈送到家，办完自己的事之后接到三姑姑电话。三姑姑说在商场看上件衣服，店里有她的尺码了，让林斐帮她去买一下，她自己在农家乐呢。

林斐去买衣服，离开商场的时候看到了百灵大着肚子在跟朋友逛街。

她看了看日期，今天周五，这人也没去上班啊。

林斐回家跟妈妈说了这事，妈妈也生气。

晚上林韬回家又跟爸妈说丈母娘催他弄工作，提到了一层林家的人脉——前两年刚上任的市长的司机。

林爸因为这事生了好大的气，晚饭都没好好吃就走了。

爸妈走后，林斐拧着弟弟耳朵问他跟谁吹牛呢？

林韬看了眼马岩，说：“还不是马子超，跟百灵说咱们家认识那人，能办事，百灵这才来逼我。”

“那你告诉你老婆，要工作自己考去。”

“我跟她说了，不想上班就辞职，生完孩子以后再打算，不行就跟我一起做生意。”

林斐多看他一眼都生气，拉着马岩走了。

夫妻俩回家把车停好，再步行去夜市吃烤肉。路上，马岩问林斐怎么回事。

林斐跟马岩讲：“我刚回来那会儿在烟草公司打工，临时的，点点给我介绍进去的，工作很清闲，一个月一千多块钱，后台录下数据什么的就行。那时候我爸妈听人说找关系能转正，他们也想我有个正式工作，不就想办法吗？其实原本也没想着能办成，就那吴佩她爹，给我爸妈介绍的那个司机，哄得我们家不知道花了多少钱！”

马岩问：“真是市长的司机？”

“是真的，但你说一个司机能办成啥事？我爸妈是想着通过他看能不能搭上点人脉，一顿饭三千，光给吴主任长脸了，真缺德。”

“怪不得你那么反感吴家。”马岩恍然大悟，“那林韬怎么跟人说这个？这孩子真的心里没点成算。”

林斐解释：“那会儿林韬还小，不念书了天天跟那帮狐朋狗友混。当时我们安排吃饭什么的都是认识的老板，这帮小孩一起喝酒可能聊到了，林韬就提了一句呗。”

“嗯，好了，你别生气了。”马岩搂住她安抚。

林斐叹气。

马岩突然想起一事，问道：“小斐，以后咱们的孩子可能也没法考公……”

“为什么？”

“我爸……”

“哦，”林斐无所谓，“三百六十行，行行出状元。”

“你不在意啊？”

“计较这个日子还过不过了？你就是想太多。”

马岩笑起来，心里很是安慰：“走，吃肉去。”

马岩休假的日子，林妈都让林斐回家去休息，体恤小两口新婚。

林斐跟马岩窝在被窝里用平板看电影，看到一半，顶部弹出微信消息，是孙蕊发来的一张图片，她奇奇怪怪地问：【妹妹，这个戒指是你送我的吧？】

林斐很机灵，回道：【失忆了？失忆也不送第二次。】

马岩轻轻捏她耳朵：“你们姐妹俩这一手配合打得够熟练啊。”

林斐来不及解释，孙蕊电话又来了，语气略带生气地问：“妹啊，你再好好想想，这戒指是不是你送的？是不是咱俩上学的时候就约好的？”

“这是怎么了？”

“你姐夫不信。”

林斐说：“我给他发个购买记录？怎么突然提起这事了？”

“发，你有他微信，你直接发！”

林斐想骂人！

对面的人直接挂了电话。

林斐马不停蹄地在自己的姐妹群征集微信转账记录，就要孙蕊婚前那个时间段的。刘思扬给她发了一个跟代购买包的记录，金额一万多，很合适，还帮忙改了备注。

林斐把截图发给孙蕊，又演戏说：“找代购买的，之前没告诉你，假货我不负责售后，你凑合戴吧。”

马岩在一旁看着老婆这行云流水的一套掩护拳，整个人都不好了。

林斐转身安抚自己老公：“我不会骗你的，我没有前男友买的钻戒。”

马岩夸她：“前两天抓了一个贼，他要有你一半的心理素质和反应，可能就瞒天过海了。”

“你是夸我吗？”

“是。”

“那谢谢吧……”

马岩抱紧林斐点开视频继续看，看了几分钟，在她耳边说：“以后孙蕊说的话我连标点符号都不信！”

林斐“哦”了一声，说：“那我再培养一个打掩护的……”

马岩把平板丢到一旁，掀开被子压着老婆进行了一场夫妻教育。

过了两天林斐才知道孙蕊那边的情况。

王泽去丈母娘家吃饭，正好家里的台式电脑出毛病了，王泽给重新装系统，检查文件的时候发现了孙蕊很久之前建的恋爱文件夹，那张钻戒图就在里面。

王泽其实对首饰、时装不太关注，孙蕊那么多衣服，他还真记不住哪件新的哪件旧的，但就是这个钻戒，他当初仔细看了很久，表面再相信，心底深处还是觉得林斐太大方了，结婚又不见她包很大的红包，有点矛盾。

他拿着那张图问孙蕊，孙蕊不承认，辩解说那文件夹里还有好多乱七八糟的图，都是她以前随手保存的。

“你们现在不吵了吧？你再来这么一次我老公要跟我离婚了啊！”林斐说。

“你真牛，妹妹，太靠谱了。”

林斐多嘴：“要我说你坦白算了，老埋着个地雷多不踏实，你那也不是什么大事哦。”

“骑虎难下啊。”

晚上回家，林斐拉着马岩面对面互相写诚实诺言。

马岩笑话她：“你就不要天天发誓定目标了吧？”

林斐扔下笔就走：“过不下去了……”

“老婆，我错了。”

两人写好承诺书，林斐跟马岩说了孙蕊这事，她说：“小马，我说真的，咱俩都别撒谎。”

“我保证。”

“我信你。”

马岩搂住她：“老婆，既然不撒谎，那我有句话想说。”

林斐掐他脖子：“说！”

马岩说：“上次我就想说，王泽发的那个图片好像不是那款戒指。”

“啊？”

林斐赶紧打电话通知了孙蕊。

林斐根本没仔细看王泽发的图，看了也没用，林斐压根儿就没仔细看过那个戒指式样，就记得有个钻。

马岩却记得很清楚，当时那个戒指被林斐落在他那里，他对着那个戒指研究了好久，一来琢磨林斐有没有撒谎，那东西会不会真是情敌送的；二来研究下女士钻戒，以便日后参考。

孙蕊很紧张，饭都吃不下去了，自从上次吵架之后，王泽一直情绪低落。

她躲去卫生间研究对比图片。

她自己存的图是五年前的款式，当时和常州热恋，她看中那款，常州承诺给她买。

最后他送她的是同品牌的钻戒，类似款式，不仔细看图还真发现不了，她自己都没注意。

而王泽存下来找她对峙的那张图根本没带产品介绍，上网一搜，是另一个品牌。

孙蕊彻底慌了。

林斐也慌了，盯着马岩说：“你好细心。”

马岩不以为意：“职业素养。”

林斐问：“你还有什么没告诉我的小发现吗？”

马岩想了想，说：“有。”

“老实交代！”

“你爱我。”

“我呸！”

马岩把林斐抱到怀里捏她脸：“难道我说错了？”

林斐龇牙咧嘴地问：“真的，你说说看，咱俩认识这么久了？你对我有什么发现？”

马岩皱眉：“咱俩的关系是认识很久？”

“不久吗？”

“挺久的……”

“说说看，尽量说一些我自己尚未发现的优点，我也听听我还能怎么优秀！”

马岩做出一副受不了她臭屁模样的表情，林斐闹着要他说。

马岩说：“你这个人欺软怕硬，在自己可控的环境里无法无天，在未知的环境中求生欲很强……”

林斐咬牙，这不还是旧事重提说她在马啸面前尿了吗？

她不服，说：“谁怕硬？我不怕，我喜欢硬，越硬越好……”

明显调戏！

马岩不上钩，把她的手从他的腿上拿开，点评她："典型的过度补偿，被拆穿了就企图用荤话转移话题引导方向，心虚显露无遗。"

"哼！"林斐走人。

马岩追上去拦腰抱起她回卧室："说不过就跑？你求生欲怎么这么强？"

"走开走开，放我下来，你要干什么？"

"你不是喜欢硬的吗？"

林斐被按在床上，她还要强撑，踩着他肩膀说："典型的色狼行为，三句话就扯到上床！"

"错了。"马岩吻她，"是必要的情感互动。"

林斐大喊："这家里到底谁做主？"

"你。"

"感觉不像呢……"

马岩换个姿势让她掌握主动："这样就像了。"

林斐想哭：小马同志变狡猾了，果然不能闪婚啊！

马岩找到马子超，把他按在墙上掐住了脖子，警告他以后不要多嘴多舌参与林斐家里的事。马子超当下认㞞，回去就跟妈妈哭诉。

马丽还记着上回的仇，这次学聪明了，直接去找了马岩的领导投诉警察打人。

刘所长当场叫来马岩问话。

"什么时间？"

"昨天下班后。"

刘所长笑着对马丽说："是这样，警察呢没有上下班概念，不存在说下了班遇到警情就可以不管，所以您反映的这个问题的确很重要，人民警察是保护群众的，怎么能伤害群众人身安全？"

马丽说："就是这个理！您今天必须给我一个说法。"

刘所长说："警察也是老百姓，也有社会关系，当哥哥的教育弟弟，并不违纪。"

马丽情绪激动地说要上报市局。

刘所长说："这是您的权力，但我们的确没有这个权限约束公安干警不能跟家人交流感情，您这的确是为难我。

"当然了，马岩处理问题的方法可能过激，您心疼儿子是应该的。马岩，你以后要注意，自己当爸爸了也打孩子吗？"

马岩很意外，点头服从："您教育得是，我反省。"

"行了，去忙吧。"

这件事就这么了结，马丽碰了一鼻子灰，走了。

刘所长最近又对马岩的态度好了，主要是因为知道林斐给他女儿介绍了个不错的对象。

马岩心知肚明，回家后抱着林斐说："老婆真好，怎么那么有智慧？最近刘所长对我可是很和气的。"

"我就说吧，我林斐出马就没有办不成的事。"

马岩同意："感觉好幸福啊，我老婆太可靠了。"

林斐把菜刀递给他："切肉切肉。"

"遵命。"

孙蕊夫妇最近不太好过，她全交代了以后，王泽心里还是不舒服，两人相处间的尴尬连长辈都看出来了。

这么过了几天，孙蕊受不了了，闹着说："不行就离婚，反正也没孩子。"

她真是金口玉言，没几天她就发现自己怀孕了。

这个孩子算是彻底缓和了夫妻关系，王泽又变回从前那个体贴温柔的丈夫，每日接送，做饭洗脚的。

孙蕊也感动，软语道："老公，我真不是因为忘不掉他留下那东西，我是替自己不值，你明白吗？我发誓，以后任何事都不瞒你，现在我们都有宝宝了，咱俩好好过日子好吗？别吵架。"

王泽傻笑："不吵，你别多心，怀着孕心情好最重要。"

孙蕊满意了。

王泽这个人还是很不错的。

之前林斐结婚，因为妻子给买了钻戒，虽然是互送，但他也觉得不用再大破费，如今得知林斐就是替姐姐圆谎，作为姐夫，他觉得他们俩对妹妹的婚礼诚意不够。

王泽跟孙蕊商量了一下，想补个礼物。孙蕊想了想，买了一套林斐爱用的护肤品送给了她。

林斐很高兴，孙蕊也觉得丈夫让自己很有面子。

中秋到了，马岩值班。

他跟家里就交代了一句值班，家里的电话全打到林斐这里，都说马岩不能来她来也好，中秋团圆，孙媳妇得在。

姑姑还让星星来家里接林斐，林斐有什么办法，打电话给马岩吼了一通，然后跟星星一起去。

姑嫂两人先去云顶咖啡买冰冰乐，星星跟她说："嫂子，你是不是觉得尴尬？我也讨厌一家人一起吃饭，太烦人了。"

林斐说："到时候跟大家聊聊你的成绩我就不尴尬了。"

星星哭笑不得："你这个人怎么这么不讲究呢！"

"这都是成长路上必经的磨难，你忍着吧。"

"哎，我一定要考一个离家很远的大学！"

"加油。"

来到火锅店，林斐深吸一口气，进门都不敢看马啸，只叫了爷爷奶奶，自觉地坐去爷爷身边。

她跟马啸隔着两个人，但马啸今天话多，问起她店里的生意。

林斐说："这两年不行了，周边盖房的人越来越少。"

马啸说："沿河下去都是待开发区，你要是能跟建筑公司合作，生意能好点。"

"难啊，咱们这都是从一个地方拉货，人家凭什么给我赚一成。"

马啸说："回头找时间跟霍震华吃个饭聊聊。"

林斐激动了："您跟霍震华关系好？"

小姑姑说："老霍的命还是大哥救的，要不哪有他今天。"

林斐细仔细琢磨了一下，觉得过命的交情也未必敌得过时间，尤其马啸这么多年没回来，万一去碰了一鼻子灰，那多没意思？

她就见不得自己人受气，于是说："我也是随便问问，反正我和马岩日子过得不错，虽说没以前生意好，但也能过得去。不行还可以开别的店，我觉得我们家那个地方开汽修店也很赚。"

姑父同意："这话没错，每天进出城多少大车，就是光洗车都能赚钱。小斐是个踏实能干的孩子，比咱们家这些都强。"

马啸打量林斐，心中更满意。他倒不是想炫耀什么，就是弥补心理吧，听家里人说马岩很爱林斐，便投其所好。

在外混了这么多年，人情冷暖早尝了个遍，林斐能说这话就是替他的自尊考虑呢，马啸感到欣慰。

提到了霍家，林斐又喝了点，情绪放松就跟马啸说起马子超亏钱吵架那次。

马啸早就知道了，如今听林斐说了她劝马丽别跟霍家闹的话，马啸觉得林斐是个能成事的人。

"是这个理，你的想法是对的。"马啸说。

林斐有一种被冷面阎王夸奖的奇妙感觉，她这个人不经夸，一夸就浮躁，一来二去就跟马啸碰起了杯……

马岩来接林斐的时候，林斐已经跟他爸哥俩好了。

马岩内心真的就是……预料之中，但又十分无语。

带着醉鬼回家，马岩给林斐擦脸擦脚，她躺在床上舒服得哼哼。

马岩咬她脸蛋："你怎么不跟他拜把子啊？"

林斐拍打他的脸："那我不成你二叔了吗？"

马岩都气笑了。

马啸抽空去找霍震华。

当年他俩一块给人打工做药材生意，霍震华得罪了人被追着砍，亏了马啸能打，救了他一条命。

当时马啸都没正经开过几次车，就跟着老板学了两次。霍震华大腿被砍了一刀，胳膊也挨了一刀，快流血而亡的时候，是马啸偷偷开了老板的车拉他去医院的。

马啸脸上那道刀疤就是替霍震华受的，晚婚也因为那道疤，没什么人愿意把女儿嫁给马啸。

霍震华热情地接待马啸，还主动提出让马啸去他那里找个事做："也不是什么钱不钱，这么年轻闲着容易生病。"

马啸拒绝，说自己有安排，他来就是叙旧。

叙什么旧呢？过去没联系的几十年各自精彩不用交流，他回家来见到儿媳听说了不少跟霍家的事，觉得这真是割不断的缘分，所以来叙旧。

霍震华听后对林斐也有了好印象，当初霍达那事把他的老脸都丢尽了，多少人背地里说他闲话，倒不知道过程中还有个林斐拦着不让人上他家闹，言语间尽显见识胸襟。

"老马有福气啊，儿子出息，儿媳妇也能干，这要不是自己当老板，我都想叫她来给我做事了。你是不知道，我那个儿子……烂泥扶不上墙啊。

"她是那个二号路卖钢筋的林家？"

马啸点点头："对。"

霍震华没再问林斐，转头说起后面几年的工程安排，两个老伙计聊了许久。

马啸此行得到了自己想要的，回家后他给林斐打电话，说让她有能力就筹钱买沿江下面的地皮，住宅和商铺都行。

林斐当然知道这是个投资思路，但她摸不清过几年商业中心向下还是回天桥步行街。

县城就这么大，那边好了这边就要冷清，换算到林斐身上就是，她要因此发了财，她爹妈的商铺就得砸手里。

林斐跟马岩商量。

马岩说："咱们过得好爸妈就能过好，你倒不必担忧这个。"

林斐脑子转过来了，玩笑说："等商铺凉了给林韬折腾去吧。"

马岩笑得不行："这个姐姐太缺德。"

林斐没事开着车到处转了一圈，又跟地产的置业顾问聊了聊天，知道沿河有个楼盘是霍家的。她在售楼中心遇到了霍达，两人简单寒暄了几句。霍达如今负责销售业务。

晚上回家，林斐跟马岩讨论买房的事，她有意向买霍家的新楼盘，临街，商住两用，能买到一楼铺面更好，开什么都行。

马岩支持林斐，但提醒她看土地期限。

"怎么看？"

"拍地新闻一般都有。"

夫妻俩上网查那块地，三年前拍的，五十年产权。

马岩说："交房怎么都得两年后了，业主实际产权四十五年。"

林斐以前没买过房，她爸妈买房的时候她还在外地上学呢，没参与过程，根本不知道查产权这种事。

马岩又跟她说了许多买房注意事项，林斐抱着他亲："小马好厉害啊，怎么这么懂啊？"

马岩得意，继续分析："一二楼都是商铺，你问了吗？意向客户应该差不多了吧？"

"销售跟我说还有。"

"能买商铺倒是可以，有停车场吗？"

"就路边停……真烦，我想开店，加盟个川渝品牌火锅店什么的，之前我还想过在步行街那开串串店，店面也够大。"

"串串好多家了，火锅店也不少。"

"那你说我搞点什么？"

马岩搂着林斐靠在沙发上，问道："不想卖钢筋了？"

"不是不想，是有点亏，盈利不够我受的苦。"

"再请个人吧，别太累了。"

“我也这么打算呢，小方有个表弟想来，回头你帮我看看人咋样！”

马岩笑起来：“行，小方人不错，很踏实一小伙子，也勤快。”

说到这个，林斐想起了小方的感情生活：“对了，老公，小方好像看上小琴了！”

“真的？”马岩仔细琢磨，“小琴挺好的，他们家好像在催她结婚，尽管她还小，但农村嘛，女孩子嫁人都早。”

“唉，看他俩缘分吧，我不想当红娘了。”

马岩没接这话，问道：“小斐，你会不会觉得我工作太忙帮不上你？”

林斐冲他笑：“我就喜欢你为人民服务的样子，帅！”

“我老婆太好了。”

林斐加了置业顾问小郑的微信，县城房地产跟大城市不能比，没那么正规，也没那么火热。小郑这种高中毕业的孩子，马马虎虎培训一下，一个月拿几百元底薪，成天就坐着晒太阳、喝茶、聊天。

没两天，林斐在朋友圈看到小郑吐槽工作，骂老板事儿多爱摆谱。

这天，她出门办事，路过霍达的销售中心。小郑在路边抽烟呢，看到林斐的车便招呼她，林斐停车去跟他聊天。

没聊几句，霍达来了，进门就发脾气，为的是开盘活动的事，嫌负责人策划做得烂。

林斐听着，问小郑：“你们售楼处平时看房的人多吗？”

“最近都没什么人了，意向客户就那些，等着开盘选房，该交意向金了。”

霍达还在骂骂咧咧，说那个经理没吃过猪肉也没见过猪跑。

林斐上前解围，说开盘应该怎么搞才热闹。她又假装不懂，问霍达：“我看人家大城市开盘都不许别人进去看房的，只有交了意向金的能进，咱们这县里是不是不用？开盘搞热闹点还能吸引客户。”

霍达问她：“你做过策划？”

“嗨，大学的时候兼职玩的，再说买房也看多了，就那些流程。”

林斐又吹了一波，说得跟要迎接市长一样盛大，说完她就走了。

霍达跟了出来，问她愿不愿意来做这个事，可以入职当副总，或者一次性结算报酬，她开价。

林斐看了眼售楼中心，一共五个人，当什么副总？她假装为难地说："这样吧，我大学的时候做过一个方案，回去找找看你能不能用。"

"太好了，咱俩加个微信。你懂的，咱们这小地方，啥都不行，烂泥扶不上墙。"

"就是就是。"

马岩下班后去二号路，林妈说林斐回家了，正好饭点，林妈装了些卤味让他拿回去。

到家后，马岩看到自己老婆正在对着电脑抓狂。

几年没碰 PPT 了，林斐一时间还真难上手。

"你做什么呢？"

林斐跟马岩说了开盘的事，马岩问："你干吗免费给他做事？"

"霍达这个人，在大城市见多了世面，喜欢搞派头，估计也是做给他爸看。他跟我说越热闹越好，多少有点摆谱的意思。"

"那你要跟他合作？"

"他就算了，不靠谱，但他们家毕竟有点实力，做事要看远一点，谁知道今天埋下的种子哪天就发芽了呢。"

马岩换好了衣服洗了手出来抱抱她："你做什么我都支持，饿不饿？想吃什么？"

"不想吃，我先搞定这个东西。"

"有什么问题吗？"

"不会做 PPT 了。"

马岩说："你把内容给我，我给你做。"

"真的？老公棒棒棒！"

两人分头合作，一个做方案，一个做饭。

林斐最近对老公越来越满意，有心犒劳马岩，拿出了自己招待人最高规格的菜单——手擀面！

和面，扯拉条、煮熟、过凉水，卤牛肉切成片，再炒一个线辣椒炒肉的浇头。就这她觉得还不够，再弄一个番茄鸡蛋浇头，番茄皮都去了的。

做好饭，夫妻俩一起吃。马岩吃了两碗，爱得不行。饭后林斐也不让他洗碗了，专心做方案，这一做就到晚上了。

马岩给林斐过目，林斐感叹："牛啊，老公！"

马岩得意扬扬，林斐坐他腿上亲他："我老公真是越看越让人喜欢！"

"做个 PPT 就喜欢了？"

"是越喜欢！越！"

马岩抱起她："我要奖励。"

林斐笑着搂紧他亲："必须奖励！"

"洗澡去！"

"我是说按摩一下什么的。"

"不急。"

林斐就这么开始负责起开盘活动。对接奖品、联系演出、布置现场、安排主持人，一时间忙得店里都顾不上了。

没过多久，霍达跟林斐说邀请了一些领导。

林斐拍拍他的肩膀，说："带我见见领导，我长这么大还没见过领导。"

"那肯定，一起吃饭呗。"

林斐让妈妈给她看店，她发工资。林妈支持她，不要钱，再说自己闲着也是闲着，马岩不上班的时候也去店里帮忙。

林斐给林韬打电话，给他安排了一些活。林韬没推辞，霍达要弄开盘活动这事已经传开了，他也愿意凑这个热闹。

跟霍达混熟了，林斐说想买商铺开店，霍达说："买的没有，租的有，你要开什么店？我给你便宜租。"

"我还在考虑。"

霍达说："餐饮就别想了，我准备加盟一个品牌火锅，还要开个会所做招待。"

"是吗？我本来想加盟个品牌呢，要不我开个平价串串跟你打擂台？"

霍达笑了，说："合作多好，我也不常在这里，要不你给我当经理？我觉得你挺能干。"

"考虑看看，便宜租金的事另算啊。"

"没问题，就是现在没有大的店面了，有个街口的小店面可以开个超市什么的。"

林斐回家跟老公商量，马岩建议她去打工。

"餐饮你没有经营经验，倒是可以去学一下，往后自己干也有基础，你觉得呢？"

"我觉得你说得对，但我还是想租个房干点买卖。"

"可以啊，我都支持。"

林斐开玩笑，说："老公，你说我要不要学学云顶老板也搞个类似饮品？"

马岩笑晕了："你这是要把我们老家搞成'山寨之城'啊？回头整个县都会被起诉了。"

林斐一分钟三个主意，越说越离谱，越说越兴奋，仿佛自己下一秒就是首富了。

算好开盘日子，林斐还跟着霍达和霍震华吃了次饭。霍震华提到马啸，林斐心里挺感激。

林斐忙着带员工彩排、布置现场、安排培训各流程负责员工，银行派来的还是熟人，吴佩。

县城群众爱凑热闹，开盘当天现场水泄不通，林斐叫马啸带着保安维持秩序。马啸也配合，黑着脸往那里一站，他面前一圈静悄悄的。

这么大的活动，警察肯定要关注，以防出现问题。马岩跟人换班开着车去瞧，自己老婆玩得可开心了。

霍震华今天心情很好，自己儿子终于给他长脸了，知人善用也是能力，尤其是宴请领导这方面安排得十分周到细致。

宴请领导的地点就在金碧辉煌，林斐拜托的是刘思扬。

按理说刘思扬跟赵东还没定，这事轮不到她管，而且招待领导这事，赵东自己就不会敷衍。但林斐不在乎啊，招待领导她忙进忙出是没好处的，她得自己找好处啊。

林斐屁大点事都打电话给刘思扬让她转达给赵东，一时间，刘思扬成了这次宴请的招待方负责人似的，高兴的是谁？是刘思扬她爹，马岩的领导。

马岩知道林斐的这些心思，知道她为谁，自己心里很是感动。

其实他用不着讨好谁，他没什么高升的心，当个一线警察跟老婆好好过日子就是他想要的，但林斐会不会对他有要求呢？

林斐说："你做你喜欢的。"

马岩抱着她不说话，他就喜欢现在这样。

霍达经过这次的事产生了一个想法，想注册一个公司专门搞这些活动和招待，后面也能跟他的会所对接上。

林斐拦住他："没必要搞公司，没那么多业务，有啥事你再找我就行，我也跟着你认识认识大人物沾个光。"

霍达是不准备放走这个人才的，开盘当天还卖出去好几套，这事霍震华知道了，给林斐包了两万块钱红包。

两万块钱比起她的劳动付出太少，但林斐没表现出不满意，交个朋友，反正她是要租个铺子的。

打这以后，林斐被霍达带着开始接触各部门领导和老板们。马岩倒没意见，就是担心林斐喝酒会伤身体。但林斐机灵，总能周全。

她还热心，但凡酒局饭局有领导提到什么鸡毛蒜皮亲戚里道的小事，林斐都给办了。

这时候就看出林韬的优点了，全县从小到老，就没他不认识的人。

林爸林妈看着姐弟俩一起干正事，心里很安慰。

百灵家也变了态度，觉得林斐或许能帮着给百灵弄个工作。

百灵本人其实无所谓，她就是不想每周一个人去乡下教书，太无聊。调不回来，她辞职不干也行，跟着林韬开店做生意她更喜欢。

她在家跟林韬商量这事，林韬让她请假待产在家歇着。

这事好办，他送百灵去学校的时候买了一箱酒和两条烟送给校长就办成了，这个月干完就休假，连着产假一起。

百灵问他要卡："我不上班了就没课时费，你把你的卡给我，家里钱我来管。"

林韬给了她，其实也没多少钱。

月底，霍达给林韬打电话说借用一下他们下面的仓库，这就是借口，用了三天，走的时候把林韬的库存清了。

霍达以前不怎么跟林韬玩，林韬这个人怎么说呢，家里也不穷，但比较老实，天天喝个小酒打个小麻将玩不大。经过这两年的事，霍达算是看出了林家姐弟的人品，跟林韬亲近起来了，也愿意一起做事。

主要是霍震华跟他交代过说林斐不错，霍达想着自己不太方便对已婚的林斐示好，帮帮她弟弟也一样。

林韬店里的业绩突然上来了，就在百灵掌钱的这个月，百灵顿时对未来的生活充满信心，觉得自己不上班也没问题。

孙蕊放寒假回来了，来林斐家找她玩。

正好百灵闲着没事，两个孕妇聚到一起开始买买买。林斐插不上话，准备做饭，她也不敢带着两个孕妇出去吃。

孙蕊要吃面，怀了孕之后她口味变了，爱上面食了，林斐指挥马岩和面去。

孙蕊打趣："小斐训老公有一套啊。"

林斐说："他力气大，适合和面。"

孙蕊笑她："你力气小？小时候一起睡，哪回你不把我踢下去？我都初中了你才小学！"

"别造谣啊，你自己爱睡地上老说我踹你！"

孙蕊喊马岩："妹夫，你来说说，她睡觉老实吗？"

马岩说："很老实。"

"嘁，两口子一条心。"

马岩乖乖地在厨房和面，林斐在一旁准备菜。

马岩听到客厅两个孕妇讨论买东西，他问老婆："你不买点吗？"

"我买啥？我又没怀孕。"

"给自己买啊，我看你最近都不买衣服了，怎么这么节省？"

林斐想了想，说："还真是，最近太忙，没有购物欲望。不过你提醒我了，哪天闲了买件大衣。"

"好。"

林斐继续切菜，切了三秒扔下刀就跑："我好像收藏了件大衣！我看看降价没！"

马岩笑了笑，继续默默做饭。

马岩的朋友郑源请吃饭，马岩带林斐一起去，在河对岸新开的农家乐。吃饭的还有其他几个朋友，都是马岩认识的。

郑源比马岩大两岁，高中的时候玩起来的。

他结婚早，生了个儿子已经二年级了。

郑源问马岩："你还不要孩子？早点要的好，上了年纪没精力，陪不住小孩。"

马岩说："我们暂时没有要孩子的计划，自己还没过够呢。"

郑源说："唉，我老婆最近催我给孩子买学区房。"

林斐惊呆了："咱们这里还有学区房？"

"不是，去外面买，投资嘛，咱们这儿教育不行，现在好多人都在外面买房，等孩子上了初中直接去外地读书，高考的时候回来就行。"

马岩说："是有很多人这样做。"

郑源劝他："你现在没孩子也该考虑了，穷什么不能穷教育。一开始我也没多赞成，觉得学习嘛还是得靠自己。前几天我去人家那学校考察了一下，真不一样。咱们这里的老师水平真不行，你就说咱们高中那刘华。”

马岩笑起来，刘华的确水平差。

刘华是英语老师，林斐也认识，高一带过她，有一回考试林斐坐第一排，刘华当场教了她一道完形填空，害她丢了一分。

一群人聊起高中那点事，说说笑笑，很快就到晚上了。

结账离开前，郑源拉住马岩去一旁说话。

“兄弟我就不跟你客气了，方不方便借点钱？我这儿等着交首付差点，借一年。”

马岩下意识看向林斐。

郑源说：“咱们这关系你放心，主要是楼盘不等人，要不我也不会这么着急。”

马岩看着他的眼睛，说：“要是我没结婚我就借你，现在不行了。”

郑源没理解，瞟了眼林斐，问：“弟妹这么凶残吗？”

马岩笑了笑，说：“不是，我是觉得你今天说的这事很靠谱，要有合理的楼盘我也想投资买一套预备着。”

郑源笑起来：“你是人吗？你这还没看呢，先借我周转一下啊。”

马岩说：“那万一明天我就看中了呢？”

“不借拉倒！”郑源走开，看得出来不大高兴。

马岩没开车，夫妻俩手牵手走了一段路，去河对岸再打车。

天气寒冷，但散散步又很舒服，林斐吃撑了，说一路走回家。

马岩告诉她郑源借钱的事。

林斐说：“你们关系好吗？关系很好的话就借呗，也不要太得罪朋友。”

马岩说：“这跟关系好不好没关系，我是在想他说的去外面买房的事，你说咱们要不要买一套？”

“给孩子上学啊？”林斐思考起来。

“我同学里也有这样的，初中高中送出去，你说对成绩有啥帮助吧，也真的看个人，借读生都是住校，年纪小小的离开家自己住，也不太好。”林斐说。

“这样说也是。”

林斐把手伸进马岩的口袋，靠着他说：“再说要真把孩子送出去，得经常去陪她或者直接陪读吧？你这工作走不开，我去了生意没人管，还是你想咱们分居啊？”

马岩听着这话心里舒坦，他搂紧林斐，说：“不分开，我就是想着你一直想投资房产。”

“以后再说吧，你提到孩子，百灵倒是快生了，你说我给她买个啥好？”

“婴儿床？或者婴儿车？”

“她好像自己买了。”

“那我就不知道了，你问她缺什么呗。”

“买个金镯子？”

“可以啊。”

“哎呀，好冷好冷，快回家。”

也不知是他们关注到这件事，还是全县人民都准备去外地买房，总之林斐一连好几天听到不同的人讨论这件事。

有的早买了，有的在看房，有的没钱随便想想。

马岩的姑姑不想买房，但她想把女儿星星送去外面念高中，跟他们院子里的一个小孩一起。

林斐呢，就是一个十分容易被煽动情绪的人，见大家都在琢磨这事，自己坐不住了，回家跟马岩宣布她要陪星星去看学校，顺便考察一下当地房地产行业。

马岩很崩溃：“我说的不是中国话吗？还是你听不见我说话？”

“不要胡扯，就这么定了。”

“你等我休假陪你一起去。”

“那得等到猴年马月，孩子教育等不起，我先去打探一下环境。”

马岩问："可以的话你准备买是吗？"

"为什么不？以后咱孩子也上个外国语学校，从小培养，张口就是我要apple！"

马岩把林斐按在床上一顿揉："谁跟我说不送孩子去外面？谁跟我说不跟我分开？这才哪儿到哪儿？你就抛下我自己出去旅游？"

林斐装可怜："我想去大城市看看，买点城里人穿的衣裳，看看大城市的女孩子们都流行什么妆……"

马岩故作严肃："再给我装！"

林斐倒打一耙："你是不是不舍得让我花钱！怕我出去乱买是吧？"

马岩把脸埋在她胸前笑到发抖："去吧去吧，随便买。"

林斐满意了，安排道："你不上班的时候就多去店里看着，不要太闲，免得独守空房过于可怜。"

马岩想象了一下那个画面，顿时不愿意了："你还知道我独守空房？你去几天？"

"三到五天，看你给我多少经费吧。"

"就三天，不回来会挨打。"

"呵呵。"

林斐要出去玩的消息一传开，七大姑八大姨都叫她帮忙看看有没有漂亮大衣买两件，搞得她好像去进货。

林斐跟马岩吐槽说不想去了，马岩说："那就不去了，咱俩在家玩。"

林斐说："你就是嫉妒我能出去玩！我偏要去！"

马岩很无力："我发现你这个人的脾气真是……"

"怎么了？"

"难以捉摸。"

"那是。"

几天后，星星寒假补习结束，林斐跟着这一家三口坐火车去看学校。

正好星星跟林斐住一间，去的路上，星星一直跟林斐一起玩手机玩游戏。

星星妈妈说："这是学习的样子吗？到时候把你放出来给个手机你还能专心？"

星星很无语："你今天能不唠叨吗？坐火车都要骂我！"

他们晚上到的，办理了入住之后林斐请客吃火锅。

菜上桌，马岩给她打电话，说他刚从二号路回来。

林斐说："那你早点睡吧，我要吃饭了。"

马岩生气："你不问我吃没吃？"

"你去了店里我妈和我奶奶能把你饿着？"

"等你回来再算账！"

几个小时后，马岩给林斐发微信：【老婆，我睡不着。】

【睡了吗？】

【好烦，家里空调是不是坏了，咋这么冷？】

林斐看到了，但她不想理他，大半夜的，不回就当自己睡着了，关键是星星正在给她讲高中那些有意思的事。

第二天一早，一行四人吃了早饭去看学校。参观完之后，林斐带着星星去逛商场。

马岩忍着不找林斐，林斐却找了过来，给他打电话。

"我给你看了件大衣，你看这个号合适吗？"

马岩冷哼："我穿多大你不知道？"

"那我不是怕不合适没办法换嘛！"

"哼。"

"少给我哼来哼去，我看着买吧。"

下午林斐去打听了一下房价，还可以，这个城市也很宜居，节奏慢，环境好，空气质量也不错。林斐甚至能看到自己以后来这里生活，当然了，偶尔来住一下的那种。

晚饭时间，林斐主动问马岩吃什么，马岩发来一碗素得可怜的面条，林斐看看自己面前那一桌菜，有点心疼他。

两人约好晚上打电话聊天。

可惜，星星今天看学校的时候看到了一个男生！这一聊又聊到了半夜。

第三天，林斐又逛了一天，也给星星买了衣服，还挺贵。星星更喜欢林斐了，帮她提东西跟她倾诉心事，把她当亲姐姐似的信任。

终于要回家了，火车上，林斐给马岩发微信：【我晚上七点半到，东西好多，你来接我吗？】

被冷落了三天的马岩回复：【哪位啊？】

林斐咬牙切齿：【你爹！】

马岩回：【你完了。】

马岩说林斐对老公不上心，具体证据就是她独自出门在外睡得很香。

林斐想说你四天值一次班，难道我要每四天就失眠一次？

但她怕这话说出来影响感情，于是她笑着对马岩说："记住了，你等着。"

马岩看她笑容可疑，问："等什么？"

"等我改正错误为你彻夜难眠啊！"

"那还是算了，我值班的时候想着你在家睡得那么香，时间就过得很快。"

林斐庆幸自己没发脾气，她摸了摸马岩的脑袋夸奖孩子一般说："这老公好像上过培训班一样，怎么这么会说话？"

"我说的都是真心话，不是哄你。"

"知道啦，那你去值班我也很牵挂你啊，我不是还给你送饭了嘛。"

"我就是说说。"

"嗯。"

两天后，马岩同志值班。

晚饭他和同事一起吃的盒饭，晚上九点的时候，林斐提着饭盒来慰问。林妈煲的茶树菇鸡汤，马岩的同事们抢了一些，他就分到一小碗。

林斐坐了会儿就要走，马岩送她到门口，见她没开车，把自己的车钥匙给她，说："天太冷，你开车回去，我明天早上顺路去买早点，走着就回来了。"

林斐同意："好吧，反正你熬夜也不方便开车，我走啦。"

"嗯，睡前你把门锁好。"

"知道了，你快进去吧。"

马岩回去，未婚同事小旭发出羡慕的感叹："还是结婚好啊，老婆还给送鸡汤，真是羡慕死我了。"

"那你也快找一个吧。"马岩说。

"这也不是我想找就能找到的。"

马岩忙了一会儿，得闲的时候偷懒玩手机，想着给老婆买个礼物。

他们俩互相送礼物的时候不多，马岩想起自己生日的时候，林斐给他买了块手表换下了旧的，这份礼物他倒还不是特喜欢，最喜欢的还是她给做的面。

长寿面。

真的是一碗就一根，也不知道她怎么扯出来的。林斐说不让咬断，马岩拼了命地吸啊吸，肺活量实在跟不上了，她还在那儿拍视频。马岩笑得腮帮子都疼了，嘴里一根面条不敢咬断，最后一碗面吃得十分狼狈，不过是真的很开心。

他长这么大就没因为生日开心过。

给林斐买个什么好呢？

这么想着，林斐给他发来微信。

点开来，她说：【睡不着，我的老公去哪里了？】

马岩笑出来，一声还没收住，对面又发来东西，这回是自拍。

他都没点开，人先坐直了往四周张望，确定这张照片只有他看到，他先删了，然后"噼里啪啦"打字。

马岩：【你知不知道多少人因为这个隐私被曝光？】

林斐：【老公，你看我胸口是不是长了什么东西？】

马岩不看也知道她皮肤光滑没长东西，就是胸腔里跳动的那颗心有点爱捣蛋！

他说：【快睡觉，睡醒我就回来了。】

林斐问：【我睡不着怎么办？整个小区就我一个俏媳妇独守空房，好心酸！】

马岩憋着笑跟同事说了几句，然后找地方给她打电话。

“林斐，你是不是有点不地道？”

“怎么呢？是你说要我多想你，我想了，你又来骂我。我知道了，什么夫妻情分都是假的，你嫌弃我……”

马岩马上说：“哪有，快睡吧老婆。”

“嘁。”

“快睡觉，明天早上给你买早点。”

“好吧。”

一个小时后，马岩正在整理报告，微信提示音响，他做贼似的拿起手机来偷偷点开。

果然，林斐发了张照片问他自己新买的睡衣好不好看。

马岩删了照片，回道：【家里虽然暖和，但冬天睡觉还是要穿厚点，会感冒的。】

林斐无语：【没情趣！我睡了！】

【晚安。】

马岩收起手机继续工作，整个人神清气爽朝气蓬勃，仿佛连续值班十几个小时的不是他。

林斐本来是逗他玩，换上了单薄的性感睡衣之后又懒得脱，加上被窝暖和，亲肤包严实了睡得很香，梦都没做一个，直到身上一阵触摸把她弄醒。

林斐睁开眼，看到马岩在她身上。

她摸摸他的脸：“回来啦？洗个澡睡觉吧。”

“洗过了。”他亲吻她。

林斐闻到他身上好闻的沐浴露味道，心情愉悦地钻进他怀里。

“要不要吃早点？买了牛肉饼和豆腐脑，还是热的。”

“嗯……再睡五分钟吧。”

马岩陪着她睡，手摸到她身上的布料，想到了昨晚的照片。

十分钟后，林斐起床，她要换衣服，马岩没让。

他不仅没让，还身体力行地证明了一下什么叫情趣。

“以后不要随便在网上发自己的私密照片。”教育了林斐之后，马岩说。

林斐瘫软在他怀里，嘟囔着：“给你发哎……”

“那也不行。”马岩啄吻她的肩膀、耳垂，轻轻咬住，说，“当面给我看就行了，不需要照片。”

“滚啊你！”

马岩笑起来，拨开她的衣襟：“我看看这里怎么了？长什么了让我老婆那么不舒服？”

“闭嘴！”

林斐的好友小娜开了家母婴店，林斐给送了个花篮。下午，小娜约林斐去店里玩，林斐给百灵发微信问百灵去不去，她想给百灵买点东西。

林妈见林斐约百灵，说自己和百灵闹矛盾了，因为待产医院的事。百灵这都快生了，一直在人民医院检查，由县里有口皆碑的刘医生负责。结果百灵前两天突然说要去妇幼保健院生，要打无痛。

本县无痛还是试点，只有妇幼保健院有针，得提前预约，除了这个，其他条件就跟不上人民医院了，病房环境、医生水平都不太行，一般都是小孩子去那里看看小病。

百灵要顺产的，林妈考虑万一不顺利或者要手术的话，还是刘医生信得过，百灵却坚持要打无痛。两人为这事争了两句，百灵说林妈“不是亲闺女不心疼”，林妈气得哭了一场。

林斐劝妈妈：“你别管了，她自己生孩子自己拿主意。”

林妈说：“我还不是好心？生孩子就没有轻松的，怎么都得经受那一次。我的意思就是起码医院条件和医生水平过硬的话，中间出点意外状况也有保障，妇幼谁去？前两年有个女人生孩子硬是没救过来，听着都害怕，但凡妇幼有一个好大夫我能反对？”

“算了算了，你就少操心，由她去，你自己也轻松点，别找气受。”

“你要给买啥？你爸给孩子买了个婴儿床，人家嫌便宜，自己买了个一千多的。”

“娜娜开的店，看有没有什么小衣服买两件。”

“去吧。”

林斐听了这事觉得百灵有点不知好歹，主要是态度不好，凡事好好商量，能有什么解决不了的？三句话不合心意就摆脸色？她不爱这种人。

到店里，百灵自己挑了几样孩子要用的小玩意儿，林斐拿着去买单。

小娜把林斐拉到一旁，悄悄说：“你原价买，回头我退你，现在客人多。”

“咱们之间不说这个，我也是送弟妹，这钱该花，你给我省什么？”

“行，那就算你给我捧场了，晚上请你吃饭。”

林斐先开车把百灵送回去，又帮她把买的一些东西提上楼。

百灵换了衣服和鞋半躺在沙发上开始看今天买的东西。林斐坐了两分钟后，百灵说：“我洗点葡萄吃。”

她话这么说，却没有起身的意思，林斐拿起葡萄进厨房去帮她洗了端出来。

林斐问：“林韬最近还天天喝酒吗？”

“他那样子你还不知道？一到家手机就响个没完，不让他出去，光电话都能把人烦死。”

“那你自己在家小心点，月份大了，不行就让你妈来陪你。”

“我妈忙啊。”

“行吧，我就先走了。”

百灵叫住她：“姐姐，你买的车多少钱？林韬让我看车，我看你那辆挺好看的。”

“你慢慢看呗，车那么多，总有一款适合你。我走了，你自己小心。”

“好，我不送你了啊，姐。”

“嗯。”

林斐开车回小娜店里，两人边聊着天边喝着茶，一下午就过去了。晚饭时间，她们约了其他几个姐妹吃饭，如今都结婚了，大家成双成对地来，最后订了个大包厢吃火锅。

马岩下班晚来不了，林斐吃完饭早早回家去，马岩打电话来说接她的时候，她已经到家了。

回家后马岩问林斐晚上吃得好不好，林斐端详他的面庞，心里有一点点不满他不能陪她跟朋友聚会，但想到他能时时记着她在哪儿，次次要来接，又自己消气了。

过了几天，林斐正在店里忙呢，林妈打来电话说百灵要生了。

百灵跟朋友在外面吃饭的时候突然发作，林韬开车带她往妇幼走，人到医院时已经开了两指，医生检查她的情况，建议她不要打无痛直接生，到了这时候只能听医生的话。

也就不到两个小时，百灵顺利产女，孩子鼻头眼睛都圆圆的，于是起了个小名叫圆圆。

林爸拍了张照片发在家庭群让林斐看，他问：【可爱吗？】

林斐看着皱巴巴红彤彤的小娃娃，昧着良心说了句：【可爱。】

哪里可爱了，像老鼠……

林斐暗自祈祷，小宝努力跟姑姑长，别跟她爸。

她今天事情多暂时走不开，给马岩发微信说下班路上买个红包。

马岩问：【家里不是有好些没用的？】

林斐有点烦躁，语气不太好地回微信：【叫你买你就买，家里红包封皮写的都是恭喜发财、新年快乐，合适吗？你去超市买个给小孩的。】

【好，包多少钱？】

林斐正被客人烦呢，对马岩也没好语气：【我哪儿知道，啥都问我。】

马岩心想：那是你亲弟弟，拿多拿少我不好把握。

林斐又说：【顺便去商场买上次看好的金锁或者镯子，有哪个买哪个。】

马岩说：【好，你回家还是在店里？我来接你一起。】

【买完联系，我可能得回去洗个头换个衣服。】

等忙完，快晚上七点了，林斐给马岩打电话，他说还没下班。

林斐当时就火冒三丈：“商场八点都关门了，加班不知道说一声吗？”

“对不起，刚才太忙了没时间打电话。”

“算了算了，我自己去，你忙你的吧。”

林斐赶去商场买了金锁又装了红包去医院看产妇，正好是亲戚们都该走的时候，见她来，围着她劝了一通生孩子的事。

晚上林妈和林韬一起陪床，百灵妈妈负责每天送饭，家里已经布置好，百灵坐月子就去静江花园。

林斐走之前妈妈跟她说最近就不去店里了，林斐说知道了，然后回家去。

一路上她莫名其妙地窝火，主要是讨厌马岩今天要加班，一个人在客厅坐着消化情绪。林斐情绪还没消化完，马岩回来了，火上浇油，她直接没给他好脸色。

马岩好言好语地道歉。

林斐没憋住，倒豆子似的数落：“就你忙？今天要是我生孩子，你是加班还是陪我？有孩子了你让我一个人带吗？忙的时候你连电话都不给我打一个，我要有急事能指望你吗？”

她想到自己的生活，钢筋店噪音大、环境差，不适合孩子生活学习，她又不能丢开生意在家当妈。马岩呢，四天一值班，值完班回来肯定是得休息一下睡一觉的，她也没婆婆帮着带孩子，找个保姆还得有父母一方看着，那不还是自己的事吗？

她把这些事情一一跟马岩说出来，马岩哑口无言：“你希望我换个工作吗？”

“我不知道！我是问你有孩子怎么办！”

“你怀孕了？”

林斐气死，给了他一拳：“我是问你有没有考虑过有孩子以后的生活！”

马岩说：“要我说实话吗？”

“说。”

他看着她的眼睛，认真地说：“考虑过，我觉得我有你就够了，你想要孩子我们就生，但如果没孩子，我有你就够了。”

林斐拿着衣服进浴室，心想这真是闪婚的恶果，基本的观点都没达成一致。

向往温馨大家庭的她，给自己找了个不想要孩子的老公。

林斐跟马岩进行了一次深刻的沟通，关于要孩子这件事。

马岩的观点是：“有了孩子肯定要父母牺牲时间、精力、身体健康、爱好兴趣等去陪伴，当然，母亲牺牲更多。我是觉得没有这个必要说一定要生育人生才完整，至少我不想太早要孩子。”

林斐说：“你最后这句话才没必要，你的意思是你在妥协，那你肯定不爱孩子啊，我不还是单亲妈妈？”

马岩握住她的手，说：“小斐，有了孩子我不会做甩手掌柜，我的成长过程没父母，将心比心，我不会让我的孩子跟我一样。但这个问题只是假设，就现在，你先不要考虑孩子，就我们俩的生活，你满意吗？你觉得开心吗？”

“开心，但是……”

“不够对吗？”

林斐烦躁：“也不是够不够，我对婚姻的期待就是家庭圆满。我喜欢热闹，甚至是吵吵闹闹的，难道就我们俩大眼瞪小眼过一辈子吗？”

马岩沉默了许久，说：“我可以跟你过一辈子。”

“算了算了，这个话题打住吧，反正也没孩子，还是赚钱吧，有了钱再雇人帮忙。”

马岩看着林斐背对自己睡下，小声说：“小斐，假设我没有生育能力，咱们没法要孩子，你会跟我离婚吗？”

林斐惊呆了：“真的假的？”

他苦笑：“假设。”

林斐拿枕头砸过去：“没生育能力那就不生，那是没办法，但我俩健健康康的，我要孩子的。”

“嗯……我的意思不是不要，我就是觉得太早。”

“睡吧睡吧。”

第二天，林斐私下跟孙蕊聊这事，孙蕊问：“妹夫不会真的身体有问题吧？”

林斐说：“应该不会，反正我俩一直有措施，这咱也不敢试。我其实现在也不想生，没人帮我带，我妈得伺候百灵呢。”

“说得也是，我生了孩子也得靠我妈，就算我婆婆愿意我也不想给她带。她还悄悄问我老公是儿子还是女儿，跟她一个后妈有关系吗？”

“唉……”

孙蕊说：“说句马后炮的话，你这婚就结得仓促。不过马岩也是奇怪，我还没见过几个男人这么不想要孩子。”

“怎么没见过？林韬就是一个。”

“林韬是年纪小还没那个心理准备，过几年的话他也不会说光结婚不要孩子。”

“小什么……”

“对了，这事反正你把握好，婚姻走到最后就是靠孩子维系。”

“是吗？”

“其实你现在要孩子就挺好，也年轻，恢复快，就是你店里忙，不适合带孩子。你就打算一直卖钢筋啊？天哪，你那儿很赚钱吗？要是不太赚换个别的吧，光那机器噪音都够人受不了。”

“在考虑了。”

“哎，你不是说你要去外面买房？”

林斐不想多聊了，玩笑说：“买啥啊，说不定过两年离婚了。”

“别胡说，就这么点矛盾沟通一下就好，马岩很不错。”

“我知道。”

林斐挂了电话，见马岩在楼梯口，他来接她回家。

她心虚了一秒，也不知道他听去了多少。

日子照常过，马岩也没表现出不高兴，他甚至开始积极帮林斐选房，比林斐还上心。

“我是这么想的，咱们全款买一套学区房，托管给中介，这几年可以租给外地求学的家庭，租金一个月大概五千块，一年也有六万块收入，等你要开店我们再想办法。”

林斐问：“想什么办法？你藏私房钱了？”

“不算私房钱，但我的确还有一笔钱。”

林斐逼问：“交代！”

“股市套着呢……”

“套着的钱也叫钱？你不告诉我还好，一说我好心疼！”

“这你就别担心了，到时候总会有办法，先顾眼前，霍达那店铺还得一两年吧？总不能干等着吧。”

“砸手里咋办？”林斐担心。

“砸了就砸了。”

“这是什么话？”

马岩说：“实话。钱不重要，钱少就过简单一点，有了就富裕一点。”

林斐感动，看着他，问：“真的？我把家败光了你也不生气？”

“不生气，过日子哪有什么事都十拿九稳的。”

林斐拥抱他：“我老公可真好。”

还有更好的。马岩陪林斐去看房，林斐本来还想着再跟其他买了房的老乡或者当地居民了解一下，回头一想大概没人愿意承认自己吃亏上当了，反正这事就跟马岩说的一样，决定了就去做，什么后果都承担着。有马岩的支持，林斐就更勇往直前了。

夫妻俩年前就签合同了，那天也是一起去，材料和证件都拿齐全了，登记户主信息时，马岩说写林斐一个人的名字就好。

这可不是商量好的，林斐觉得应该写两个人的名字。置业顾问估计也是没见过这反过来的态度，给他们一点时间讨论。

林斐说：“为什么不写你的名字？你的钱都给我了，我接手店里时间不长，没挣到很多钱。”

马岩说：“咱俩不离婚就不用在意这些东西，离了婚，这就都是你的。”

林斐立刻想到她跟孙蕊玩笑的话，她做主登记了两个人的名字。签好合同出来，林斐抱住他胳膊说：“我没想跟你离婚，我不会离婚的，生老病死不离不弃，我结婚不是玩玩的。”

“我知道。”

“我说真的。”

“我相信。”

林斐和马岩去看圆圆。

小家伙长开了一点，好看多了。林妈指导林斐喂奶体验，林斐胳膊差点断了，太慢了。

“就这点奶我一口就干了，好家伙，这吃了有二十分钟了，我不行了，马岩马岩，快点来。”

马岩紧张地接过孩子，动也不敢动。

林妈在一旁看着这两人夸张又僵硬的反应十分无语：“过两年你们有孩子也这样？抱炸弹呢？”

吃完奶，孩子醒了一会儿又睡了，林斐夫妇坐了会儿就走了。

走之前林妈跟林斐说今年过年让她上婆家去，她是没精力操办年夜饭了。

林斐跟马岩商量：“要不把爷爷奶奶接来咱家过除夕？”

马岩考虑了一下，说：“去奶奶家吧，他们也未必愿意来，咱们过去做饭，我今天提前调休，过年好好陪你。”

“那太好了。”

又过了几天，林爸叮嘱林斐给马岩爸爸拜年：“按说你俩结婚他爸也给了不少钱，现在人回来了，就好好相处，大过年的，别失礼让人笑话你。”

林斐为难，只怕马岩不愿意。

她找了个机会提起这事，马岩倒没明确表态说许不许，但观察他的表情，大概是不愿意做这个场面礼节的。

隔天两人回马岩奶奶家吃饭，马啸也在，父子俩见面还是没交流，一家人在一起全靠林斐活跃气氛。

林斐心里犯嘀咕，这个年只怕过得不高兴了。

马岩在他卧室待着，收拾一些旧东西，林斐去找他。

今天天气不错，奶奶在院子里晒太阳，马啸在换院子里的灯泡。

马岩一直透过窗户看院子里的动静，林斐陪着他。

马啸回来后手上还有积蓄，最近在琢磨做个小买卖，老闲在家也无聊。

等到马啸把奶奶扶回屋子，马岩对林斐说："你看奶奶多高兴，儿子回来了。"

"是啊，人老了当然希望儿女都在身边。"

马岩说："这就是父母，不管孩子如何叫他们担惊受怕，如何伤他们的心，总是毫无怨言地欢迎他回家。"

林斐不知道说什么好。

马岩转身看着她，说："小斐，我不是不能爱孩子，我只是觉得，如果让我这样毫无保留无怨无悔地爱和付出，这份爱我只想给你。"

林斐拥抱他，轻轻叹气。

马岩又说："所以我才说我有你就够了。你呢？小斐，你有我够吗？"

林斐眼睛有点发酸，她看着马岩，说："我明白你的意思了，老公，我不会逼着你跟你爸和解或怎样，但我也要你答应我一件事。"

"什么？"

"不要只愿意爱我，我希望你爱我爱孩子爱我们的家，要均匀地热情地爱很多，而不是封闭自己。我觉得，我们有个完整的家，你的心就会被填满了。"

马岩紧紧拥抱她，犹豫了一下才说："好，我答应你。小斐，你以后就算开玩笑，也不要说离开我好吗？我受不了这个。"

"不说了，这个玩笑不好笑，我明白了，以后不说。"

马岩笑起来，跟林斐说："今年过年啊，不想在咱们家就是因为不想他来，对我来说，咱们的家是唯一一个没有阴影的空间，我不想他来打扰。”

“好的，关于你爸爸的事，我都听你的，其他事你要听我的。”

“嗯。”

第六章
家家有本难念的经 -

刘思扬要订婚了，除了邀请林斐夫妇参加婚礼，还提了不少礼物上门来感谢媒人。

他们送的是冷冻生鲜、海参鲍鱼之类的，林斐很高兴，今年年夜饭的食材有了。

林斐分出来一部分拿去放在马岩奶奶那里，想着年夜饭吃。她刚走到巷子里，就见好多邻居围在一起聊天，马啸也在。

他见了林斐打招呼：“来了？先回去吧，奶奶昨天还念叨你呢。”

“好。”

林斐回家去。

马啸很快就回来了，奶奶问他外面在说什么，马啸告诉她不知谁听来的拆迁消息。

“是不是真的？也说了有些年头了。”爷爷问。

马啸说：“估计不是真的，这一块拆不动。”

爷爷表示认同：“是了，前几年也有人传拆迁，差点闹起来。”

马啸看到林斐提的东西，问：“这是什么？”

奶奶说：“小斐给咱们拿的海参，她朋友送她的。”

马啸看了看，说：“海参不错。”

林斐想起来了：“我爷爷在世的时候经常给我们做葱爆海参，太好吃了，还熬汤做揪面片儿，啊，好馋好馋。”

马啸微微一笑，说：“那简单，家里正好有鱿鱼，说做就可以做，不过海参得提前泡。”

小琴回家过年了，最近都是马啸做饭。他看了看海参的数量，说多不多说少不少，干脆全泡了明天叫全家人一起吃，林斐也很期待。

林斐陪爷爷奶奶说了会儿话就走了，路上遇到邻居，林斐打听拆迁的事，众人说得有模有样。

林斐说：“听上去很真，叔，家里有地吗？赶紧盖房子，多盖几层，到时候按套赔偿多划算！”

大叔觉得有道理。

林斐拿出手机点开微信，说：“叔，加个好友，我在二号路卖钢筋，盖房子找我。”

大叔大笑：“你倒是精明，撺掇我们盖房子买你钢筋。”

“这话说得，您盖了房子也不给我住，要是拆迁分了也不给我留一套，我这可是为您考虑啊。”

“哈哈哈，老马家这孙媳妇可以的，会做生意，回头有人盖房我给你介绍。”

“那太感谢叔叔了。”

隔天，林斐和马岩一起回来吃海参面片汤，家里人都在。

马啸手艺不错，林斐吃了两碗。爷爷奶奶咬不动鱿鱼，海参倒是软烂，也都吃得很好。

饭后邻居来串门，见到林斐想起买钢筋盖房的话，他逗林斐：“闺女，咱们这可是几十年的老邻居，给不给便宜啊？”

林斐惊呆了：“叔，咱这可不是买菜，您买两颗白菜我给您搭两根葱，钢筋成本在那里，送您一根我就得倒贴钱了。”

“这样吧，您来买我给您切好装车送货上门，不用您跑腿咋样？”

“那可说定了，年后我们要盖房，老二也要结婚了，单独盖层楼自己住。”

林斐支持：“多盖几层！老二以后生七八个儿子那一人得一套。”

“哈哈哈。”

林斐找到了生意，吩咐马岩：“没事去村里转一圈，看谁家地空着劝他们多盖房，回头我弄点名片你发一发。”

马岩笑着回答：“不是我不愿意跑腿啊，大家都知道我是警察，我要是上门问，人家还以为我查私建房呢，可能不行。”

“也是……你这破工作咋那么烦人。”

“我这工作也不破吧？”

马啸说：“你把名片给我，有人要盖房我让他们找你。”

“您让他们加我微信就行，我没名片，哈哈。”

“行。”

孙蕊肚子大了，寒假不回来过年，舅舅舅妈也不回来了。

林斐奶奶被二叔接去住，林爸林妈因为要带孩子照顾百灵，今年就不跟大家聚了。

快到年跟前的时候，马岩天天和林斐一起装扮家里，春节气氛一下子就浓了。

他跟林斐说：“要不过年咱俩一起过？晚上涮个火锅，然后裹着毯子看春晚，多好。”

“行啊，你安排。”

安排结果是除夕午饭去奶奶家吃，晚饭小两口自己在家吃，饭后到处拜个年就回家看春晚。

马岩给岳父岳母买了些鱼油之类的保养品，林爸现在不抽烟不喝酒了，给他买了茶叶，林斐还给妈妈买了金耳环和项链。

还得给孩子们准备红包，林斐给圆圆买了件福气娃娃的小棉袄，又给包了个大红包。

她感叹：“老公，说真的，咱得快点生孩子了，不然我送出去的钱回不来了！”

马岩只是笑：“我给你补贴。”

“说到补贴，你们这个工资啊、补贴啊都发了吧？这笔钱给你留着当私房钱哈。”

“谢主隆恩，今年可以过个好年了。”

“哈哈哈，滚蛋。”

马岩是除夕那天开始休假，这之前都很忙。林斐关了店门之后每天跟女友弄头发、做指甲、买年货，时间过得飞快。

除夕当天，他俩睡上午十点起床去奶奶家，姑姑们已经在准备饭了。见林斐进门给弟弟妹妹发了红包，奶奶说："初一我给你们发。"

"好嘞，明天我第一个来！"林斐说。

小姑姑笑话她："小斐啊，你赶紧生个孩子，明年大家都给小宝贝包大红包多好啊。"

林斐说："我记住了，姑姑，到时候我就看你的红包了。"

"行。"

午饭有饺子、羊蝎子火锅，好多道菜，一家人围坐在一起高高兴兴地吃了饭，奶奶又让姑姑给林斐装了好多酥肉丸子、饺子、包子拿回去吃。

走之前，马啸给林斐包了个两千块钱的红包。林斐收下，小声说："谢谢爸……祝您新年快乐！"

马岩凑到她耳边说："有些人……见钱眼开啊。"

"找死？"

饭后林斐夫妇带着星星几个小孩去逛街，又是一路吃吃喝喝，差不多下午四点的时候，各自回家去了。

已经吃不下一口了，马岩洗了一些菜拿盘子装好放着："晚上要是饿了，直接涮菜吃，免得到时候又得慢慢洗菜切菜。"

"老公真棒！我问问我妈吃啥了。"

马岩说："要不我们去家里拜年？反正晚上也得去。"

"OK！你把那些海鲜装一装，一起拿过去。"

"好。"

要出门时，来了几个朋友，这一坐就到傍晚六点了。

夫妇俩开车去静江花园，出了电梯，林爸已经在门口等着了。

"别吵，孩子刚睡着。"

林斐悄悄进去，好安静的除夕！

“你们晚饭吃了吗？”林斐小声问。

“早上炖的骨头汤，我和你爸煮了碗面吃，他们要出去。”林妈说。

“去哪儿啊？”

“去给百灵家拜个年。”

说着话，百灵洗完头出来了，叫了声姐姐姐夫。

马岩把给圆圆的红包送上，百灵开心地收下，林爸林妈在看自己的礼物，林斐去卧室找林韬。

“小浑蛋，大过年不给你亲爹妈表示？”

林韬把林斐的胳膊扳过来，弹了她一个脑瓜崩：“你又知道我没表示？”

他放开林斐，拿出来一个很厚的红包：“看到没，比你的多！”

姐弟俩去客厅，林韬把一万块钱给妈妈，他搞笑似的端起宝宝的奶瓶，说：“以奶代酒，祝爸妈身体健康，新年万事如意。我爸不喝酒了，我也不知道买啥，包个红包你们俩自己买东西。”

林妈乐了：“你们俩今年派头都很大啊，赚了多少钱这么散？”

林韬说：“赚多赚少都是次要，你和爸带孩子辛苦。”

林爸满意地点头：“算是当爸的人，懂事了。”

林韬准备了不少东西，马岩帮着他提下去装车。百灵在房间给宝宝“做饭”，孩子晚上跟奶奶睡，夜奶不亲自喂。

百灵收拾好之后走了。

她先看了看林韬准备的东西，上车后问老公：“你给我爸妈准备一万的红包了吗？”

林韬冷笑：“岳父岳母是伺候你月子了还是夜夜带着我女儿睡觉了？是给圆圆买金镯子了还是包红包了？”

百灵生气，推了他一下，说：“孩子跟谁姓？凭什么我爸妈管？”

“孩子跟我姓，我没时间带所以我爸妈带，我爸妈带我就给他们家用，你有什么意见吗？”

百灵不说话了，不想跟林韬吵架。

林爸林妈挺好的，起码孩子出生后夜里没打扰过百灵，百灵睡得好，恢复得也快。

今天家里亲戚们都在，煮火锅吃。两口子回去后拜了年，吃饭时林韬被拉着喝了点酒。岳父岳母又提起买房的事，林韬说问他姑父租了三年，看到合适的再买。

岳母问："前段时间你姐忙的那个江边的楼盘不行？"

"那就剩三楼，一二楼都要开饭馆、KTV，还临街，又吵又没地方停车，孩子小也没地方玩，我姑父那院子起码能让孩子满地跑。"

岳父岳母又问起百灵的工作，林韬说百灵不想去就在家玩。

喝到晚上九点，朋友叫林韬去玩，林韬推不过，说去打个招呼就回家。

百灵说："你这去了不喝死能走得了？我在这儿等你，你结束了来接我一起回家。"

林韬问："你不回去管孩子？孩子饿了呢？"

"出门前我吸了一瓶，工具我都带着呢，等会儿我给你打电话你就走，反正你不接我我不回去。"

"你真行。"

林斐和马岩陪着爸妈看了会儿春晚，晚上九点还不见那两人回来。林斐给林韬打电话，林韬说："胖子搬新房我还没来过，这会儿走不了，我让百灵先回去。"

林妈没在意这个，让林斐两个先回家去："今晚路上喝醉的多，还有放炮的小孩，下午那谁的车停门口就被炸爆胎了，你们早些回去，我和你爸差不多也要睡了。"

林斐想了想，说："那你们明天来我家吃饭吧。"

"圆圆太小，带出门要感冒的，你们自己吃。"

林斐只好回家去。

夫妻俩回家换了睡衣，包着毯子窝在沙发上吃水果看春晚，或者跟朋友们在群里抢红包玩，温馨又舒服。

林斐吐槽春晚越来越无聊，马岩就没觉得春晚好看过。

“干点有聊的。”他说。

“什么有聊？”

马岩钻进毯子告诉林斐什么有聊。

凌晨的钟声敲响，马岩和林斐亲密无间地互道新年快乐。

大年初三，林斐实在受不了爸妈天天当保姆，她开车下去想带他们出门吃个饭，餐厅都订好了。

到家后，还是只有林爸林妈和孩子。

林斐问：“林韬和百灵呢？”

“林韬去给王老板拜年了，百灵在娘家。”

“她怎么天天去娘家？”

林妈不想说话。

“怎么了？”

林爸说：“除夕晚上吵了一架。”

“怎么回事？”

“半夜不见他们回来，我怕早上孩子没奶吃，就让林韬叫百灵回来，结果她让他们家一个小娃娃把奶送过来了，说是在家打牌，早上才回来。她回来又一觉睡到中午，你妈说了两句，就吵起来了，人家拿着衣服回娘家了。”

“这么大脾气吗？没看出来啊。”林斐说。

她看着一旁的妈妈脸色不太好，又问：“感冒了？”

“头疼。”

“你那就是没睡好！”

林妈笑了笑，说：“圆圆还算乖的了，不怎么哭，吃饱了一哄又睡着了。”

林斐说：“孩子是个好孩子，爸妈不做人啊。”

马岩见林斐掏出手机来，马上拦住，问：“你要给谁打电话？”

“给我们家祖宗。”

林斐打给林韬，林韬说在回来路上，林斐说：“把你媳妇接回来。”

“不想理她，惯的她，不爱回就一直在外面住着去。”

林斐说：“你叫她回来。”

挂了电话，林斐建议爸妈：“我觉得你们还是别住一起了，这过的什么日子。”

林妈说：“年后暖和了让他们还是回去住，圆圆就在我身边。”

林斐冷笑一声：“圆圆是孤儿啊？街上捡的孩子？”

林妈在她背上拍了一巴掌：“口无遮拦，你别惹事啊，我现在就是眼不见为净。”

“我惹啥事？你们要自己把自己当老黄牛劳累，关我什么事？”

话虽这么说，等林韬夫妇回来的时候，林斐已经给爹妈收拾好了小住的行李。

正好圆圆吃完奶醒着，很乖。

林斐把孩子抱给林韬，说：“爸妈跟我住一段时间，自己的孩子自己带，你有手有脚有老婆还有丈母娘，加油！”

百灵跟林韬说：“听到没？你姐叫你带孩子。”

林斐忍着给她一耳光的冲动，笑眯眯地看着百灵，说：“过年啊，就该跟自己的妈在一起，我也想我妈了，接她去住。咱们圆圆也找妈，你也多去看看你亲妈，各找各妈，都过个好年。”

百灵脸色青一阵红一阵，她咬着嘴唇站了会儿进屋去了。

林斐拉着爸妈离开，走之前对林韬说：“你们两口子怎么过是自己的事，谁欺负我妈我弄死谁，亲弟弟也不例外。”

她提高嗓门儿对着百灵的卧室大声喊：“更别说一个没血缘关系的弟妹！”

林韬跟百灵在家带孩子，夫妻俩谁也不说话。

睡前孩子哭了一回，百灵喂奶哄睡着，出来找林韬说话。

“老公，跟你说个事，我想和我嫂子合伙开服装店，有个店铺转让，价格不错，就在商场旁边那条街，店里装修家具都送。”

林韬拿着烟盒去阳台打开窗户抽烟，百灵跟过去。

林韬说："跟亲戚合伙不好，哪怕是朋友，散了也难看，何况亲戚闹翻了还得经常见。"

百灵说："我们俩合伙风险小一点。"

林韬说："孩子那么小，你先带孩子，哪有精力开店？产假结束你还去学校吗？"

"我想开店。"

"开店可以，慢慢来，起码等孩子一岁以后。"

"服装店又不用我天天看着，雇个人就行啊，再说，你说好的要找保姆。"

"在找啊，这不过年没人来吗？年后找。"

百灵还想继续说她的服装店，林韬没耐心听："先带孩子。"

百灵回卧室去。

林韬接到王老板电话。

"林韬，我是老王，是这么回事，前几天我不是给你结款了吗？你看看账，我这……那天大晚上喝多了，多转了一个零都没发现。今天你嫂子问我要一笔钱，我一转咋还余额不足呢！你看看。"

林韬说："哎哟，这我还真没注意，你给我发回执我都没点开看。王哥，你放心，我这就给你打回去，我那卡是我老婆收着的。"

王老板安心了："没事没事，我一猜你就没注意到，大过年的我这半夜打扰你也不好意思。"

"哪里的话。"

林韬挂了电话点开微信看回执，金额果然多了个零，林韬笑着嘟囔了句"老王去年干得不错啊"，进屋找百灵。

他把这事一说，让百灵赶紧转账。

百灵犹豫了一下，说："我给我嫂子转了定金，不够了。"

林韬冷笑道："你给你嫂子打电话要回来，今晚必须转回去，这是我老主顾，我要为这个磨磨蹭蹭，生意就做不成了。"

百灵给嫂子打电话，对面一直不接，给哥哥打也没人接，估计都睡了。

“明天早上给他转行吗？我嫂子肯定睡了，她晚上陪孩子手机都静音。”

林韬崩溃：“你懂不懂今晚跟明早的区别？”

林韬只能自己凑钱，他倒是有不少朋友能借钱周转，但到底不好正月里问人开口，都是做生意的，讲究这些。

最后他从自己支付宝里借出来一笔钱，先给王老板转过去了。

老王特高兴，怎么都要请林韬吃饭，两人约了个时间。

事情处理完，林韬觉得不对劲，家里钱都给百灵了，五万块钱不可能拿不出来，这结婚才多久，结婚时光份子钱都不止这些。

他借此查账才知道，百灵自己开了个账户，把钱都转到那张卡上买了理财。

林韬问她：“买理财就买理财，转到你账户什么意思？你不有工资卡吗？开新户是什么意思？”

百灵说：“我自己的账户理财方便。”

“行，明早问你嫂子把钱要回来，卡还给我，以后我按月给你生活费，家里钱还是我管。”

百灵怒了：“你什么意思！”

林韬看向她，狠狠地说：“我发现你真的是个傻子，卡上那些钱你以为是做什么用的？以后买房装修不要钱？孩子吃喝拉撒上学看病也问我爸妈要钱？你不打算工作了，就我一个人赚钱，你没想过存钱这件事？”

“那我买理财不是存钱？”

“就凭你一声不响跟你嫂子合伙，你就不能管家里钱。”

“行啊，那你一个月至少给我一万块钱家用，不够再给。”

“咱们这儿平均工资也就三千块，你问我要一万块？可以的，你去考一个一万块的工作，考上了我给你两万块。”

夫妻俩因为这事大吵了一架。

百灵妈妈和嫂子出主意，不让百灵把钱交出去：“现在你也生了孩子了，工作没落实，车房都没有，你就把钱攥在手里。”

百灵觉得有道理。

林家爸妈在女儿家住得很好，也是确实累到了需要休息，但住了两天开始想孩子了。

林妈要回家，给林韬打了个电话，林韬说百灵把孩子抱娘家去住了，林妈没说啥，觉得姥姥带孩子也行。

林爸林妈收拾东西回自己家，年都快完了，他们也没抽出时间去拜年，夫妻俩打算着正月十五阖家团圆一下，他们张罗。

正好林斐舅舅舅妈也要回来过十五，就都约到一起了。

林斐见识了百灵带孩子这事之后改变了想法，她跟马岩说："生孩子计划推后，婆家指望不上，娘家我也舍不得，等咱俩有能力有时间再要孩子。"

马岩当然没意见。

初六那天，马岩妈妈还来加林斐微信，林斐不好不通过。加上之后，马岩妈妈给林斐发了个红包，林斐没打算收，收了还得客气回去。

马岩妈妈又跟林斐聊了几句，随口提到生孩子。

林斐简单回了句"现在不生"，然后收下了红包，算是她瞎打听的费用。

以为怎么着也有两百块钱呢，结果就八十八块，林斐很无语。

她在马岩手机上看到除夕夜母子俩客套地互道新年好的聊天记录，倒是没有多余的话了。

正月十五那天，全家人聚在了金碧辉煌。

马岩上班，来得晚。林韬来随便吃了几口，打包了一份烧鸡拿回去给百灵就走了。

饭桌上倒也没聊不开心的。

饭后，林斐的舅舅舅妈去静江花园喝茶，林斐夫妇也去了，马岩要开车送人。

回家之后聊起百灵的事，家里还不知道小两口为钱吵架这一桩，林妈只说跟百灵真的合不来。

林斐舅舅建议："还是分开住，不要和小辈一起住，都不顺心。咱们劳累一辈子，老了还是享清福的好。"

林妈说："是这么打算的，最近也在找带孩子的保姆，我想着在咱们乡里找一个可靠的，比外人放心一点。"

"是，现在保姆不好找。"

聊着聊着，话头打开了，林妈又说了不少委屈。林斐舅妈一听林韬百灵这么不靠谱，也很生气。她本身性格强势一点，不会忍受这种闲气。

舅妈建议道："他们不是还靠着你们俩要房要车？这样，你也不白给，立个规矩，什么时候有个爹妈样子了，你们再给买房，要不然你就硬下心别理会。"

林斐很赞同："我舅妈这话说得好，我完全同意，他们俩还是依赖习惯了。你就放心把圆圆给他们带，谁不是一点点学着养孩子，还能舍得饿着孩子？"

林妈苦笑："不是舍不舍得，我看那俩傻子根本就想不起喂孩子，百灵前段时间问我什么话？问我说这孩子怎么一小时吃一回，这还是天天住一个家里，你说可笑不可笑？"

圆圆在姥姥家过完十五就被百灵抱回林家了，百灵说妈妈身体不好，还要上班，没工夫带了。

林妈下了决心，跟小两口说找到保姆之前她带，找到之后林韬带老婆孩子回家去。

林韬和百灵都没意见。

过了几天，林妈和百灵妈妈分别找到一个带娃保姆，都是老家认识的婶子。百灵当然想要自己妈妈介绍的，但林韬对比工资，想要妈妈找的吴婶。

吴婶的工资林妈出，百灵也就没意见了。

小两口重新开始独立生活，先前吵架的事又被提起，百灵还没交卡，只把林韬贷出来的钱给还上了。

林韬也没逼迫："你把我的钱都拿走，我不会问你要一分，但我还得继续赚钱，以后就不要唠叨我回家晚。这些钱你爱做什么做什么，做生意赔光也是你的事，养家的钱我来负责，但要是让我知道你对孩子不上心，你就给我收拾东西滚蛋。"

百灵同意，憋着劲要把服装店开起来。

林韬开年后要进货差点钱，他只能找百灵开口。

百灵这会儿也没顾及他的情绪，讥讽嘲笑道：“你不是说不问我要一分钱吗？这变得够快的啊，我以为你多能耐呢。”

林韬多要面子，摔门出去自己找钱。等百灵第二天主动要给他转账时，林韬已经不需要了。

百灵骂林韬自尊心强死要面子，林韬说百灵永远搞不清楚轻重缓急。

林韬的钱问林斐借的，林斐也就知道了这两人的矛盾。

她想起自己当初劝百灵不要盲目结婚的事，那会儿她多少还觉得百灵是真的爱死林韬了才犯傻，现在看来就是一个纯傻子。

林斐有心找百灵谈话，被马岩拦住了。

“你一个当姐姐的，插手弟妹的婚姻，人家未必喜欢听，别自寻烦恼。”

林斐暂且压下冲动。

没过两天，百灵主动找林斐，把林韬借走的钱还了，话也说得好听。

林斐很了解自己弟弟，倔驴脾气，不可能跟百灵说软话，那就只能是百灵自己想通的。

这就没法不冲动了，林斐忍着想把百灵脑子扒开做研究的冲动，亲切地问她：“百灵，你是不是智障？”

百灵当时就怒了，站起来一脸怒气地说：“你骂谁呢！我来还钱还有错了？”

林斐又问：“你是想离婚吗？”

百灵坐下：“林韬跟你说什么了？”

林斐看百灵那表情还挺紧张，显然是不想离婚的，她正想说点什么，百灵哭了起来，这可把她整不会了。

百灵哭诉：“我怎么了？我辛辛苦苦给他生了女儿，他成天不在家陪我。”

林斐泼冷水：“这话结婚前我警告过你，就是这么个人你非要嫁。我问你，结婚之前他天天陪你了？”

百灵哭得更厉害了：“那就是钱？我不能管钱吗？他人不回来，钱我还不能要吗？难道留着给他去外面花天酒地？姐姐你也结婚了，姐夫也这样对你吗？”

林斐看了一眼马岩，马岩对百灵说：“我们家林斐说了算，钱都是她管，我主动上交。”

“那就是了，姐姐你换位思考一下，你能，我就不配吗？”

嘿，林斐还是第一次被人问住。

百灵不配吗？

林斐觉得现在的她不配！

她又不是没在他们婚前提醒过，也不是婚后对百灵不好，从林妈到自己都尽量照顾小两口，自己要作死，还敢问配不配？

林斐正想骂醒百灵，马岩一看她那架势就知道她要说什么，阻止了她发言。

他对百灵说：“结婚不是为了把另一半的财产转到自己名下，结婚是找一个人生伴侣一起生活。我主动上交工资给林斐，是因为我信任她，我更相信，我们这个小家，没了钱，有我和她，也能幸福美满。你明白我的意思吗？你不能把另一半当短期合作伙伴，彼此试探彼此防备。”

林斐看着马岩，心想：小样儿还挺能说，晚饭加肉。

马岩一直要求自己不要约束林斐，也不要去改变她任何，但这次，他没忍住阻止了她教育弟妹。

原因很简单，他觉得百灵无可救药。

林斐的性格他算是摸透了，她直言不讳，言辞犀利，但心地是非常善良的，且有着比很多人都公正的是非观。

不过这也不是人人能欣赏接受的优点，但凡能被林斐骂醒的，本身也能想通，但凡觉得林斐刻薄不饶人的，那都无可救药。

这么说来，其实马岩也没必要阻拦林斐，但他顾及的是林家。

他自己是在破碎家庭环境里长大的，知道家庭不和谐的痛苦，跟林斐恋爱到结婚，岳父岳母对他是没话说的。

他知道岳父岳母的性情，他们是不想看到儿子离婚的，所以这个家还得大家一起努力团结一把。

马岩觉得自己不该置身事外。

他跟林斐聊起这事，林斐问他：“什么意思？就说我情商低呗。”

马岩搂住她：“是说你可贵，一般人不配听你上课。”

“少给我灌迷魂汤啊，我才发现，你口才不错啊。”

“你是说劝架吗？唔……怎么说呢，这也算职业素质？”

林斐这么一想，也是，民警的确承担了不少调解劝和的工作。

“我刚参加工作的时候还是很积极的，遇到纠纷那真的是苦口婆心地讲道理规劝，干久了就会发现，人贵自救。你就拿家暴来说，丈夫打妻子也好，老子打儿子也好，好多人说警察不作为纵容伤害，但事实是很多家暴受害人自己陷在其中不出来，报警就是为了吓唬一下对方。殊不知他们的行为是害了自己纵容了施暴者的自负，觉得自己连警察法律都不怕了，其他就更不用说了。同样的道理，生活中也一样，朋友遇到感情纠纷家庭矛盾，你可以劝可以出主意，但不要期待对方感激你听从你。所以我现在也是这样，收敛自己的观点。”

林斐取笑他：“老油条哦！”

马岩笑起来：“可以这么说，唉，环境影响人啊。不过我也觉得一个人一个活法，要是都按照一种模式走那也太无趣了。”

“是吧……”林斐声音变小。

她翻身盖好被子靠上马岩的胸膛，又下意识地拉着他的手环住自己的腰，说：“困了。”

夫妻俩紧紧拥抱着，马岩亲吻她的脸颊。

他有点睡不着，想到好多事。

“老婆，别睡，陪我聊聊天吧。”

林斐转身面对他：“我可以啊，明天我又不早起，你熬夜不好吧？”

“没事。”

林斐打了个哈欠，问：“你想说什么？”

马岩的眼神亮晶晶的，他说：“老婆，你知道吗？其实我想做刑警来着。”

林斐好奇地问："那怎么没做？"

"我当时主要考虑回来陪我爷爷奶奶，考刑警的话得去市局，而且刑警忙起来不着家。"

"你现在也很忙啊。"

"这就是小县城的好处了，再忙也能每天回家吃饭睡觉。也亏得咱们这里没什么大案子。"

林斐问："那你后悔吗？"

"说不上后悔，我当初的计划是先回来干，要是以后我爷爷奶奶去世了，我可能会去读个研再做打算。那时候我没想过结婚成家，想着自己工作几年也存钱了，就好好进修一下。"

林斐故意说："哦——看来是我耽误你了哦！把你的学习基金卷走了。"

马岩亲了她两下："不是，遇到你我特高兴，以前的规划是心里没有依靠，一直漂着，如今的规划都是落在地上的，很踏实。"

林斐搂紧他，嘟嘟囔囔不知说了什么。

马岩轻轻拍她的背："睡吧，老婆，晚安。"

"安……"

隔天一早，马岩起床洗脸，林斐去上厕所。出来洗手的时候，她对马岩说："都怪你，睡前给我讲办案，我梦到了！"

马岩含着牙膏泡沫问："你梦到我破案了？"

"对！抓我！"

马岩笑得差点呛到："你干什么坏事了？"

林斐打了个哈欠，说："美丽犯罪，我犯了倾国倾城罪。"

"哈哈哈，无法反驳。"

"烦死人，我重新梦，这回抓你。"

马岩快速整理好自己出去，林斐已经又睡着了。他换好衣服，亲了一下林斐就去上班了。

林妈给儿子找的保姆是乡下老家的吴小兰，小兰跟林妈算是一起长大的朋友，她比林妈还要小三岁，但因为常年下地干活，面容看上去倒比林妈老七八岁。

如今吴小兰日子也好过了，两个儿子都考上了乡镇单位，丈夫也在城里打工，她闲着没事干，本就想来城里找个活，再干两年儿子生了孩子她就去带孙子。

林妈找小兰一来是熟人放心；二来小兰并不介意自己当保姆人格就降低了；三来林妈也想着小兰带孩子，能经常抱去她家里，说到底林妈还是很不放心林韬和百灵的。

百灵搬出去没多久就说没奶水了，而且她开始和嫂子开服装店，天天往外跑。她早就买了奶粉逐渐给孩子过渡，好在圆圆出生就吃惯了奶嘴儿，初期闹了会儿肚子也就适应了。

林妈觉得现在这样很好，小兰每天上午给孩子吃好拉干净穿好衣服就抱着来静江花园。老姐妹俩看着孩子聊着往事，中午和晚上自己做点可口的吃食，一天天过得很快。

百灵也不知道是理亏心虚还是怎么，有一回她要接孩子回娘家，居然坐在出租车上等小兰抱孩子下去，门都没进，林妈气个半死。

过了几天，林韬带着老婆孩子回家来，林妈理都没理，叫上小兰下馆子去了。

林韬找兰姨问了缘由之后跟百灵大吵了一架，百灵也牛，吵完架就回娘家住去了。

林妈在家里收拾了林韬的卧室，百灵回娘家，小兰就抱着孩子去林妈那儿小住，林韬一个人过。

林妈自己也看开了："我是没儿媳福气，儿子也不是个省心的，我就看着我的圆圆，我们圆圆长大了一定要懂事。"

小兰说："唉，现在年轻人跟我们不一样，你说咱们村里，男人家都外出打工，一年到头也不回来，钱挣回来就行，都是这么过的。"

"随便他们去。"

小兰问：“斐斐结婚时间也长了，她还不打算要孩子啊？”

林妈想了想，说：“你这么一说还真是时间长了，我老觉得他们刚结婚没多久。”

“上了年纪就觉得日子过得快，斐斐的丈夫看着很不错，对斐斐很细心，几次吃饭都一直给斐斐夹菜。”

林妈笑起来：“是，马岩这孩子不错，幸亏林斐不让我操心，她要跟林韬一样，我没法活了。”

“到底是女儿，顾家，也心疼爸妈。”

“是啊。”林妈抱起圆圆，“我们小圆圆以后也要心疼奶奶哦。”

圆圆只顾着吃自己的拳头，对大人们的对话毫无反应。

孙蕊生了个男孩，林爸林妈开车去看孩子，林斐让他们替自己带了个金锁。

他们本来打算当天来回的，到了之后舅舅留他们，就住了一晚。

当天晚上孙蕊爸爸喝多了发酒疯，非要孩子名字里有自己家的姓。

孙蕊妈妈笑话他：“老古董！我就不在乎这个，姓啥都是我的大孙子，难道不跟你姓你就不认了？”

“你当然不在意，你家兄妹五个，两个弟弟都生儿子了，我就一个女儿。你给孙蕊打电话，必须生二胎，姓孙。”

林妈一句话都不说，有点尴尬。

孙蕊对爸爸感情深，因为爸爸这么一闹，最后跟老公商量说孩子的名字两个姓都带上。

王泽很崩溃：“老婆，难道给儿子取名字叫王孙？”

孙蕊笑得伤口都疼了：“别逗我笑！”

孙蕊爸其实原本没这想法，或者说他心里有，但没打算提出这要求，怪就怪在他晚饭喝了酒，回来后遇到一个朋友。对方问起孩子，数落孙蕊爸断香火，这才激起了他酒后放肆。

取笑孙蕊爸爸那家也是一个女儿，生的儿子也跟女婿姓，但孩子大名里加了他的姓，最后一个字是“乐”，寓意两家和乐满足。

孙蕊爸爸酒醒后自己也觉得尴尬，绝口不提这事。孙蕊跟爸爸说不好取名，孙蕊爸爸说没关系，别把他的话当真，于是孩子还是姓王。

林家爸妈回去后把这事讲给林斐听，林斐笑得不行："没想到舅舅这么迂腐啊，还断香火……"

"年代不同观念不一样。"马岩说。

林斐问马岩："那以后咱们孩子姓什么？"

马岩认真回答："只要你乐意，孩子姓爱新觉罗我都没意见。"

"哈哈哈！"林斐倒在他身上笑，问，"要不咱们也学学别人用两个姓？"

"马，林，马琳！这个名字不错，适合女孩。"

马岩念了一遍："马琳……还挺洋气。"

"啊，不行！"林斐突然坐直了，"我看过一个电视剧，里面有个小姑子就叫马琳，特别讨人厌的一个角色。真的，我观影二十年没见过比她讨厌的配角，我的女儿绝不叫马琳。"

马岩建议："那就叫林马吧。"

林斐黑脸："你为什么恨我女儿？"

马岩一本正经地说："我这不是顺着你的话说吗？怎么能叫恨女儿？这样吧，干脆叫土豆吧，马铃薯嘛，就叫土豆，直接跳过跟谁姓的问题，生而自由。"

"哈哈哈！你要死啊，唔……生个儿子可以考虑叫土豆！"

马岩有异议："土豆听着不太洋气，叫洋芋吧。"

"滚啊你！"

天气暖和了，一家人带着圆圆去看桃花。

林韬把孩子送到就回店里了，百灵在服装店忙，没过来，林斐夫妇陪着家人吃农家乐。

桃花山要爬一段山路，马岩负责抱孩子。林斐最近对圆圆的喜爱增加了，因为孩子长开了，漂亮了，虽然还不会说话，但"咿咿呀呀"冲人笑的时候真的好可爱。

林斐本就爱买衣服，有事没事就给圆圆买小裙子、小短袖，打扮漂亮了就猛拍照。马岩见她那么爱孩子，心里也开始期待有一个自己的孩子。

林韬晚上赶过来吃饭。

林斐对他说："哎，要不你把圆圆户口转到我家好了，当我女儿吧，反正可怜的小圆圆也没妈，趁着孩子小不记事，当我女儿算了。"

林韬脸色难看，但自己也没话反驳。

他郁闷，没吃几口就去院子里抽烟，马岩出去找他聊天。

"少抽点，呛着孩子。"马岩说。

林韬踩灭香烟，长叹一口气。

马岩说："哎，我问问你，当爸爸是什么感觉？"

林韬看着他："骂我呢？想知道自己生一个啊。"

"不是，真诚发问，虽然我比你大不少，但你比我先当爸。"

林韬想了想，说："说实话，孩子刚生出来还真没啥感觉，但圆圆一天天长大了吧，说不清，反正以前通宵玩心里没牵挂，现在再晚回家也想看她一眼。"

马岩说："你姐说你，你别往心里去，她是心疼孩子，也心疼爸妈。"

"我知道，但你说你让我天天在家奶孩子，我真不行，再说我看孩子谁挣钱？你知道养孩子多费钱？百灵给选的什么羊奶粉，一罐四百块，挣钱速度赶不上娃喝奶速度。"

马岩笑了笑，说道："慢慢来，你也不用太焦虑。我是想和你说养个女儿挺好的，你看你姐对你爸妈，当然，我不是说你心里没有爸妈，只是女儿比儿子更会表达爱，更贴心。"

林韬沉默了。

马岩又跟他说："哎，你想想看，以后圆圆长大了也那么爱你，谁高声说你一句不好，小圆圆都冲上去跟对方吵架，你想想，是不是挺感动的？"

林韬设想了一下那个场景，想象中他的女儿是八九岁年纪，穿着小裙子扎着马尾辫跟在他屁股后面叫爸爸，问他要这个要那个……

想着这些，林韬发现自己的眼眶居然有点泛热。

孙蕊当了一段时间妈妈后给林斐发微信，告诫她：【趁着没怀孕，赶紧找保姆！！！】

三个惊叹号就很灵性，林斐回过去，孙蕊再没动静，两天后才回复，林斐都忘了自己问的啥。

林斐舅妈私下跟林妈吐槽，说孙蕊带孩子太仔细，仔细到神经质了，进屋抱孩子前洗了手还得消毒，抱着孩子哪儿也不许碰。姥姥爱孩子，碰碰孩子吃完奶的嘴唇，孙蕊说这样会让孩子流口水；姥姥说正面抱抱孩子，孙蕊说这样孩子会变成罗圈腿……

林妈跟林斐念叨，林斐简直震惊，母性真是多种多样，有百灵和马岩妈妈那样冷淡的，也有孙蕊这样过分紧张的，怪就怪在这两个极端都出现在自己亲戚身上了，真是有意思。

一段时间后，孙蕊邀请林斐夫妇过去玩。王泽的朋友开了个度假村，孙蕊暑假不打算回老家，不想给孩子换水土。

林斐夫妇一早出门，马岩开车，林斐上了车就觉得不舒服，出门前吃的油饼太腻，这会儿有点犯恶心。又开了一小段路，林斐不行了，停车喝水休息。

“晕车了？”马岩问。

“我从来不晕车的。”

马岩觉得奇怪，看她那样子实在不适合继续走，就跟林斐商量着回家休息算了。孙蕊当然会失望，但得知林斐身体不舒服也不会强求，倒是提了一句林斐突然晕车是不是怀孕了？马岩也有这么个怀疑，但林斐自己记着例假呢，没怀。

夫妻俩的行程突然取消，闲着没事，就打算回去看看马岩的奶奶。

姑姑们都在，中午一大家子吃饭，林斐本来都不难受了，闻到肉味又来反应了。这一反胃，全家都盯着她，雀跃的眼神里一致写满“怀孕了是不是”！

林斐有点尴尬。

见她吃不下，小琴给她煮了碗酸菜肉丝面，清爽可口，她倒是吃完了。

饭后一家人坐着聊天，少不得提到孩子，却不是催生。

马岩家有好消息了，拆迁定了。

“哪儿来的消息？”马岩问。

“村委那边说的，去年冬天就开始跟回民街那边沟通了，就怕跟以前一样闹起来，说是咱们这边打算规划修学校，旧一中搬过来跟初中一起，这一片全拆。”小姑父说。

姑姑看着林斐笑：“小斐要是怀孕，那咱家户口就多个人了。”

林斐笑了：“也来不及啊。”

因为拆迁的事，家里气氛十分喜庆。

林斐私下跟小琴聊天，知道这段时间以来，姑姑们天天在奶奶这里做饭吃，风雨无阻。林斐心里明镜似的，但嘴上什么也不说。

她有个不好的预感，拆迁要真定了，家里的和谐迟早得打破。

没什么比拆迁更能考验亲情的了。

要说亲情也真是奇怪，家里要遭了事还容易团结，但就是这种飞来横财却容易产生隔阂。

林斐自己家也经历过。

那会儿她还小，爸妈正准备做钢筋生意，没门面。租房的钱是有的，但位置未必赶得上自己家这二号路边上。

当时二号路这边住着一大家子人，林斐爷爷也还在世，做主让大儿子修门面。林斐二叔提出来分家，后来因为林爸占了巴掌大点的地方，兄弟俩大吵了一架，有差不多两年不来往。

以前都穷，为了那么一点事争来抢去吵来吵去，后来都有钱了买得起小区房了，亲情又回来了。别看林家现在过年的时候一团和气阖家欢乐，以前有段时间，可只有林家爸妈管着奶奶。

想到这些，林斐觉得人老了真的可怜。

林斐在外面买的房找到租客了，对方想至少签三年，用来做工作室，对装修家具没太多要求，只提出说客厅和卧室都需要大桌子。

林斐和马岩要过去一趟，虽然托管了，但也不能不见对方就直接把房租出去。

马岩订火车票时，林斐想起爷爷奶奶，跟马岩说：“要不咱们带着爷爷奶奶出去玩一趟？他们也好久没出过远门了吧？也可以去看看咱们的新房。”

马岩当然觉得好，给奶奶打电话，奶奶起先还拒绝说他们年纪大了出门不方便，林斐说了几句，奶奶便答应了，其实她心里也是想去的。

这趟出门不容易，带着老人旅行很累的，事事都要操心。因为爷爷吃饭要单独用碗筷，林斐怕外面餐厅不方便还自己带了一套，还有零零碎碎的东西。小姑姑知道他们过去，又委托他们给星星带了些吃的用的穿的，一来二去，倒是比他们蜜月的行李还多。

出发前，马岩看着林斐装行李，心里很感动，抱着她说她好。

林斐叹气：“我奶奶是走不动了，要不也带她去玩两天。”

林斐这个行为在自己家亲戚面前获得了夸赞，大家都说林斐孝顺老人是个好孩子，但马岩的三姑姑却觉得林斐是心机重，巴结老人想着分房子呢。

这话当然被小琴转告给了林斐，林斐没生气，早猜到是这样。

她觉得有意思，马岩家拆迁，跟她这个外姓人有几毛钱关系？安安心心跟自己的血脉兄弟们争就完了，还防备上她了。

林斐有意避讳，少往马岩家里去了。

马岩叫了林斐两次她不肯去，细问才知道有这么一回事，马岩也生气，陪着媳妇也不回去了。就是回去也是去看看爷爷奶奶，买点东西，也不留下做饭献殷勤了。

一个月后，村委带着拆迁办的人挨家挨户来谈赔偿补助的细节，林斐和马岩没过问。

在这之前，马岩二叔一家来了，在家住着，为的是安置补偿费。林斐本就不喜欢马岩的二婶，越发不去了。

林斐自己也有正事忙，林韬来找她想合伙干。

林韬说自己的看法：“咱们两个店的客户大多数都是爸开店时候的老人，不是去你那里就是来我这儿，谁也赚不痛快，反正现在行情也不咋的，不如合伙干一家。我不知道你咋想的，我的想法是咱们不能一辈子卖钢筋，我还想干点别的买卖。你要愿意，咱俩还是一起干，反正亲姐弟一家人，我不可能在钱上跟你藏心眼。”

林斐问他：“你怎么突然有这个想法？”

林韬说：“前几天回家，妈说劲霸要退租了，年底就到期，要不咱俩一起开个火锅店或者串串店？”

林斐考虑了一下，说：“主意是好主意，但你这个人我不放心。”

林韬生气：“咱俩一个妈生的！”

“你主要是脑子不行，人还懒，我跟你一起干太辛苦。”

林韬笑了：“我现在是当爸爸的人，我也要给我孩子挣钱。你考虑一下吧，你愿意咱俩就一起干，你不是刚买了房，自己手里也没多少现钱了吧？要做生意也差钱吧？”

林斐问：“你有钱？”

“我店里账上有钱啊，你要不放心把我下面的店盘出去，李老板能接手。我本来还想着买房，现在不买了，咱们先干买卖。”

“我考虑一下。”

“行，亲弟弟你还信不过，伤心。”

“少来。”

林斐跟马岩商量这事，马岩倒是没意见：“你肯定比我了解林韬，你觉得行就行，我支持你的决定。”

林斐认真地说：“林韬吧，跟他合伙干我会担心挣不到钱，但如果挣钱了，我一点也不担心他会因为分钱跟我闹翻。”

马岩说：“那就很好了，家里人做生意不伤和气就是最好的，钱倒是次要的。”

“我也是这么觉得。我再想想，反正铺子还没空出来。”

林斐暂且想着这事，几天后，林韬自己去了趟成都，考察了几家能连锁的串串店和火锅店。回来后他跟林斐汇报，像模像样的，倒是让林斐刮目相看。

但林斐还是不太信得过，找了个空跟林韬一起又去了一趟。回来的路上，林斐基本上已经确定想跟林韬合伙干了。

她警告林韬："你说你要当个好爸爸我才信你，你别让我失望。你知道的，你要不好好做事，我会弄死你。"

林韬好像真的成长了，对林斐的威胁没发脾气，说："姐，你看你这一两年也准备要孩子了吧？等你怀孕带孩子肯定没精力顾店里，到时候我不就能派上用场。现在爸妈帮我带圆圆，咱俩一起干买卖，我不会再跟以前那样散漫了。"

林斐问："你是遭雷劈了吗？"

"滚蛋。"

"你媳妇呢？服装店干得咋样？"

"不知道，我没问过。"

林斐叹气："你俩这算什么？要不离了算了。"

说完又觉得多话了。

林韬沉默了半天，说："离婚能如何？离了之后爸妈肯定希望我二婚，到时候我还有个孩子，还得操心后妈对圆圆好不好，有什么意思，也未必比现在好了。其实我想得很开，就这么过我没问题，本来结婚就是因为孩子，现在我就挣钱养孩子，不是很圆满吗？"

林斐问："你就不想夫妻和睦？"

"我压根就没想这么早结婚，形势逼着我走了这一步，我负责我该负责的，其余就算了。这些话结婚前我也跟百灵说了。"

林斐问："你是不是受过什么伤害？心理咋这么扭曲？"

"滚蛋。"

下高速后进了城，林斐给马岩打电话说到了。马岩语气不对，告诉她奶奶住院了。林斐立刻让林韬送她过去。

到医院之后林韬也没走，想着看有没有什么能帮忙的。

马岩的奶奶突发脑出血还在抢救，林斐问老公："奶奶怎么突然晕倒了？"

马岩阴沉着脸说："被二婶气的。"

二婶就在一旁，林斐正想骂人，医生过来了，说老人情况很危险。

马岩奶奶在一天后去世，死前她已经说不出话了，一手拉着马岩，一手指着马啸，意思是想让父子俩和好。

马岩看着奶奶那样子，只能点头，时隔十几年，他当面叫了马啸一声“爸”。

马岩奶奶被送回老家土葬，乡下风俗是找先生看下葬日子。先生给了两个日子，考虑到天气炎热，马啸兄妹选择了就近的日期。

林斐一直默默陪着马岩。

第二天晚上，林斐劝马岩陪自己一起睡会儿。感觉没睡多久，林斐被院子里的喧闹吵醒，她穿好鞋出去，看到马岩红着眼睛被众人拉开。一分钟前，他揍了马啸。

儿子打爸爸，这可新鲜了。

但林斐很理解，她早就知道马岩跟马啸迟早要来这么一次，她心里还觉得挺好，这也是一种宣泄情绪的方式，马岩有这个资格。

小姑姑跟林斐说事情起因，原本是兄妹几个在聊这些年妈妈的几次健康危机，感叹说大病都扛过来了，却这么猝不及防地离世。然后马岩突然就冲过来抓着马啸的衣领揍了马啸，马啸没反抗。

姑姑们也能理解马岩的心情，这事就这么过了。

林斐拉着马岩走开，走到外面树林里。马岩身体僵硬，林斐抱住他安抚。马岩在林斐怀里渐渐平复愤怒之后，默默流起了眼泪。

那眼泪跟石灰水似的，滴在林斐脖子上，一烫一个坑。

半夜三点多，林斐看到马啸去外面抽烟，她跟了出去，此刻她很想知道马啸为什么能抛弃家人这么多年杳无音讯。

马啸不看她，抽完了一支烟才开口，说的却是：“去休息会儿吧。”

林斐失望又愤怒，转身离开。

她走后马啸又点了一支烟，他开始回忆自己的前半生。

马啸十几岁就跟着人做药材生意，自立门户后跟厂里的会计小慧发展成了恋爱关系。原本马啸没这个想法的，因为小慧已经结婚了，她温柔恬静，跟丈夫关系很好。

有一回，马啸半夜回办公室拿东西，遇到了默默哭泣的小慧，问询之后得知小慧被善妒易怒的丈夫长期家暴，小慧给他看身上的伤。

马啸本就喜欢她，眼见她这么无助，当然要帮。事情紧急，他无法慢慢筹划，他觉得要逃离那个男人最合适的时机只有一个，就是现在。等着慢慢谋划，指不定哪天她的小命都断送在对方手里了。

马啸连夜开车带着小慧去了隔壁省，他帮小慧找了房子，留了两万块钱先躲着，等她丈夫找不到人消停了再做打算。

小慧本来也是这么计划的，那会儿还没铁路高速，自己没车很难跑远。

小慧消失了，丈夫第一时间来上班的地方问。马啸谨慎，怕对方跟踪他，小半年都没离开县城，直到对方不再找人，他才去看望小慧。

从那以后，马啸每半个月去找小慧一次，两人正式交往。小慧不愿再回老家，马啸决定把老家的生意处理掉带她去南方发展。

这事肯定要跟父母有个交代，马啸私下跟父亲说了小慧的情况，父亲见他主意已定，也没反对。

几天后，马啸库房里的一批药材被淹了，损失很大。他知道是小慧丈夫干的，库房并没有被撬锁的痕迹，钥匙只有马啸、看库房的和会计小慧有，小慧走的时候把钥匙留在家里了。

马啸正愁没理由收拾那个东西，他也不报警追回损失，成天找小慧丈夫麻烦，论打架，谁也打不过马啸。

马啸有一个月没去看小慧，等处理完厂里的事，小慧却消失了。

小慧的丈夫找到了她。听邻居说，小慧挨了打进了医院就再没回来，应该是跑了。

小慧再无音讯，只怕是她怀疑马啸告密。马啸能理解小慧的草木皆兵，但也有点生气小慧对他的狠心，只不过这一切情绪都在等待中变成了思念，他真的很爱她。

后来的两年里，马啸有空就漫无目的地到处找小慧，回到家则是母亲的逼婚。因为马啸脸上有疤还天天惹事，根本没姑娘愿意嫁他，父母一直担心，最夸张的一次，母亲没打招呼直接从哪个乡下说了个媳妇，人都接来了，最后还是马啸好好把人送了回去又赔礼道歉才解决。

然后他就认识了徐小兰。

徐小兰在当时也是被人指指点点的存在，因为她上夜校时跟一个老师恋爱，未婚先孕后被抛弃，做手术的时候被熟人撞到，消息传开，她成了不检点的女人。

徐小兰觉得自己跟马啸同病相怜，马啸却不这样想，他巴不得没姑娘看上他。总之两人还算聊得来。

有一次在外面喝酒，有人欺负徐小兰，说些臭鱼配烂虾的浑话，徐小兰哭得可怜。马啸最见不得这些人，借着酒精说他还就跟徐小兰结婚了。

后来也就真结了，不结婚，马啸要被母亲逼死了。

合作关系很愉快，婚后两人同屋不同床，马啸跟徐小兰说好以后遇到喜欢的就离婚，双方都有效，徐小兰很感激他。

婚后两人成了知心好友，马啸把那点事全告诉她了。一年后的除夕，两个伤心人对坐喝酒疏解郁闷，糊里糊涂地发生了关系。

就这一次，就有了马岩。

两人原本都不想要孩子，到了医院，徐小兰想起之前的经历，改了主意。马啸不能逼着她去做手术，他告诉自己这是天意，他只能跟徐小兰过下去了。

因为之前药材损失的事，马啸损失了几个客户，这两年生意也不大好了，而且徐小兰弟弟跟着他做事，他也能抽出空琢磨别的财路。

每一条路都在远方，马啸还是想离开。

他只是想，却不行动。

儿子出生了，他丝毫没有做父亲的喜悦，只想逃，但他还有责任，只能留。

马啸去外面做生意，徐小兰在家开店顾孩子。徐小兰的弟弟背着马啸想另起山头，还挪用了不少公款。这些马啸都知道，他开玩笑似的跟徐小兰说：“厂子都留给你，咱俩离婚？孩子你要就带走，抚养费我出，不要就留给我妈。”

徐小兰不肯，她早就对马啸动心了。

马岩三岁那年，马啸去南方办事，在一家酒店遇到了小慧。

小慧见到他张口就问孩子多大了。马岩问她如何得知，小慧告诉他，她因为母亲生病回去过一次，也去了他家，但只见到了徐小兰。

马啸已经不是几年前一句话就带她私奔的毛头小子了，只是问她如今过得好不好。小慧说她过得很好，有个不错的依靠，还有很稳定的工作。

马啸回家后质问徐小兰，徐小兰承认自己赶走了小慧。她哭着说她好爱马啸，想跟他好好过日子。

马啸什么话都没说，他觉得这日子过得真无聊。

小慧的前夫这些年被马啸收拾得很乖，在街上见了马啸远远就跑。也许是窝囊气挤压到极限了，他喝醉了来找马啸，一脸得意地说当年是马啸的母亲偷偷告诉他跟着马啸能找到小慧。他跟了，见到了自己老婆花蝴蝶一样扑到马啸怀里。

他还告诉马啸，药材库就是他放的水，就是想缠住马啸的脚，他去找了小慧，抽了她一顿，马啸的孩子被他打没了。

这些信息彻底压垮了马啸的精神。

马啸回到家，看着徐小兰一边哄儿子，一边盘算她弟弟结婚应该给补贴多少，里屋是父母在聊着晚饭吃什么。马啸心情平静，回屋收拾了东西出了门，也没跟谁打招呼，离开前他回头看了眼马岩。他觉得这个孩子很可怜，但他的确没心力爱儿了照顾儿了。

马啸就这么放下一切消失了，他去找了小慧，两人重修旧好，在一个陌生的城市亲密生活了二十年，小慧病故了。他们没领证，也没要孩子，清清静静地守着彼此。

小慧离世后马啸消沉了很长一段时间，后来就是帮邻居家孤儿寡母出头被判了。

重新回忆这些事，马啸不后悔自己的人生，他知道自己对不起马岩，但他能给的补偿只有钱。

他不想解释，也不想求谁谅解。

还有就是，这些事不能告诉林斐，免得她对马岩奶奶有什么误解，人都走了，不好的藏着就是，况且奶奶对马岩和林斐没有不好。

这里面还有马岩二婶的事。

马啸不说，事情却瞒不住，林斐早就想收拾马岩的二婶了，她觉得对方真不是东西。

晚上吃饭的时候，林斐跟二婶吵了几句，马岩的姑姑拉着林斐走开。

她告诉林斐不要闹，好好送奶奶。

林斐气炸了："姑，那是你妈！"

姑姑抹掉眼泪，说："我知道你一直觉得你二婶对奶奶不好，但这里面有缘故。你二婶……算是被你奶奶哄骗来的，二哥身体不大好，人也没本事，不好说对象，你二婶家里条件不好，你奶奶就给了些钱给她爹妈，将你二婶带了回来。你二婶嫁过来之后逃跑了几次，奶奶打过她。那时候我还小，但还记得打得很凶，这笔账你二婶一直记着呢。"

林斐一时难以消化。

凌晨五点发丧下葬，林斐帮着收拾灵堂，奶奶的遗像取了下来，马岩抱在怀里用袖子擦拭。林斐走过去，看到照片中笑得和蔼可亲的奶奶，内心五味杂陈。

姑姑跟她说这事不要跟外人说了，就这样吧。

林斐只能这样，只觉得马岩好可怜，决定给他留下一个完美的奶奶形象。

马岩回家后就病倒了，高烧不止。他也不去医院，林斐给他买了退烧药，督促他多喝水多睡觉。

他几乎整天都在睡觉，林妈理解马岩的心情，让丈夫去给林斐看店，让小斐得空在家照顾马岩。

第二天深夜一点多，林斐转了个身，迷迷糊糊看到马岩醒着，她揉揉眼睛坐起来，看着他不说话。

马岩抱着她躺下，柔声说："继续睡吧，我吵到你了吗？"

"没有。"

林斐摸摸他的额头，烧退了。

她问："饿不饿？要不要吃点东西？晚上我妈送来的小菜都没动，给你煮个面吧？”

马岩亲吻她的脸颊，说：“不饿。”

他紧紧抱着林斐不再说话。

林斐也不知道怎么安慰好，失去亲人的痛苦只能靠时间抚平，言语是无法加速这个进度的。

“你想聊聊吗？白天一直睡，现在肯定睡不着了吧？”林斐说。

马岩不想聊，他心里翻来覆去全是从小到大奶奶对自己的爱和付出。

马岩的奶奶其实是一个比较小气的人，她虽然没有收入，但爷爷有退休工资，马岩小的时候马啸也很能挣，奶奶是不缺钱的，但她舍不得花，对自己舍不得，对孩子们也舍不得，只对马岩舍得。

马岩记得很清楚，自己六岁的时候，奶奶带着他和二叔家的哥哥去逛展销会。哥哥那会儿在乡下上小学，寒暑假来城里住，哥哥看中一双很便宜的凉鞋想要，奶奶没给买，说他自己有妈妈做的布鞋花这个钱干什么，但转身却给马岩买了身衣服。逛完展销会，马岩想吃粽子，奶奶给买了，哥哥生气不肯吃，奶奶哄他说买冰棍吃，但马岩的是有巧克力夹心的，哥哥的是五毛钱的。

马岩知道家里很多人都对奶奶的偏心心存不满，但小时候的马岩并不会考虑兄弟之间的失衡，他太需要这份偏爱了。

林斐也睡不着了，她也在想马岩的奶奶，想奶奶和二婶的事。

她发现自己再也不能像以前那样看待奶奶，纯粹的心疼，也许是因为不是真的亲人，这两年的感情还不足以让她盲目忽略奶奶的“坏”。

马岩的姑姑说一定程度上能理解二嫂，还说婆媳跟母女不一样。林斐当然理解，因为百灵她更理解母女之情靠婚姻是建立不起来的，林妈对百灵没有任何不好，百灵尚且做不到尊重和关怀。设想一下，假设林妈拿出恶婆婆的姿态对待百灵，还不知会怎么样呢。

可怜之人必有可恨之处，林斐一直知道这句话，今天彻底理解了。

她觉得马岩的家里人都符合这句话，奶奶、马啸、二叔二婶，还有为了点拆迁赔偿虎视眈眈的姑姑。人都是复杂多面的，林斐理解，但她的性格就是爱憎分明，一旦看到了丑陋，就盲目不起来了。

林斐甚至有点庆幸马岩此刻没有对她说奶奶的好，说再多，她也不可能像从前那样陪着他流泪了。

马岩流泪了，无声地哭着。

林斐捧着他的脸拭去泪水，然后亲吻他。

妻子的吻让马岩感到一丝温暖，他进一步索取，比平时更加需要她。

隔天醒来，林斐觉得自己浑身骨头都碎了一样，她有点生气。马岩被她的叫唤吵醒，迷迷糊糊地跟她说自己梦到奶奶了。林斐沉着脸坐起来，马岩也跟着坐起来。

林斐看了他一眼，见他还是那副死样子，一个耳光就抽过去了。

“啪！”响亮一记。

“醒了吗？”

马岩有点蒙：“醒了。”

马岩病好之后跟林斐商量说以后每天去爷爷家吃饭，因为奶奶的突然离世，他更加珍惜活着的亲人，连马啸在爷爷身边也能忍受。

林斐有点不情愿，她现在完全不想见到马啸，再想到拆迁在即，接下来家里还得闹分财产，她更不想去了。

可是马岩有什么错呢？林斐甚至有一种“要是马岩没生在这个家里就好了”的想法。

她答应了，每晚去爷爷家，反正她也很忙，有空去就好了。

林韬跟家里说要和林斐合伙开店的事，爸妈倒没太反对，林爸觉得两个孩子能团结起来做事挺好，但林斐反悔了。

她想清楚了，只要百灵这个不稳定因素还是自己弟妹，她就不能跟弟弟合作。她信林韬，不信百灵，万一几年后自己要和弟妹因为利益吵架，她想想都觉得烦。

林韬听完后表示理解林斐的想法，林斐退出，他自己没能力投资两百平方米的店，准备再找人合伙。

这就不关林斐的事了。

马岩果然每天下班都去爷爷家，林斐开始还一起去，后来不去了。

因为拆迁，马岩家正好在学校规划区，周围几家邻居商量着团结起来多要补偿，家里人来人往的，很烦。

这事很快有了结果，马岩爷爷没跟着邻居们一起闹，他先签了。他的想法很简单，自己也活不了几年了，补偿一百套房也跟他没关系，只会引得儿女争抢罢了。他看着自己老伴的结局，觉得心寒，想着自己要是没钱说不定还能让女儿把自己当个人。如今他就是大家眼里的数字和房子，那他索性不要了，等哪天两腿一蹬也就清静了，儿女过得好与不好，他不想管。

马岩爷爷让马岩给他找了个律师写遗书，他自己有养老金和工资存款，这些年逢年过节儿女也会给，这笔钱等他死后平分给所有的孙子辈，孙子和外孙子都一样，大的小的都一样。至于房子，这个院子当初没有马啸出钱也买不下后院的地，按照当初的面积，撑死了最多补偿两套商品房，所以关于拆迁房都给马啸处理。

马岩回来后跟林斐说这件事，林斐一点也不高兴，她问："你姑姑们啥态度？"

"说让马啸养老。"

"我就知道。"林斐觉得烦，"咱们能不能过自己的？不要跟你家亲戚搅和在一起？难道你还想要马啸的财产吗？他自己的爸爸也该他照顾养老了，你该照顾爷爷照顾爷爷，其他的咱不参与行吗？"

"我也是这么想的。"

马岩家的拆迁方案定了，四套房，还有安置补偿款，这笔钱跟别人没关系，他们这批拆迁户是自己解决住房。马啸还得给自己和父亲租房子住，搬家装修都是钱，新房交房了装修也需要钱，另外四套房肯定不能少老爷子养老的一套，剩下的三套，马啸准备拿出一套卖了，钱分给三个兄弟姐妹，算是他们这么多年照顾爸妈的补偿。还有两套马啸没说，他不说，大家都知道，连带着老爷子住的那套，都是马岩的。

马岩的二叔和两个姑姑也不好说什么，老爷子自己存折里还有钱，这些也是要分给他们的孩子的，姑姑们这些年对老人也是不错的，拿到这些也满意了。只是毫无付出的二哥一家分这么多钱让两个妹妹心里不舒服，矛头又转向了二哥一家。

林斐没觉得自己占便宜了，她要觉得自己发财了，那就得等着爷爷和马啸都死了才能拿到手，难道未来几十年她还什么都不做死等这点财产了？

县城的租房市场瞬间火爆起来，马岩问丈母娘有没有空房出租，可以给她联系人。

林妈还真有，原来开宾馆的楼在南山那边，租给医院了，五六楼有四套房便宜租出去两套，还有两套空着。南山路这边因为生活不便利，所以一直不好租，但有个优点是背靠南山，晚上是很清静的，老人住倒是合适。

马岩还没去过那边，便抽空去看了看房子，觉得不错，回去跟林斐商量了一下，又跟爷爷商量了一下，计划着让爷爷和关系好的邻居一起搬过去，反正大家都要找房，老邻居住着还能有个伴。

林斐觉得这主意好，跟爸妈说了声。

林妈为人大方，说给马岩爷爷便宜租。马岩坚持跟大家一个租金，他感激丈母娘的心意，所以更不能让林妈吃亏，哪有单方面付出的。

家里总算恢复了和谐，林斐觉得累，跟马岩说："想出去玩，你能调休几天吗？"

"我想想办法，想去哪儿？"

"去沿海城市吧，看看大城市都流行什么。"

"哈哈，行。"

第七章
迎接新生命 -

旅行地点选在了沿海某城市，林斐对此次出门的服装搭配十分重视。

马岩建议她到了再买新的可以更快速地融入当地时尚潮流。

林斐不干：“下飞机那一刻开始我就要很时尚！”

马岩由着她准备。

林斐还得打扮马岩，斥巨资给他买了件 Gap，不参加满减的那种。

出发前她发了条朋友圈说：【出远门了，谁让我代购谁是王八蛋！】

刚发完那瞬间，三姑姑发来语音：“小斐，我给你发了个图，你去专柜给我买一套擦脸的，我一直买的那个代购不干了。”

林斐默默删了朋友圈。

他们过去要坐火车转飞机，落地再打车到酒店已经下午四点了。两人休息片刻出门去逛，他们在网上找的好评如潮的一家餐厅，可能是周末的缘故，下午五点就排到了一百多号，林斐感叹大城市生活不易，两人拿着号先去逛商场。

三楼正好有 Gap，林斐一眼看到自己老公穿的那件正在打折中，林斐好心痛，拉着马岩买了好几件。

“好了，你的购物到此为止，接下来重点给我买。”她说。

“好。”马岩陪着她逛。

进女装店之前，林斐把卡交给他，说：“男人出门在外要有脸，你就负责给我刷卡吧。”

马岩好想笑，拒绝了卡，说：“我用我的小金库给你买，你看好不好？”

林斐跳起来就是一个么么哒，然后揪着他的耳朵问：“攒了多少？”

马岩眼珠子转了一下说：“你刷刷看，等刷不出来不就知道了。”

“靠谱！”

毕竟是牵挂着排号不能尽情购物，马岩看着手机上的进度，还剩半小时到自己的时候叫林斐先暂停了。

来到餐厅门口，小桌还有六个人排队，马岩找了个空座给林斐坐着，林斐想起一楼的奶茶了。

马岩说他去给她买。

林斐很苦恼：“我想喝好几个口味的，但是喝不完。”

马岩说：“那就都买来尝尝，回家就没得喝了，一次喝够好了。”

“嘻嘻。”

林斐在外卖平台上仔细告诉马岩都要哪几个，分别加什么配料，糖分多少。她故意只说了一遍，马岩认真听完就下楼去了。

等他回来的时候正好排到，林斐站起来，旁边一个男生赶紧叫身旁女孩过来坐着。

林斐的耳机掉地上了，她蹲下捡，就这么一个动作，听到那对情侣的对话。

女孩大概是看到了马岩买的一堆奶茶，抱怨自己男朋友为了省两块钱优惠选择外卖而不下楼去门店。男生态度也不好，说：“我下去买也要等，外卖也要等，我这个月会员卡还没用完，点外卖怎么了？又不是这一分钟喝不到就天塌了。”

两人吵起来。

林斐回头看了眼女孩，非常理解女孩的心情，她也不喜欢太节省的男生，她想这对情侣能在一线城市打拼压力一定很大，这个女孩一定不会是要男生一味付出金钱，不过是偶尔想要一点点体贴罢了。

马岩见林斐陷入沉思，问道：“怎么了？”

林斐跟他小声说这件事，马岩听完后笑了，他说：“人都是这样，忍不住和别人比较，但其实每个人的情况都不一样，自寻烦恼罢了。”

他打开一杯杨枝甘露给林斐，林斐喝了一大口，心情大好，开始跟他一起看菜单。

第二天一早，两人出发去海边住了两天。林斐准备了泳衣，酒店里有室内的游泳池，但比较小，施展不开，一会儿就无聊了。林斐要下海，马岩陪着她就在海岸边上玩了会儿水，海水及腰部的时候就怎么也不肯让她往前了。

林斐不肯，这里离警戒线还有段距离呢，想去。

她往前走，马岩在后面扯着她，两人力量悬殊，可谓纹丝不动。

林斐又好笑又无奈，手上都没力气了，因为玩过水，手滑，两人紧紧拉着的手渐渐分开，林斐差点一个后仰倒下去，幸亏马岩眼疾手快扯住了她。

“看看看看，危险吗？不说淹死了，就这海水多脏？你摔进去肯定要喝几口的，不怕生病？”

“你不拉我我能摔？”

马岩见林斐嘴硬，用手掌掬起一捧海水非要喂给她。林斐笑着往回跑，被马岩拦腰抱起来威胁要扔海里去。

“扔啊扔啊，不扔不是人。”

“嘁。”马岩放下她。

林斐有点累，靠在他身上要他背：“你个子高，你背着我去前面玩一下吧。”

马岩拒绝：“危险。”

林斐激将：“你是不是不行啊？背不动老婆啊？这一身肌肉都是拿我眼线笔画的吧，朋友？”

马岩微微下蹲，说：“上来吧。”

林斐跳上去，马岩背起她就往岸上走。林斐大叫耍赖，脚丫子拍打着水面溅起一路浪花。

天黑前，他们又在沙滩上挖了会儿洞，最后林斐带着一身沙子回了酒店。

今天体能消耗大，洗完澡两人都饿了，酒店附近就只有几个快餐连锁店，价格高不说，林斐也不爱吃。两人搜了下附近的美食，两公里外有夜市，两人打车过去从头吃到尾，拍了不少照片发朋友圈。

再回到酒店，林斐说明天一早起来看海，毕竟白天太晒，人也多。

刘思扬发来微信，麻烦林斐帮她在专柜买一套护肤品。她说自己怀孕了，不太放心代购或者海淘了，还是在专柜买安心一些。林斐心想，反正也要给姑姑买，就答应了，刘思扬先转了一万块钱，说多退少补。

放下手机，林斐跟老公说：“刘思扬怀孕了。”

“嗯。”马岩没什么想法。

林斐靠在他肩上叹气，马岩问：“叹什么气？”

林斐的手指在他胳膊上画圈：“你说别人家老公，结婚半年就有孩子了，咱家老公……哎，咱也不是说要跟谁比，就是……啊！”

马岩把林斐的浴袍带子解开，压着她啃上去。

林斐还要装：“这是做什么呀？怎么这么激动呢？”

马岩咬她嘴巴：“今天晚上就是你怀孕的日子，以后孩子就叫海生，海边生的。”

林海生？马海生？海参？妈呀……

林斐来不及吐槽，就被他卷入情潮。

短暂的假期很快结束。

飞机落地转火车，还得两个多小时，林斐夫妇买的坐票。车厢里没坐满，马岩和林斐靠在一起分享耳机看下载好的电影。看着看着，林斐突然闻到一股很难闻的味道，觉得反胃。她抬起头看了一眼，看到对面坐的男人刚泡了一盒红烧牛肉面。

方便面这东西就是这样的，吃多了想吐，不吃会想，红烧牛肉面她爱吃，但在火车上这个味道真的难闻。

“怎么了？”马岩问她。

林斐把脸埋在他胸前，闻到他身上清新的沐浴露味道，稍微好受一点，下一秒，空气中飘来更重的泡面味道。

“呕……”林斐忍不住捂着嘴跑去洗手间。

对面吃面的大哥也被恶心到，不满地嘟囔了一句，马岩连忙道歉后去找老婆。

林斐干呕了半天，喝了点水，在车厢连接处透了会儿风，才感觉好点。

“还难受吗？你最近怎么总是晕车，上次坐车就吐了，火车这么平稳也有反应。”马岩说。

林斐解释：“是泡面的味道让我想吐。”

马岩能理解，是不好闻。他抱抱林斐，说：“很快就到家了，你坚持一下。”

“嗯……”

回到座位，林斐有点不好意思，跟对面大哥道歉说自己身体不舒服。

大哥摆摆手大度包容，倒是他旁边的大姐，笑着问林斐：“妹子怀孩子了吧？我怀我们家丫头的时候也这样，闻不得怪味儿。”

林斐不想多聊，默认了。

她闭着眼睛靠在马岩怀里休息，她想到这两天跟老公努力造小孩的过程，有点害臊。

林斐想着不能自己臊，便贴着马岩的耳朵小声说：“老公真厉害，我已经怀上了。”

马岩面上不动声色，却在她腰上捏了捏。林斐捂着嘴笑，马岩把她抱紧，也靠着她闭目养神。

林斐想起了一件事，这次出门正好遇上她的例假期，因为想下海游泳，所以林斐遵照医嘱提前吃了延迟月经的药，叫什么来着？

林斐上网查，火车上信号断断续续的，好不容易才搜出来。果然，这种药吃了之后有的人会出现头晕呕吐的轻微症状，孕妇吃了也有可能加重早孕反应。难怪自己吐吐吐呢，想来怀孕也是辛苦的。

一周后，林斐就不用幻想辛苦了，因为月经迟迟不来，她依旧经常反胃，马岩带她去医院检查，确诊怀孕五周，医生恭喜他们。

林斐傻眼了，好多问题要问，是不是真的？她上周吃了黄体酮咋办？上周还有激烈夫妻生活影响吗？她还在沙滩上摔倒了好几次，孩子还在吗？

医生见多了紧张的新手孕妇，一一解释宽慰，又叮嘱她从现在开始要格外仔细，不要再摔来摔去。

“不用太紧张，情绪紧张对你也不好，我看你身体素质不错的，以前的妇女怀孕还下地干活呢，别担心，下周来做B超。”

离开医院，马岩扶着老婆，自己也吓得不轻。他一想起过去几天跟林斐胡闹，抱着她在沙滩上推来赶去就后怕。

林斐这会儿反而镇定下来了。

回到家，马岩让她卧床休息，他觉得有很多事需要准备，但又不知道具体做什么，最后只能陪她躺着，问她有没有什么需要。

林斐摸摸平坦的小腹：“老公，海生真的来了，呜呜呜，好难听的名字。”

马岩被她逗笑了，说：“也不是这次怀上的，咱们慢慢想名字。你饿不饿？有没有想吃的东西？”

“你给我倒杯水吧。”

“好，要不要给你榨点果汁？”

林斐想了想，要橙汁。

马岩上网查，说是胡萝卜跟橙子一起榨汁很好喝，他觉得也挺有营养，就去照配方制作。

林斐躺在床上开始思考怀孕对自己生活带来的挑战，首先钢筋店需要人手，家里现金存款也不是很多，带孩子也需要人手……问题一堆。

马岩让她别担心，说他都会一一解决。

怀孕的消息一公布，林家爸妈自然高兴，当天林妈就抱着圆圆来看女儿。

孙蕊也给林斐打电话，叮嘱注意事项，推荐产妇要用的东西，还说叫林斐千万别买小衣服，她家孩子月子里别人送的衣服还有一堆没拆包装的，过两天收拾一下全寄过来。

林斐成了重点保护对象，家里都不让她去店里了，先休息三个月再说。林韬主动接过林斐店里的事，反正他也不是要二十四小时守在下面，两边顾着也不难。

林韬说：“爸妈给我带孩子顾不上你，我帮你一年也是应该的。”

林斐还挺感动。

林斐是闲不下来的性格，在床上躺了两天就烦了。马岩要上班也不能陪她，朋友们也都各自忙碌，一个人有啥意思？她又惦记着到处跑，马岩只能天天跟着她接送唠叨，一颗心揪着就怕她出事。

一周后去做 B 超，医生宣布是双胎，林斐当场石化。

“双什么？”

“双胞胎，恭喜恭喜。”

马岩激动地向医生确认，医生说：“没错。”

林斐有点接受不了。

医生安慰她：“这是好事啊，多少人想要双胞胎呢，两个孩子也有个伴，多可爱。放宽心，怀一个和怀两个都一样养胎，别多想。”

林斐在肚子上比画：“一个孩子这么大，两个不得这么大啊！”

“那也未必，有些人瘦，不显怀，怀双胎还没怀单胎肚子大。”

离开医院，马岩问：“你是不是害怕了？”

林斐说：“我是不反对生两个，但我希望这两个指标能分散在五年内完成，而不是一次性完成。天哪，我的肚子不会被撑破吧！”

马岩安抚她：“不要胡思乱想，你现在要保持心情愉悦。双胞胎好啊，两个孩子，我一手抱一个，多好。”

“这是你说的啊，生下来就你负责奶孩了。”

“好的，你放心。”

晚上睡下，马岩拿平板给林斐看一些养双胞胎的欢乐视频，看得林斐开始期待。

“老公，你说是儿子还是女儿还是一儿一女啊？”

马岩说：“女儿好一点吧，可爱，两个男孩子太皮了不好带，一儿一女也不错，最好哥哥先出来，还能保护妹妹。”

“双胞胎哎！一起出生啊。”

马岩笑起来，摸摸她的肚子：“老婆真厉害。”

林斐哼了一声：“还是你厉害！”

马岩说：“好像多胎基因跟妈妈关系大一点。”

“是吗？我家也没有啊。”

“可能再上一代有？”

林斐不纠结这个问题了，她又问：“叫什么名字呢？双胞胎要娶个有意义的名字。”

马岩这会儿也想不出满意的，说：“暂时就叫大宝小宝吧。”

“你能再土一点吗？”

“海参、海带？”

“滚蛋啊！”

马岩抱着林斐调整姿势，让她舒舒服服靠着自己睡，他的笑止不住：“我好开心老婆，以前没觉得，现在有了，真的很期待。”

林斐叹气：“有点后悔买房子了，不然的话手头的现金还能宽裕一点。”

“别担心，我不是有工资吗？咱们虽然做不到多奢侈地过日子，衣食无忧还是可以的。”

“睡觉睡觉，我梦一下生个什么玩意儿。”

马岩纠正准妈妈：“是生个什么宝贝！”

“一个意思。”

林斐怀双胞胎的消息可把两边长辈乐坏了，林妈赶忙四处托人找保姆，马岩爷爷主动说保姆的工资他出。

马岩想到林斐焦虑钱，他开始要账。他单身的时候借出去几笔，时间也长了，本来打算就算了的，现在得要回来了。

最大那笔是他关系很好的兄弟，这几年运气不好家里接连出事所以还不上，马岩没打算催他，另外几个装傻的，马岩逐个打电话。

马岩也没什么不好意思，直说自己老婆怀了双胞胎，养孩子成本比别人翻一倍，缺钱用。

有两个人断断续续还了，还有一个人很奇葩，这人本来借得少，好几年前拿了不到五千块钱，马岩都忘了这笔账了。谁知道马岩带着林斐跟朋友们去农家乐吃饭，众人要打牌，玩得还挺大，马岩身为人民警察只能说自己不参与了，他陪着林斐去散步。

走之前那个欠马岩钱的朋友玩笑似的说了句："能不能还钱就看今天手气。"还让马岩替他祈祷。

马岩当时就想给他一脚，什么东西。

回家之前，马岩跟那小子单独说话："当初就打算你不还我也不要，现在你也别恶心我了，这钱还不还咱们的关系都到此为止，以后别来往了。"

林斐收到马岩要回来的账心里感到踏实，听到他跟那个朋友绝交心里更踏实。她觉得自己没选错老公，小马同志能分清兄弟义气放在哪里这件事，让她感到心安。

孕妇林斐最近有点理解大人口中的稳定了，如果她有事业编制或者在企业上班，社保和产假都有保障。个体户就不行了，除了时间绝对自由，啥也没有，而且像她这种生意没做大的，一旦因为怀孕影响了生意，心里很慌。

马岩见她压力大，问道："你担心什么？"

林斐说："我朋友都跟我说双胞胎很容易早产，新生儿本来就容易生病，早产的话会不会更危险？"

马岩安慰她别胡思乱想，隔天就叫来一个保险经纪人。

可惜这人不靠谱，进门坐下问了林斐的年龄和孕周就开始推荐重疾和寿险。马岩让她推荐针对孕妇的母婴产品，那人推荐了一个小险种，保费很便宜。马岩看了看条件，仅限单胎妈妈。

这不扯吗？

马岩有点生气，让那人走，自己抱着手机挨个上保险公司官网看产品。

这一研究就是一整天。

最后他给林斐买了自然怀双胎能保的产品，包括孕妇孕期各种并发症保障、产检等报销以及新生儿一个月内的疾病保险，保额五十万元。

林斐看着马岩一口气支付了三万多块钱，肉疼地说："要是怀一个宝宝就好了，你之前看的那些保费才几百块哎。"

马岩说："不要这样说，你和孩子平安最重要。"

林斐很感动，别人家怀孕初期好像没这么花钱，当然也是因为别人工作稳定有保障，不必买太多商业保险。马岩还给她买了重疾险，他自己有一份意外险，受益人是林斐。

林斐本来因为怀孕情绪波动大，听到马岩说自己工作危险，万一出事能给她一些保障这种话，当场大哭。

马岩现在可怕她哭了，哄了半天才让她情绪稳定下来。

林斐抽抽搭搭地摸着肚子说："咱们孩子以后还是要找工作啊，不能当无业游民。"

马岩笑起来，说："怎么都好，健康就好，别害怕，要保持心情愉快，知道吗？"

"嗯。"

林斐本身胃口好，现在更能吃了，倒是马岩天天给她做饭买好吃的奔波，整个人肉眼可见地瘦下来。

除了陪老婆，他还得上班，下了班有空还要去店里看看，进货卸货的时候林韬得在下面店里守着，马岩就得顶上。林爸倒是能帮忙，但马岩希望岳母岳父能多陪陪林斐，她头次怀孕又是双胞胎，一直揪心，爸妈在身边陪着能安心一些。

家里也要着手做一些迎接孩子的准备，马岩关注了好多育儿博主，看到别人家客厅基本都成了小朋友的游乐场，反观自己家，茶几、电视柜等都硬邦邦的，不利于小朋友爬行。

次卧当初就是给孩子准备的，买的床是单人床，如今也得换。马岩把这张床送给了朋友，跟林斐商量不买婴儿床，买一张超大双人床围起来，等孩子长大了买上下铺。

马岩说："我看那些养双胞胎的家庭，孩子们可喜欢抱在一起睡了，分不开的。"

林斐不反对，一切交给他。

等新床来了之后，夫妻俩傻眼了，好家伙，放个床就没空间了。

马岩唉声叹气："养孩子是费钱哈。"

林斐笑晕了："换房子吧爸爸，咱们家需要大别墅。"

马岩倒在双人床上有气无力地说："凑合过吧，选了咱们家就只有这条件了。"

林斐看马岩这么体贴，焦虑渐渐消失，没想到，马岩接过了她的焦虑。

事情起因是有一天晚上马岩做了个梦，梦到林斐生孩子生不出来，医生说妈妈有危险，他吓出一身冷汗，半宿都没睡着，一直在床上坐到天亮，然后等老婆醒了十分懊恼地说："怀孕还是太危险了，你这一下怀两个我真的焦心，要不直接剖吧。唉，这也有风险……"

林斐给他一拳："别招我！我好不容易不担心了！"

"对不起对不起，"马岩抱着她道歉，"我乌鸦嘴。"

头三个月林斐很小心，基本都在家里养胎，爸妈每天来她家做饭吃，有时候也会让兰姨带着圆圆来。

林斐给妈妈看自己的肚子："是不是比一胎孕妇肚子大？"

林妈摸了摸，说："你这是吃多了胃顶出来了，你跟我一样，不显怀。我说你也注意点，不要吃太胖，不好生，饿的时候多吃新鲜蔬菜，帮助消化排便，水果也少吃，容易血糖高。"

"知道了。"

林斐吃饭是个麻烦事，闻不得油烟味，但又爱吃肉，做梦都在啃骨头，给她端上桌又嫌油腻。马岩为难不已，都不知道怎么伺候好了。

每天晚上躺在床上，马岩就搂着林斐研究育儿经。林斐见他做了好多笔记，点开看了看，居然全是产后修复的，还记录了不少能做这类修复的医院信息，都在外地。

林斐好感动，窝在他怀里说："我老公太好了，我当初怎么就慧眼如炬嫁给你了。"

马岩摸摸她的肚子，非常担心，却不能说出口给她增加负担。

月底，孙蕊终于带着儿子回老家来了。如今孩子大些了好带出门了，她来看林斐。林妈也带着圆圆来了，家里瞬间成了幼儿园。

马岩看着俩孩子跟林斐说："以后这就是咱们家的日常。"

"那多热闹啊。"林斐期待。

孙蕊给妹妹讲她的怀孕、生产经验，一并分享自己生育和恢复走过的弯路。林斐提到产后盆底肌修复等，孙蕊有话说。

"你准备得挺充分啊，我那时候都没想过这些，傻乎乎地等着生。我有个朋友，就是嫁了矿老板那个，还是她教我的，她不是去外面私立医院生的吗？月子中心给推荐的修复花了十万，效果肯定有的，但她自己跟我们说不用花这个冤枉钱。你别担心，生完去医院修复科检查，有需要再做，也不是每个人都需要的。还有自己能在家做的训练，到时候我把教程链接发给你，你买个那个小哑铃就行。"

林斐记在心里："我也没研究这个，马岩自己上网看的。"

孙蕊赞叹："我这妹夫可以，关心老婆就是好的。哎，你也别担心，肯定会顺利，后面有什么事我们都在呢。我好歹生过一个，有什么不懂的你问我，多少能给你点经验分享。"

林斐问："疼吗？"

"肯定疼。"

"多疼？"

"这么说吧，我现在拿剪刀把你一块肉剪掉疼吗？"

"咦——"林斐打了个冷战。

孙蕊笑了笑，说道："医生给我剪的时候我就只感觉到剪刀的冰凉，一点不疼，这就是因为生的时候疼到没知觉了。"

"我突然不想生了。"

"每个人体质不一样，我们单位一同事头胎，从发作到生完不过一小时，还没怎么呢孩子已经出来了，轻松得很。"

"唉……"

"别怕，我可期待你的双胞胎呢，想想都可爱。"

打这以后，林斐决定再也不跟人讨论生孩子的痛了。她已经逃不掉了，与其揪心半年，不如心态放轻松。

过了危险期，林斐开始正常生活做事，也经常去店里，只是不干重活，在店里的时候也尽量戴口罩，避免粉尘、铁屑。

马岩总是不放心，有事没事就打电话，林斐说他扰民。

同事打趣马岩：“你也太紧张了吧？”

马岩瞧不起这些单身汉：“你们懂什么？”

月底，马岩被派去参加省里的会议，要去三天，他不放心林斐，送她回丈母娘家里小住。

临行前夜，马岩跟林斐说：“有个事我想听听你的意见。”

“你说。”

马岩摸摸她的肚子，说：“再过两个月你就不方便行动了，店里还是少去，满院子钢筋和机器我看着实在担心。林韬呢也忙，我想着要不找个人帮忙？”

“你想找谁？”

马岩沉默了一下，说：“马啸。”

“他？”

马岩分析：“单从合作关系来看他很合适，马啸做生意还是可以的，他在本地也有人缘，给他工资就行。”

林斐不说话了，马啸很合适她知道，有做生意的经验，人还长得霸气十足，能去二号路镇场子她当然放心，只是……

林斐问：“你怎么想到他啊？”

“我怕你总是惦记店里生意跑来跑去的，你要不同意就算了。”

“我同意啊。”

“行，那我跟他说说。”

“老公……你太好了，我爱你。”她指了指肚子，“我们三个都爱你。”

马岩亲吻她的肚子：“我也爱你们三个。”

第二天一早，马岩收拾好跟林斐母子三人告别后出发。走之前他叮嘱林斐不要乱跑，注意安全。

林斐说：“好的好的，放心放心。”

林斐当天晚上就没在家吃饭，而是跟着林韬半夜去夜市乱吃了。

她是被林韬叫出去的，他们去了夜市一家开了二十年的老爷爷关东煮。

林斐不敢再点变态辣，要了微微辣，吃着很没滋味。

林斐跟老爷爷聊天，得知对方很快要回老家去了，不再回来了，这事林韬早就知道。

回去路上，林韬跟姐姐说想把老爷爷的配方买过来。

“加盟串串店费用太高，反正他回老家也可以继续摆摊，我多给他点钱买下他的配方开个小店怎么样？大家都喜欢吃他的关东煮。”

林斐点头：“我觉得可以，租个小门面成本也低，要不然你一个人开个两百平方米的不知道几年能回本，咱们这做餐饮也就红火两年。”

“我也是这么想，其实他这个摊位就很赚钱，人家在老家修了四层楼房。”

“可以，你去谈谈看。”

林韬说：“正好姐夫不是说让他爸给你打理店吗？我也不用天天去了。”

“你倒是耳朵尖。”

“嘿嘿。”

姐弟俩回到家已经晚上十一点半，林韬把林斐送到就回自己家了。

隔天林斐去店里给马啸交接生意，马啸很愿意来，反正他闲着也是闲着，劳务报酬他也没拒绝，在商言商应该的，彼此都舒服。

晚上一家人去三姑姑家吃饭，百灵也来了，她来的时候兰姨正在给圆圆喂水喝，百灵把圆圆接了过去。

三姑姑因为跟林韬家隔壁住着，心里一直对百灵有点意见，这会儿见百灵抢着表现，阴阳怪气地说：“一岁的孩子就是这样，有奶便是娘，大一点就不行了，谁对她好就跟谁亲。”

眼见气氛尴尬起来，林斐问百灵服装店生意如何。百灵说挺好的，也没多余的话，林斐走开去厨房找吃的。

百灵的服装店生意不可能挺好的，林斐的姐妹们也都是爱买衣服的，城里新开了店都会去，她们逛完百灵的服装店回来都说不好看。做服装的眼光不到位，生意就凉一半了。

以前霍达的姐姐开了个服装店，都是外贸尾单货，但架不住人家眼光好，客人都知道她那些衣服成本也就一两百块，但别人卖七八百块还是能卖得动。百灵想学这个只学到了标价，没学到选货，迟早得完蛋。

吃完饭，林斐跟长辈们打麻将，她今天手气好，赢了不少。林斐拿着钱笑着说："孩子的婴儿车的轱辘到手了，感谢姑父赞助啊。"

姑父笑了："听听这话可怜不可怜？那能让你就买个车轱辘吗？你看个车我给你买单。"

"真的？姑父你可想好了，我这双胞胎，一辆车就要好几千！"

姑父哪懂这些，惊讶到了："你是给孩子买还是给你自己买？咋那么贵？"

林斐给他们展示自己收藏的安全性能超棒的一款车，姑父倒是看中两个车连在一起的造型。

林斐的姑姑在一旁起哄："牛皮吹出去了，看你买不买。"

姑父说："这有什么的，说买就买，咱们家头一个双胞胎，大喜，我给俩孩子买个车算什么。小斐，你发链接过来，我给你付款。"

林斐喜不自胜，立刻发链接："姑父你好懂啊，还知道代付。"

姑姑说："别提了，玲玲天天买东西，父女俩偷着藏着买破烂还以为我不知道。"

晚上回家，马岩给林斐打电话。林斐告诉他："老公，我今天要了一辆婴儿车，就我上次看的那个好贵的牌子！"

"谁买的？"

"三姑父！"

"真的啊？这有点太贵重了，今年得给三姑姑家好好拜年。"

"嘿嘿，你明天几点到啊？"

"估计下午两三点了。明天一早我去买东西，你不是想吃榴梿吗？"

"对对对，你不提我都忘了。"

夫妻俩又聊了一会儿，林斐要睡了，马岩让她把手机放在肚子那儿，他想跟宝宝说话："宝贝，我是爸爸，晚上要乖乖睡觉啊，明天见。"

林斐听着心里甜滋滋的，摸了摸肚子，问马岩："孩子爸爸，我这怎么没有胎动啊？"

"还早，书上说了，五个多月才有，别担心，趁着现在不动你好好休息，回头两个人打起来你就睡不好了。"

"也是，那我睡了，你早点睡哦。"

"嗯，晚安老婆，盖好被子。"

"嗯嗯。"

马岩回家的时候，林斐正在吃水果。林妈把多年不用的缝纫机搬出来在做尿布，她把自己买的棉布洗了又洗，然后裁剪缝制成尿布。

林斐说用尿不湿就行，林妈坚持："晚上用尿不湿，白天垫尿布，老用尿不湿容易焐出湿疹，再说你那两个孩子一天得用多少片？家里光堆尿不湿都得放半间屋。"

林斐说："那洗尿布还需要人呢。"

林妈说："你不会买一个小的洗衣机专门洗尿布？孩子尿干净，自己也就随手洗了。"

"行吧行吧。"

林妈看马岩拿了好多东西，问："买了什么？"

马岩说："买了些时令水果，都是小县城不容易买到的。"

林妈受不了榴梿的味儿，让他们自己拿回家吃。

回到家，林斐吃了一块榴梿满足了食欲，然后又突发奇想要马岩给她做榴梿比萨。马岩哪会这个，上网买了些材料，又跟着视频学了半天，说明天给她试着做。

第二天林妈抱着圆圆来看女儿的时候，进门就被臭跑了，说等家里没味儿她再来，还夸张地说把圆圆都熏臭了。

林斐笑得不行，这一笑，肚皮被踹了一下。

"老公！"

"怎么了怎么了？"马岩紧张地从厨房跑出来。

“孩子踢我了！动起来了！”林斐指着自己肚皮说。

夫妻俩四只手捂着肚子摸了半天，又是喊话又是轻轻按肚皮，宝宝不为所动。

“真的动了！”

马岩耳朵贴在林斐的肚皮上等了半天还是没等到，结果他起身之后宝宝又踢了一下。

“好啊你个小家伙，还没出生就不给我面子？”

林斐得意：“看来孩子还是更爱我。”

“爱你是对的，妈妈最辛苦了。”马岩亲她一下，“对了，我想起一个事忘了跟你说，前两天爷爷给我打电话说他给孩子想了个名字，你猜猜叫什么？一对儿的名字。”

“这我怎么猜？你直接告诉我吧。”

马岩看着她，说：“天福和天赐。”

林斐整个人都不好了。

咚！宝宝开始反抗！

林斐发飙：“看到没？孩子都要抗议了！我的妈，这名字太雷人了，我不要这个名字。”

马岩也笑了：“我知道，我就是跟你说说乐一乐，当时我听完也很无语。”

“爷爷已经认定都是男孩子了吗？如果是女孩子，那要叫什么名字？”

马岩伸出食指左右摆动：“唉，女孩名字也有，听好了……”

林斐坐起来：“你等我坐稳当再说。”

马岩给她后腰垫了个抱枕，然后公布：“女孩的话就叫天福和天心。”

林斐手掌拍额头：“反正不管生个啥必须有个天福呗？”

马岩已经笑倒，说：“天福妈，比萨快好了，吃不吃？”

“留着你的馅儿饼自己吃吧，天福她爸。”

“哈哈哈，我不行了，这个名字太逗了，土得我想吐。”

“真叫这名字孩子得恨死你！”

“说笑而已。”

“那么正经起一个。”

“还不知道男女，先叫大宝小宝不是挺好的？”

“姓什么？”

“你说了算。”

林斐早想过这个问题，自从她公布双胞胎，林爸的喜悦里多少有一丝期待孩子跟他姓。林斐自己不在意这个，如今有两个还正好哪边也不亏，于是说：“一人一个吧。”

“行，那咱俩猜拳，老大跟你姓，老二跟我。”

“这还有必要猜拳吗？”

“不是，赢的就是老大。”

石头剪刀布，林斐赢了，孩子姓什么的问题就此解决。

林斐拍拍马岩肩膀，说：“马天福他爸，哀家饿了。”

“好的，林天赐妈妈。”

“滚蛋，我们老大叫林……别做饭了，你去给我买本字典。”

“好，明天下班买。”

取名字的事告诉了长辈，林爸可开心了，立刻琢磨给孩子取名。林斐想了想自己和弟弟的名字还可以，于是决定给亲爹一个机会。

三天后，林爸发来微信：【小斐，我想了个名字，男孩就叫林远，女孩叫林静怎么样？】

林斐无语，咋不叫林胖林瘦、林高林低呢？找反义词呢？

名字慢慢想，林斐爱上了取笑马岩，每当有外人在，她就管马岩叫天福爸爸。

别人都得问：“天福是谁？”

林斐解答：“我们家孩子，马岩给起的。”

众人看马岩的眼神就很尴尬，纷纷露出不好意思指责亲爸爸，但又实在受不了的反应。

马岩有口难辩，只能乖乖受人歧视。

林斐做了个梦，梦到她的双胞胎变成了单胎，一从梦里惊醒她就摇醒马岩去找孙蕊给她的胎心仪。

“咚咚咚……”

“是两个吗？”林斐问。

马岩还迷糊着呢，拥抱她：“做不好的梦了吗？”

“嗯……”

“梦都是反的，你再听听，两个小家伙心跳都很有力。你听，他们好像醒了，可能知道妈妈睡醒了跟他们玩呢。”

马岩让林斐靠在他怀里睡，林斐听着孩子心跳一点点睡过去。马岩睡不着了，摸摸她的肚子，心里期盼时间过得快一点。

他拿过桌上的平板看林斐的浏览记录，果然，看的视频都是什么早产啊、新生儿监护啊之类的。

马岩想着下班回来要好好跟她聊聊，不能再看这些了，心理负担太重不利于健康。

林斐根本安心不下来。

晚上下班，马岩给林斐买了好吃的。吃饱之后，他牵着林斐去走走，两人沿着河滨公园散步，来来往往有不少带孩子玩的人。

马岩期待地对她说：“明年这个时候咱们也能抱着两个宝宝出来散步了，多好。”

林斐想到自己推着两个一模一样的孩子，心中高兴，好像已经能预见自己孩子多可爱似的。

马岩突然笑起来，林斐问他笑什么。

马岩搂着她的腰说：“我在想等孩子出生一定会有很多有趣的事，你想啊，两个长得一模一样，会不会分不出来呢？万一给一个孩子喂两次奶怎么办？两个小家伙会不会什么东西都喜欢一样的？你说咱们给孩子买东西要不要买不同的颜色？万一都抢一个颜色怎么办？”

“哈哈哈，是哦，这么想想挺好玩的，以后上学老师肯定分不清。”

马岩的笑停不下来，他摸摸林斐的肚子，说：“好期待跟你们见面啊。”

“我也是，哎，等孩子大一点他们就能追着你屁股后面叫爸爸了。”

马岩想到那个画面觉得感动，他目光温柔地看向林斐，说：“小斐，我好感谢你为我生儿育女。”

林斐笑而不语。

两人手牵手漫步，累了就打道回府。回去路上，林斐想吃水果，水果摊老板看到她的孕肚给她多放了两个苹果，祝她平安生产。

林斐最近就是很容易被马岩感动，她对着他道：“老公，我觉得我现在越来越爱你了。”

马岩笑起来：“是吗？那我要继续努力了。”

他想到林斐的心病，现在气氛正好，便跟林斐说：“小斐，你答应我一件事好吗？”

“什么事啊？”

“你放宽心，以后不要再搜那些负面的东西，你要相信你们三个都会平安健康，别怕好不好？”

林斐点点头：“嗯……其实我也不是故意搜的，就老给我推送那些，我也没办法。”

“那咱们以后不看了，看点开心的节目、电影。”

“嗯，我最近在看明星带孩子的综艺，那些小孩都特可爱，咱们的孩子也会漂亮吧？你不丑我也不丑。”

“肯定啊，要是生个像妈妈的女儿，那不得漂亮死了。”

“哈哈哈！可是人家都说女儿像爸爸！”

马岩假装生气：“你这个小同志怎么前后不一呢？刚刚还说我不丑呢？”

林斐笑了。

马岩一本正经地夸她：“老婆，说真的，我发现你最近漂亮得有点不像话了。”

他摸摸她的脸蛋：“皮肤怎么那么好，眼睛也亮亮的，现在比怀孕前胖了一点，反而更好看了，真是漂亮。”

“嘁，言不由衷！”

“我说真的，你不照镜子吗？”

“哈哈，睡觉啦！”

马岩亲吻母子三人道晚安，宝宝们很给面子，踢了他一脚。马岩指着方才胎动的位置说：“就是这个，我记住了，天福同志对我有意见。”

“哈哈哈，你别逗我笑了，我又想尿尿了！”

“走，尿一下吧，免得刚睡着又醒。”

“好吧。”

隔天林斐发了孕后第一条朋友圈，也算是正式宣布怀孕了。

从确定怀孕开始她就没发朋友圈，一开始是没想起来，后来因为……总担心没法平安生产。

现在她决定听马岩的，不再胡思乱想。

这条朋友圈炸出来一个故人，林斐的前男友。

林斐都忘了微信里还有他，分手的时候删了的，后来因为她的一些重要物品在他那里要寄回来，便又加了好友。这几年两人都没聊过，对方也不发朋友圈。林斐微信有上千好友，哪里想得起他。

前任点了赞，还来私聊恭喜她怀孕。

林斐礼貌回复感谢。

再无话，过了很久，对方又发来消息，转账两千块祝她生产顺利。

林斐拒绝收钱，只收下了祝福，给孩子的祝福多多益善嘛。

这回真的没话聊了，林斐一个人坐在沙发上看电视，想起些往事，都不是什么重要的回忆，只是想到初恋的细节，再与如今的丈夫对比，林斐得出一个结论——不是所有男人都不体贴温柔，真正爱你的男人就是会在言行举止上表现出来，在日复一日的平淡中时时刻刻让你感到爱意。

这么想着，马岩回家的时候，林斐就特别高兴。

她还做了晚饭，马岩不赞同，怕她身体累着。林斐更感动了，吃完饭主动交代前男友打招呼的事。

“其实不算什么要特意说明的大事，但我想我还是应该跟你说一声，免得我们哪天像我姐和前男友那样吵架就不好了。”

马岩本就不会因为这点小事不高兴，但此刻听了她的话开心不已，他觉得林斐是真的很在意，不对，是真的爱他了。

关于这件事马岩一直不是很确定，他们之间是有感情的，但林斐跟他结婚是一时冲动是路见不平。他们婚后虽然一直没有矛盾争吵，林斐也一直为他付出，可是偶尔马岩会觉得林斐是在努力维持婚姻，而不是深爱他这个人，比如林斐对他家人的态度。

不是说马岩觉得林斐对他家人不好，事实是马岩知道自己不可能找到比林斐更心疼他更关心他家人的妻子，但林斐有时候会表现出一种旁观者的冷静和无所谓。其实这没什么不对，只是马岩太爱她了，就会很贪心地希望她也深深地爱着自己。

今天，马岩没有不安了，就因为林斐把前任的随口问候这般郑重地告知他，听上去很奇怪，但他的确因此感动。

他拥抱林斐，两人中间隔着宝宝，林斐哈哈笑：“抱不住了吧，等我肚子再大点我就变成障碍物了。”

马岩弯腰退后，利用自己手臂长度完整地拥抱她。他才不会抱不住她，也不会抱不住自己的三个宝贝。

“好啦，今天不想走路了，有点累。”林斐说。

“做饭累到了吧？”马岩扶着她去沙发上坐下。

他说：“明天早上再送你回妈那里好不好？今晚咱们在家睡。”

马岩明天值班，值班的日子马岩要把林斐放在丈母娘身边才安心，一般都是提前一天晚上送过去，他也住那儿。

他今天就格外想跟林斐单独相处。

“不去也行啊，我自己睡没什么的。”

“还是去吧，万一晚上你有什么需要，身边没个人不行的。”

林斐靠着马岩开电视，突然“哎呀”叫了一声。

“怎么了？”马岩问。

林斐皱着脸捂着肚子抱怨：“你这俩孩子拿我膀胱当皮球踢啊！真想随身带个厕所算了！”

马岩笑着拉她起来去洗手间解决内急。

晚上洗完澡，马岩给孩子讲故事，林斐听得昏昏欲睡。马岩降低音量，待林斐熟睡，放下童话书，对着林斐的肚皮说：“你们两个聪明的家伙真是选对了妈妈，等你们出生以后就会知道被妈妈爱是多么幸福的事。当然，爸爸也会很爱你们，但我最爱的还是你们的妈妈。”

小宝踢了一下肚皮，马岩笑着质问宝宝：“马天福你怎么那么多意见？”

林韬接手了老爷爷的关东煮摊位，他雇了个大姐每天出摊，也负责宣传新店地址。

其实也有其他人想买老爷爷的招牌，但都没给上价，林韬这次出手阔绰。林斐很认可他的决定，花大钱买配方，花小钱租铺面，他不是从前那个爱讲排场的人了。马岩都对林韬改变了印象，觉得林韬终于有个当父亲的样子了，当然最开心的还是家里长辈。

每次家庭聚餐大家都集体夸赞林韬，林韬心里高兴，面上还要装作不在意，说些“你们就喜欢看我摆夜市呗”之类的话。

林爸说：“不是看生意大小，是你的变化，务实了。”

林韬听不得这种矫情的话，连连摆手，抱着圆圆上公园看花去了。

马岩单位最近在学习上面发的文件，成天加班写一堆东西。林斐肚子已经很大了，一个人在家很不方便，马岩跟岳父岳母商量后带着妻子搬去了静江花园住。

林妈也是担心女儿的，她跟林韬说后半年要照顾林斐，圆圆就靠他和百灵自己带，林韬没意见。

百灵开始在家带孩子，因为她很闲，服装店嫂子管着还雇了人，实在不缺帮手。何况店里生意一般，她每天去也无事可做，就是进货的时候跟嫂子一起去，来回也能逛三天。

马岩爷爷和马啸要搬家了，小琴提出辞职，现在家里就两个大男人，她觉得不方便。小琴不干了也得找工作，正好林韬缺人就要小琴去收银兼职服务员，林斐又给爷爷找了个做饭不住家的阿姨。

马啸把钢筋店打理得很好，他还年轻本就想着自己做点事业，如今有现成的可以忙活，十分上心。他发挥自己从前的人缘给店里拉了不少客户，营业额上升不少，唯一有个缺点就是不好意思要账。

这事林斐没强迫，挺着大肚子自己上。

她发现孕妇讨债很有优势，也不用说啥，往对方家里一坐，絮叨絮叨双胞胎多费钱，对方就算不能全结款，也会凑着还一部分。

林斐上瘾了，还要去给爹妈要旧账，被马岩阻止了。

一段时间后，林斐发现林韬跟马啸两个人关系越来越亲近，好几次她去看奶奶，两人都哥俩好似的聊着天。

林斐私下问林韬跟马啸聊什么呢，林韬说聊人生。

林斐大概能猜到这两人臭味相投的地方，便是对婚姻的冷淡吧。

还真是这样。

林韬发现还就马啸能理解他，家里人都发愁他和百灵的婚姻，他觉得大伙都是杞人忧天，他才不会离婚，离婚意味着还得被逼着二婚，烦不烦呢？结过婚知道婚姻不过如此，如今他就一心一意挣钱，还多了个可爱的女儿，有什么不好呢？

只要百灵不出轨，他就能这么和百灵过一辈子。就算百灵现在不带孩子，但怎么着也算给了孩子一个完整的家。

林斐知道林韬这个想法，一时感受复杂，说不清他这是成熟呢还是幼稚，她也不管了，各有各的活法吧。

天气渐渐冷起来，衣服穿厚了，林斐觉得自己更笨重，时常心情烦躁。

有一天她说想吃红烧蹄髈，林妈给做了一次，她吃得很香，一整个蹄髈分成两顿吃完了。第二天去医院，大夫叮嘱她后期要注意控制体重增长。

林斐甩锅给马岩：“听到没有？不要再喂我吃猪蹄！”

马岩接过锅，满口答应。

林爸林妈跟女儿女婿住在一起之后越发喜欢马岩了，单看他每天对林斐的体贴关心，当爸妈的看在眼里感动不已，平时对马岩也关心有加。

这天马岩值班，林斐跟爸妈在家看电视，突然接到电话说林韬出车祸了，一家人着急忙慌赶去医院，百灵他爸守着林韬。

“怎么回事啊？”林妈问。

林韬不说话，表情看着很生气。

护士跟林妈说伤得不重，观察两天没问题就能出院。

林斐又问林韬咋回事，林韬看着妈妈说：“妈，你去看下圆圆怎么样了？”

林妈吓死了：“圆圆在车上？”

“没有，在家摔了，你去儿科看看。”

不等林妈出去，百灵跟她妈妈抱着圆圆回来了，说检查结果没问题，就是额头磕破了。

林妈接过孩子看到她额头上的纱布，顿时心疼得连儿子都忘了：“怎么回事啊！好好的怎么把孩子摔了？从哪儿摔下来的？”

百灵低着头不说话，她妈妈一脸心虚地说：“今天就灵灵一个人看孩子，没注意，孩子从床上滚下去了。”

实际上是从凳子上栽下去的。

林妈眼泪都下来了：“滚下去了？我们带孩子，一秒钟都不会让圆圆身边离了人，绝对不可能发生这种事，你怎么还能让孩子从床上滚下去？”

林斐问林韬：“你又咋回事？”

“我接到电话着急开车，出了点意外。”

“没撞到人吧？”

病房里一直站着的一个陌生男人开口了：“人没撞到，把我们家卷帘门撞烂了，现在孩子没事了你也没事了，这得赔钱啊。”

林斐赶忙安抚：“一定赔，给您换新门，大哥，谢谢您让我弟先来医院。”

大哥有点不好意思：“嗨，我也是听他说孩子摔了，不过你以后真得小心，今天幸亏没撞到人，要不你就得进去，那孩子不是没爸了吗？”

林韬说道：“您说得对，今天真的对不起，您看您这损失怎么赔，我绝无二话。”

“我找人重新修好，你按收据赔，屋里东西坏了的也得赔，玻璃柜碎了得换。你们家去个人跟我看看去，别说我讹你。”

“不用不用，我相信您，您加我微信，我先给您五千，后面再补。”

林爸上前感谢了对方，又留了自己的电话，告知了家庭住址和二号路的店铺位置，让对方放心，对方收了钱先走了。

病房里安静下来，林斐去看圆圆，小家伙可怜地窝在奶奶怀里睡着了。

林韬坐起来看了眼孩子，对百灵说：“离婚，孩子归我。”

林韬是铁了心要离婚，百灵可以不做好妻子，但必须要当个合格妈妈。现在百灵只是单独看了半天孩子就出了这么大的事，可见一点没把孩子放心上，那他也不必维持这个所谓的完整家庭了。

除了林韬态度坚决，林斐夫妇不发表意见，双方父母都不同意。

百灵理亏，也很抱歉，每天守着林韬道歉，保证说自己以后会好好照顾圆圆。林韬一个字都不跟她说，就要离婚。

百家看林韬心意已定开始谈条件，他们提出婚前答应的车和房都得给百灵。林韬说自己就这么点财产，不行交给法院判后，百家又要孩子。

林妈肯定不愿意给孩子，她和丈夫商量之后决定买套房让这一家三口有个转机，但房子写他们的名字，等圆圆长大过户给圆圆。

百灵不肯离婚，每天哪里也不去，就看着圆圆，就算在林妈那儿被冷落也不翻脸。林妈又心软了，私下劝儿子别冲动，好好过。

这事从秋天闹到冬天，最终不了了之，百灵算是安分了，也不到处乱跑了，成天在家带孩子。不过百灵也不用做什么，圆圆习惯了在爷爷奶奶身边，兰姨每天总要抱着她去静江花园玩的。

今年林斐身体不方便，一家人就在静江花园过年了。林斐觉得自己像弥勒佛一样，也没法动弹，就坐在沙发上跟大家说话聊天。

唯一开心的是今年过年收了不少红包，就连孙蕊都给她包了个生产顺利的大红包，平时姐妹之间是不拜年的。马岩爷爷和马啸都表示了，一人给林斐包了两万块钱，缓解她养孩子的经济压力。

年后，林斐彻底进入了痛苦的孕后期。

要说怀双胞胎前期肚子看着就比单胎稍微大点，到了后期就有点吓人了，再加上冬天林斐穿得厚，整个人笨重到动不了躺不下，夜夜难眠。身体因为负担太重，从腰部到胯骨成日酸痛难忍。除了这些，她的皮肤还突然变得粗糙，毛孔变大，脸色蜡黄，一向不长痘痘的她脸上开始冒闭口粉刺、黑头，每次照镜子都觉得恶心。

这天马岩值班，林斐自己睡，从网上买的孕妇枕头也没效果了，一整夜睡不好。天亮的时候她神情疲倦精神烦躁，吃力地上了厕所之后一个人坐在沙发上掉眼泪，心里感觉憋着一股闷气上不来下不去。

放眼望去，窗户上蒙着一层白雾，林斐想到冬日清晨的好空气，好想出去跑两圈，却被困在沙发上。

马岩就在这时候提着早点悄悄进门，他一眼看到林斐，才问了句怎么没睡，林斐的眼泪就夺眶而出。

马岩脱了大衣过去拥抱她："怎么了？昨晚睡了吗？腰痛是不是？"

林斐只是哭，马岩心疼得像什么似的，哄着安慰着。

林斐说："我感觉自己像在坐牢。"

马岩亲她："老婆辛苦了，再坚持一下，生完就好了，不哭了，脸都花了。"

林斐摸自己的脸，感觉像在摸砂纸，她又哭起来。

马岩哄她："漂亮的，我老婆最漂亮了，真的，小斐乖，咱们不哭了。"

他把手放在林斐肚子上召唤："天福天赐，快醒来安慰妈妈。"

林斐破涕而笑："什么爸爸！连名字都想不出来！"

"我的错，我今天想不出来名字不睡觉了好不好？"

林斐笑起来。

马岩抱住她："好了，吃点东西好吗？给你买了煎饼，加了两个蛋。"

“嗯……”

马岩值班后早上会吃很多，中午就不吃了，他得补觉。林斐心情转好之后也心疼老公，加上她一夜没睡好，她也困，就陪他睡觉去了。

林妈中午做好了饭去叫林斐，马岩先应了一声。林妈推开门进去，看到女儿熟睡在马岩身上，马岩就那么坐着当她的人肉靠垫。林妈都可怜马岩了，叫醒林斐去吃饭。

她不知道，这段时间小两口都是这么睡的，林斐要靠着马岩再垫着枕头才睡得舒服，不然什么姿势都难受。

林妈私下悄悄跟林斐说别太折腾马岩，人家上班也很累。林斐现在可顾不上那么多，怀孕只有妈妈受苦，天福、天赐一到晚上就在她肚子里踢足球，她不睡觉就得疯。

这样的日子持续了好久，越到后期林斐越难受，每天数着日历过日子，满心期盼“卸货”。双胎孕肚不似单胎，她的肚子像圆圆的山丘一样鼓起来，直接是顶出去的，说难听点就像一个巨大的肿瘤，行走间都要抬着肚子才行。

这会儿马岩怎么安慰都没用了，林斐的痛苦达到了极点，每次他值班不回来林斐都要哭都要骂他。马岩每次都受着跟她道歉，他也是尽量想办法等产后能多休假，所以现在才不敢请假。

要说产假规定是真的有毛病，女员工生双胎还能休大半年，父亲就十五天陪产假。马岩是警察，虽说一年有五天年假，但哪个警察完整休过年假？

林斐知道自己有点无理取闹了，但又控制不住情绪，每次骂完马岩又想起他的体贴，深更半夜自己偷偷抹泪，觉得再这么下去，马岩肯定烦她了不爱她了，于是情绪更糟糕。

马岩没办法了，问医生有没有什么办法能让孕妇心情好一些？医生也没啥办法，只能开导安慰孕妇，多想想孩子的可爱。

于是马岩每天费尽心思给林斐看双胞胎好玩的视频，陪她网购选小衣服、小玩具。他们家里已经被马岩布置得很完美了，家具都包起来了，地毯也换了又厚又软的，玄关放上了消毒洗手的，浴室也装了宝宝的游泳池，孩子的床被他布置得十分漂亮温馨。他没事就陪着林斐做手工，两个笨蛋在孩子的帽子和衣服上歪七扭八地绣上了大宝小宝，后期因为笔画问题，只绣大和小，最后简化成一和二……

林斐渐渐平静下来。

她私下问马岩："你是不是不爱我了？是不是觉得我像泼妇？"

马岩拥抱她："不会，要是有什么心态变化，我更爱你了，看你怀孕这么辛苦，我恨不得替你怀。小斐，不要担心我会不爱你，我是你的丈夫，是孩子的爸爸，不能替你分担孕期的痛苦，至少要替你分担精神压力。你不舒服心里烦躁不安都很正常，这时候不跟老公撒气还能跟谁说呢？我特别爱你，老婆，等你生完孩子养好身体，我去做手术，以后咱们都不生了。有这两个宝宝已经是额外的幸运了，咱们以后再也不受这个罪了好不好？"

林斐大哭："你真好。"

"是你好，老婆，你最好，你都不知道我多担心你。"

从这以后，林斐就不跟马岩吵架了。

林妈看到女儿情绪稳定下来也松了口气："你前段时候那样子，我真怕你比林韬先离婚！"

"妈，你现在倒是看得开啊。"

"看不开还能咋样？最近百灵挺好的，小兰经常跟我说她带孩子很上心，晚上也陪着圆圆睡。这样就好了，孩子小，慢慢培养感情。"

"也是。"

林妈说："他们一家三口好好过我也能抽出时间给你带孩子，你这一下子两个我都发愁，这种时候就会觉得还是有个婆婆好。"

"婆婆也未必会帮忙啊！"

"马岩他妈妈知道你怀孕了吗？"

"知道，看到我朋友圈发微信问候来着，说要给孩子买东西我没要，该买的都买好了。"

闻言，林妈叹气。

转眼春暖花开，林斐距离“解放”的日子越来越近。

这天，马岩带她去散步，刚出门没多久，她觉得不对劲，肚子疼。马岩赶忙送她到医院，医生检查后说是宫缩，因为是双胎，医生让住院观察，要是宫缩厉害可能会早产。

等了半日，林斐感觉宫缩越来越频繁，痛感也越来越强烈，叫来医生检查，要生了。

按照医生的建议“，林爸被打发回去拿待产包。马岩签字时，手都在抖，一个劲拜托医生，最后他没忍住，跟医生说无论如何一定要先保妈妈平安。这一句话说得林妈眼泪都下来了，心疼女儿也舍不得宝宝。

进手术室前，马岩握着林斐的手给她加油：“小斐别怕，我就在手术室门口等你，打了麻醉睡一觉醒来就好了，你别害怕。”

万幸，手术很顺利，不过一个小时过一点，手术室门打开，护士笑着通报喜讯：“母子三人平安，是龙凤胎！”

“真的？”林妈激动。

马岩问护士：“我老婆怎么样？”

“马上出来了，宝宝是早产，先出来的是哥哥，体重不足2.5公斤，妹妹体重达标了，但两个孩子都要住保温箱。”

马岩去签字，林妈和林爸还有赶来的马啸在门口等着林斐和孩子，护士跟马岩说：“别担心，产妇很好，麻醉前还跟刘大夫开玩笑呢，说你们家孩子叫天福、天赐？”

马岩心急也笑不出来，赶去看林斐。

宝宝们就让家属看了一眼直接去了新生儿科，林妈拍了张模糊的照片。

马岩看到林斐的时候眼泪都下来了，亲吻她的额头说：“感谢老天，你没出事就好。”

林斐很虚弱：“孩子呢？”

“孩子很好，别担心。”

林斐试着动脚，也不知道动没动起来，她先前看到别的产妇剖完出来孩子就在妈妈脚边躺着一起被推出手术室。

麻药效果过后林斐开始疼，又得知宝宝要住保温箱一段时间见不到面，她拿着妈妈拍的照片看着瘦小的两个家伙哭得死去活来，伤口被牵动，又疼得浑身冒汗。

马岩一直安慰她："早产是这样的，住保温箱是为了让宝宝快点长大，有护士和医生在，很安全，别担心好吗？不要哭，小斐，我跟你保证宝宝没事，你现在就是要养好自己的身体。你和宝宝一起加油，都要努力养好身体才能尽快见面好吗？"

林斐抽抽搭搭地答应。

没什么比产后见不到孩子更折磨林斐的了，她想去看孩子，但自己要先努力恢复。也许是因为担心孩子更多，林斐很坚强地配合医生的要求下床行走，疼得满头大汗也不喊一声。她就让马岩扶着抱着朝着新生儿科的方向走，仿佛那样就能离孩子近一点。

几天后，林斐出院，宝宝继续留在医院。

月子里林斐整个人情绪低落，每天都催马岩去医院看孩子。马岩不去，寸步不离地陪着她，拜托林爸林妈去看孩子。

林妈在医院发来视频，隔着玻璃远远给林斐看孩子。林斐什么也看不清，想孩子想得发疯。

"老公，孩子给我们弄错了咋办？宝宝长不大咋办？我想去看他们，他们都不认识我。"

马岩心里也不好受，他也惦记孩了，但到底是林斐更重要，再怎么说，孩子在医院有专业医护人员二十四小时照顾。

几天后，马岩实在看不得林斐的眼泪，好说歹说求了医生让林斐近距离见见孩子。

医生看这对父母实在可怜，同意他们俩一起去看十分钟。

林斐第一次摸到宝宝的小手，激动得泣不成声："嗨，大宝小宝，我是妈妈，我叫林斐，我是你们的妈妈。宝宝要努力长大达到医生的要求啊，这样妈妈就能带你们回家了。"

马岩也很激动，看着两个小家伙移不开眼睛。他让林斐跟孩子互动，自己拿着手机抓紧时间拍视频拿回家看。

有了这次见面，林斐有了动力，每天没事就看看视频，好好坐月子。

半个月后，大宝小宝陆续回家，林斐家里彻底热闹了，两个新生儿，一个阿姨，林爸林妈天天来照顾，亲戚朋友不断。

原本夫妻俩说好老大跟林斐姓，老二跟马岩姓，现在林斐反悔了，要女儿跟她姓。马岩生平第一次不想满足林斐，他也要妹妹，两口子每天为了妹妹归谁斗心眼耍嘴皮子，可怜的哥哥安静地睡在一边默默成长。

第八章
一加一等于四 -

宝宝回家后的第一个礼拜，林斐夫妇就跟眼睛长在孩子身上似的，恨不得把眼珠子抠下来贴孩子脸上，新手爹妈激动得很，晚上抢着喂孩子，精神十足。

一个礼拜后，林斐表示：“爱不起了，能不能送走一个？”

“呸呸呸，童言无忌啊。”马岩揉她的脸，然后转身对孩子们说，“妈妈开玩笑，两个都是爸爸妈妈的宝贝，谁也不送走。”

带孩子有多累林斐算是体会到了，尽管她有爸妈、老公、保姆四个帮手，但面临两个人类幼崽还是手忙脚乱。

妹妹能吃能哭，本身就比哥哥壮一点，嗓门也大，每次醒来都“哇哇”大哭，勾着哥哥一起哭。哥哥相对乖巧，就算哭着醒来也哭得很委婉，叫不醒熟睡的妹妹。

每次喂奶都跟打仗一样，双胞胎要尽量保证作息一致，所以全家都全力以赴同时喂同时睡。但妹妹的牛脾气是睡着了不轻易醒，一旦醒那就是饿虎一只，哭得仿佛生下来就没吃上饭。

林斐算是看出来了，指着妹妹说：“这就是个霸王龙啊，只有她影响别人，别人影响不了她的！”

马岩爱得不行，觉得自己女儿就是牛！

两个孩子还算好区分，妹妹胖一点点，主要是头发，妹妹的头发又茂密又黑，跟戴着假发套似的，哥哥倒是细软发质，看着还比妹妹白一点。林斐多次疑心这俩孩子性别标错了，总偷偷掀开尿不湿验证一下。

林斐总担心哥哥，他吃奶也慢吞吞的，不如妹妹。马岩说后来者居上也是有可能的，再大点哥哥就长得比妹妹大了。

林斐不认同："这俩出生顺序完全是看哪个靠近医生的手，年龄是一样大的。"

"别担心，男孩子性格沉稳一点好，有担当。"

林斐翻白眼："你的担当儿子尿了，去换。"

"好的。"

林斐还得去产后复健，主要是盆底肌和腹直肌修复。一开始医生不让她弯腰抱孩子，恢复了一段时间好了。她自己平时在家也坚持做凯格尔运动，还在孙蕊的推荐下买了小哑铃帮助修复。

她以前没关注过盆底肌，如今每天最关心的事就两件：孩子吃饱睡好没？自己夹断尿的功力如何？

这天夫妻俩在卫生间洗漱，马岩正刷牙呢，林斐在马桶上坐了半天了，马岩听着她断断续续的尿声觉得好笑，他问："老婆？不难受吗？你这弄得我都想尿了。"

林斐松气尿完，说："你来尿一个，我看看你盆底肌如何？"

马岩笑得吃了一口牙膏沫。

这天早上七点多，林爸林妈提着早点来了。林妈洗了手换了衣服招呼马岩吃饭。马岩去卧室看林斐，见她还没醒，他就没叫。

吃到一半，林斐醒了，简单洗漱了一下就奔向孩子，开始了今日的黏崽崽："天福、天赐早上好呀，昨晚睡觉有没有梦到妈妈呀？"

马岩过去拉她去吃饭。

林妈说："以后不要叫天福天赐了，这个名字太大了，不好。都说赖名好养活，这俩孩子本来就早产，哥哥看着还是瘦弱，不要再叫这个名字了。"

林斐从前可不信这些乱七八糟的，现在对待崽崽是宁可信其有，不可信其无，她立刻甩锅马岩："听到没有？天天在那里叫叫叫！"

马岩咽下小笼包，说："是该正经起个小名了。"

"你想一个我听听。"

马岩一本正经地说："妹妹叫宝贝不是很好吗？"

"儿子呢？"林斐问。

"儿子。"

"对啊，儿子叫什么？"

"儿子。"

林斐大声说："儿子就叫儿子？天啊！你咋不直接管我儿子叫林某？"

马岩激动了："这名字不错，林某，很谦虚也很迷惑。"

林斐没好气地说："那你给自己改名叫马某吧。"

马岩的爷爷天天发视频来看孩子，他自己没来，托马啸包了两个大红包，也是想着自己身体原因还是先别接触宝宝。老爷子本来无事做，为了两个孙孙学会了用微信，成天等着看家庭群里更新的视频和照片，没事就拿给邻居们一起欣赏。

林斐夫妇不准备办满月酒，等百天再说。

孩子一天天长大，这天一早，林爸林妈提着早点来家里，保姆玲姐正在阳台上收晒干的尿布。林妈洗了手换了放在这里的衣服去看娃，两个小家伙睡得正香，马岩躺在一边陪着。

林妈轻声叫马岩去吃早点，马岩十分不舍地摸了摸女儿的脸才起身。他去卧室叫林斐，林斐上午得去复健。

吃饱喝足，马岩去换衣服，林斐偷偷跑到孩子房间把两个娃的帽子调换了，一旁的玲姐看着她这幼稚的行为直摇头。

林斐换好了，孩子醒了，"哇哇"哭，林斐叫马岩："老公！你女儿哭了！"

马岩扔下外套跑过来精准地抱起女儿，林斐不死心地说："抱错了，这是儿子。"

马岩不上当："行，那你去抱女儿吧。"

林斐踢他一脚，凑过去看女儿："这不长得一样吗？现在我们哥哥也长肉了。"

"哪里一样？妹妹头发多，睫毛更翘，嘴巴形状也不一样。"

“是吗？”

林妈进来催促：“赶紧出门，孩子给我。”

林斐去换衣服出门。

到小区门口顺便拿快递，林斐在车上拆开，是新到的剃头发工具，之前买的那个被马岩的头发弄坏了。林斐跟老公说：“这次不许你试了，你头发太硬了！”

“那你给我剃一下腿毛试试，卷刃咋办？”

林斐想到妹妹茂密的头发，叹气道：“咱们家妹妹这发型……跟李逵似的。”

马岩哼了一声，说：“我爱李逵，我从小就爱李逵。”

林斐无语：“你还有没有点骨气了？”

“没有……”

做完复健回家，林斐开始张罗给妹妹剃光头，她折腾了半天不敢下手，马岩更不敢了。林妈看着这俩没出息的来气，推开他们自己上了，很快，一颗崭新的“卤蛋”就诞生了。

林斐有点不习惯，女儿奴马岩惊呼：“真漂亮啊！理个光头都这么可爱啊！”

林斐拍他的脸：“你这老父亲的滤镜过于厚重了亲。”

马岩说：“妹妹像我才这么好看吧？”

“滚蛋。”

马岩费尽心思多请了几天假，谁知道陪孩子的时间过得这么快，一眨眼，他就要上班了。

他当然是一万个不愿意，但又不能不去。

林斐对此表示理解又支持，第二天还陪他一块起床，说了许多让他安心工作的宽慰言语。

马岩磨磨蹭蹭吃了饭、喂了孩子、洗了奶瓶之后看着手机上的时间说：“要不迟到一次吧。”

林妈都笑了：“赶紧去吧，下班回来就见到了。”

林斐说：“去换衣服吧，老公！”

马岩回卧室换好衣服出来，刚要走，林斐抱着孩子冲到他面前开始表演：“老公！孩子他爸！你不能丢下我们啊！没有你这个家运转不下去啊！我们母子三个需要你啊！”

马岩笑得要死，林斐拿孩子脑袋抹不存在的眼泪，说：“宝，你爸要走了，快哭！”

林妈冲过来抢过孩子踢了她一脚：“没个正行！娃都要被你弄哭了！”

林妈抱着妹妹回房间找哥哥去。

林斐坐在地上抱着马岩的腿不让走：“换一换吧，孩子他爸！不就是当警察吗？解决纠纷、打架什么的我最在行了，我去吧。”

马岩笑着扶她，捞不动。

林斐还在号：“你的女儿需要你啊！你就这么丢下她去工作了吗？没有父爱的孩子会心理扭曲啊！”

林爸过来把她提起来：“别丢人了你，赶紧让马岩上班去。”

“好的。”林斐一秒变正经，恭恭敬敬地送老公出门。

马岩看岳父进屋了，拉着林斐在门口拥抱：“老婆乖，下班我肯定百米冲刺回家，你注意休息，没事给我发点视频、照片。”

林斐乖巧地点头：“好的，去吧。”

马岩亲了她一口，遥望看不到的儿女哀号：“真不想上班啊，太痛苦了！”

“去吧去吧。”

马岩出门，按电梯。林斐站在门口看着他，电梯门开了，马岩冲她笑着说再见，林斐一脸冷漠伤情：“去吧，别担心我们，工作重要，孩子们会理解的。”

马岩正想冲过去好好收拾她，屋内传来孩子的哭声。

林妈怒吼：“开着门干啥！冷风都进来了！作死啊你！”

林斐哭唧唧地关上门奔向孩子：“妈来了，孩子们，你们的爹不是个人啊！”

上午十点，马岩抽空打来电话：“你在睡觉吗？孩子乖吗？我女儿想我了吗？”

林斐说：“刚刚问了，她已经不记得你了。”

挂了电话，马岩开始认真思考辞职回家当奶爸让老婆养的可能性……

恢复上班之后，小马警官有点不习惯，工作方式肉眼可见地暴躁了起来。

马岩从警以来一直走温和路线，如今升级奶爸，一见不得打老婆的，二见不得夫妻不管孩子的，但凡这类人员遇到马警官，严厉批评教育都不算什么，马警官还要不定期回访。

他完全不能理解因为这种事耽误自己下班抱老婆孩子，凭什么你们粗心大意把自己娃丢了让我陪着？我孩子谁陪？

突然每日上班都归心似箭，能拿回家的工作就拿回家。他在一旁工作，俩孩子睡在一起“咿咿呀呀”陪着他，那些枯燥的文书工作也变得有趣了。

这天马岩下班回来快速洗了个战斗澡，然后拥抱老婆，说：“我今天可想你了老婆。”

林斐抱紧他不让走：“那你晚饭别吃了。”

“为什么？”

他以为林斐会说看着老婆的美色果腹，结果林斐说：“因为你想吃外卖！”

马岩秒懂：“那我想吃点什么呢？”

“你想吃麻辣烫和炸串！”

马岩说：“那你看我等爸妈走了当夜宵吃是否可行？”

“行！”林斐满意，放开他，“抱孩子去吧。”

“好嘞。”

晚饭是汤面，林妈手擀的，林斐没忍住吃了两碗。饭后林爸还给她塞了好多柚子，林斐吃到肚皮滚圆。

麻辣烫是什么？突然就有点吃不下了，但还是嘴馋，马岩用番茄底料煮了一袋肥牛，给她蘸着油辣子过瘾。

睡前林斐挤了奶存在冰箱，晚上她要尽量睡整觉白天才有精神带娃。林斐弄完了，马岩顺手拿湿巾给她擦。

林斐看他那眼神就不对劲，揶揄地问："你是不是想了？"

马岩把奶放出去，清洗了工具才回来，抱着林斐口是心非地说："不想。"

林斐使坏，说："原本我还想……既然你不想……那就……"

马岩直接行动了，看得出来很着急。

他在她耳边承认之前看她塞小哑铃的时候就心猿意马，林斐笑得不行。

马岩吻她："可以吗，老婆？"

"嗯……"

刚渐入佳境，门外传来妹妹葵葵的哭声，夫妻俩停住动作，马上又听到哥哥力力的哭声。

林斐笑死了，摸着老公的脸说："现在可不是我行不行，是你的娃允不允许，哈哈哈。"

马岩亲了她好几下，说："我去喂，你等我。"

马岩出去跟玲姐一人给一个崽喂奶，他抱着妹妹，小家伙吃奶可用劲了，马岩觉得自己能把这个画面看到天荒地老也不嫌无聊。

"爸爸的小太阳真可爱啊，慢慢吃，别着急。"

喂饱了拍完奶嗝放回床上，孩子们还不会翻身，平躺着发呆，葵葵的小手抓来抓去的，最后抓到了哥哥的袖子。

马岩看着兄妹俩互动，满心满眼的愉悦。

儿子现在饭量赶上来了，也长起来了。马岩欣慰，跟儿子说要长成一个健壮的小男子汉保护妈妈和妹妹，力力放了个屁作为回应。

孩子睡后马岩回自己卧室，老婆也睡了……

日子一天天过，孩子一天天长。

马岩每天出门前，林斐都抱着孩子跟他说再见，晚上回家的时候也在玄关迎接他。马岩满足得不行，觉得全世界除了自己家，哪儿也没意思。

他这天出警意外受了点小伤，脖子上被刮破了，林斐给他贴了创可贴。马岩抱着妹妹的时候，葵葵居然伸手摸他，好像知道他受伤了似的。

马岩激动死了，亲了孩子好几下，感动地说："宝贝心疼爸爸了是不是？真贴心啊，我的小棉袄。"

林斐说："对啊，你不在家孩子们可想你了，没有爸爸喂，奶都比平时少吃一口，睡前都嘟囔着'吧吧吧吧吧'叫爸爸呢，抱到客厅就一直盯着大门看，等爸爸回来呢。真的，我们这个家没有爸爸就没有主心骨，我和孩子都好需要爸爸拯救呢！"

这都是林斐胡编乱造的，实际上孩子目前还处于全世界奶瓶最亲的阶段。偏偏马岩肯上当，听林斐这么说就主动承担更多带娃职责，弥补白天的缺位。

玲姐都时常感慨，当初答应来这家做的时候也是犹豫过工作量的，好在家里帮手多，孩子爸爸还那么勤快，喝完奶从来没出现过奶瓶放着没人洗的情况。

林斐靠着老公逗孩子，她灵光乍现，对马岩说："老公，我想到一个让你逃班的办法！"

马岩冷冷地说："我不听。"

林斐就是要说："我报警吧，你来家里出警，不是就能看孩子了？"

马岩抱起儿子面向林斐："看看，这就是你妈，知法犯法的警嫂，思想境界不及格，你说爸爸要不要教育一下妈妈？"

孩子发出"啊啊哎哎"的声音。

快百天的时候，林斐决定给自己美美容烫烫头，她挑了个马岩休息的日子，约了朋友一起去做头发。

烫头时间长，中途马岩来找她，把顶着一头卷的包租婆林斐藏在车上吸奶。她奶水一直不够，俩孩子都是先母乳后奶粉这样吃。

林斐被他拿衣服挡着，交出了口粮之后，她感叹小城建设不方便，没有照顾到母婴群体。

马岩说："人少地方小，三两步就到家了，一般人也不需要。"

"我不是一般人？"

马岩摸摸她的脸，说："你是精神县委书记。"

“哈哈哈，滚蛋。”

马岩还给她带了水果，他问：“几点结束？我来接你。”

“不用了，你好好带娃。”

马岩注视她良久，问：“你是不是要去吃垃圾食品？”

林斐立马撒娇投降：“求求了，孩子已经馋死了。”

马岩笑起来：“不要吃太辛辣的。”

“放心，我就吃个火锅！你快回去吧，孩子们乖吗？”

“很乖，我出来的时候他们正在睡觉呢。”

林斐晚饭后才回家，一开家门，马岩穿着睡衣坐在沙发上，他的脚踩在桌边上，腿上垫着睡枕，枕头上两个娃正在看着他。

“漂亮妈妈回来啦！”

林斐换了鞋就要去看孩子，被林妈拦住了。

林妈凑近闻了闻她身上，好嘛，火锅味儿，发胶味儿：“臭死了，洗头洗澡去，别抱孩子。”

林斐无语：“我才烫的头洗什么头！”

“孩子嗅觉灵敏，你别给他们闻毒气。”

“谁有毒！”

马岩看着她笑着跟宝宝们说：“妈妈回来了，叫妈妈。”

哥哥妹妹齐声：“啊……啊……”

最后林妈愣是让林斐洗了澡戴了个浴帽才能抱孩子，林斐好委屈，她烫头可不是为了戴帽子。

林斐跟孩子说：“宝宝，今晚加餐，火锅味奶！”

马岩捏她脸，小声说：“你是生怕爸妈不骂你啊？”

“好看吗，我的发型？”林斐问。

马岩眼神赞许：“特别漂亮老婆。”

“给我烫坏了！”

马岩闭上嘴巴。

早产儿是要矫正月龄的，这个是为了科学检测宝宝的正常发育。林斐一家都觉得正确月龄大人记着就行，过百日过生日还是按照宝宝出生日期来。百日宴是在家里办的,亲戚们来看了看孩子,百日照片也找了摄影师来家里拍。

过后，林斐开始网购衣服，为外出拍照做准备。她给妹妹买了一身向日葵的衣服，有头套，换上之后整个崽就是向日葵崽了，十分可爱。哥哥的是绿巨人的衣服，块头很大，希望他身体强壮起来。连林妈林爸都喜欢这两套衣服，也觉得力力、葵葵这两个小名起得好，很适合孩子。

四个月的时候，林斐夫妇带着孩子们去拍照，马岩穿着白衬衫黑裤子，林斐穿着一袭黑裙，只腰间系了一条带子，两人朴朴素素充当宝宝背景。

棚内拍的时候小家伙不乖，葵葵老是抓哥哥或者吃手，不让吃就哭，带到外面倒是乖巧，看来也是个喜欢出去玩的。

天气热起来后，林斐就用姑父送的婴儿车推着宝宝们去炸街，走到哪儿都引起阿姨们的关注，夸奖两个孩子长得好。

林斐很高兴，哥哥终于追上妹妹的体重了，还略有超越的趋势。只不过躺在一起的时候，还是妹妹踹人更有力气，踹哥哥也更无情一点。

玲姐去超市买菜，林斐自己推着孩子散步。小县城地方不大，走几步就来到了马岩单位，林斐给他打电话。马岩抽空出来，一眼看到车里两个小家伙手抓着手冲他笑。这一笑，马岩先前被群众气到的郁闷都消散了。

马岩过来蹲着逗孩子，问："你怎么一个人？"

"我妈去看圆圆了，玲姐买菜去了，我打算带娃去看爷爷。"

"你一个人能行吗？"

"这不有车吗？"

"还是明天我陪你去吧。"

"明天要下雨啊。"

"那你等我下班陪你去，两个孩子你怎么管？"

"那行吧。"

正说着话，一边的两个男人打了起来。马岩和出来看情况的同事一拥而上，分开两人带进去，他要忙了，回来跟妻儿说再见。

葵葵一双眼睛瞪得大大的，好像被吓到了似的，马岩正担心，葵葵“哈哈哈”笑了起来。

马岩也笑了：“不愧是我女儿，心理素质就是过硬。”

林斐指着儿子说：“也夸夸这个。”

“不愧是我儿子，非常淡定。”

“快去吧，我回家了。”

马岩拥抱了一下林斐，嘱咐她路上小心。

晚饭后夫妻俩一人带一个崽去了爷爷家，马啸也在，跟林斐说店里的情况，马岩陪着爷爷逗孩子。

他把之前拍的照片给爷爷看，爷爷戴着老花镜看得乐得合不拢嘴。

“咱们也拍个全家福吧。老房子这就要拆了，留个纪念，我们这两个宝贝都没住过老房子呢，要是不拆，那大院子留着给孩子玩多方便。”

马岩答应了，爷爷叫马啸也一起拍，马啸没表态，马岩也没表态，这件事就这么不了了之。

回去路上，林斐问马岩是不是不愿意。

马岩想了半天，说：“我和他的关系不影响孩子。”

“那就是一起拍的意思？”

“嗯。”

马岩是怎么想的呢？他想他这辈子都不会和马啸和解演出父慈子孝的一幕了。但孩子无辜，他不想让两个宝贝的成长路上搞不明白爸爸为什么和爷爷关系冷漠，这对孩子不好。

他不会原谅抛弃他的马啸，但若有必要，他一定给自己的孩子一个完整和睦的家庭环境。

林斐店门口的路灯坏了，小方买了个灯泡打算换，一忙给忘了。晚上关门前马啸想起这事，架着梯子换了灯泡。

他回去的时候不小心踩到院子里一根散落的棍子还是钢筋崴了脚，登时坐在地上疼得龇牙咧嘴。缓了会儿，他低头一看，脚踝已经肿起来了。

这会儿院子里除了他就剩楼上的林斐奶奶，他不可能叫老人家下来扶他，得去医院。马啸拿出手机找人，通讯录翻了一圈，没一个能打出去的电话。

马啸瞬间感受到了前所未有的失落，他本想打120，也没行动。

大约是真的上了年纪？

马啸想到今天自己如果摔到了头部或许就死这儿了，这也是不意外的结局，妻子病逝前最后一段时间里一直担心他的晚年生活。两人原本都是自愿不要孩子的，到了那会儿觉得有个孩子好了，大约也是病糊涂了。

马啸从没觉得自己的晚年要指靠孩子，他自己选的路，结局早已定，回家来也是双亲年迈，况且他在外面也没多少牵挂了。等伺候走了父亲，马啸觉得自己应该离开，回去陪陪亡故的妻子，那才是他的归属。

马啸坐了很久才打了急救电话。

救护人员来了之后帮他锁好门带他走，林斐奶奶被惊动出来瞧了瞧，得知缘由后给林斐打去了电话。

马岩刚进门，饭都没吃呢，林斐问他要不要去医院看看。马岩看着一家人都小心翼翼想劝又不敢开口的为难，主动说他去医院。

马啸没伤到骨头，问题不大，就是要养几天了。

马岩租了个轮椅推他出去坐车，上车时一个不愿意扶，一个也没指望被扶，马啸自个人钻进后座，脚更疼了。

一路沉默，马啸看着马岩的背影，心里有一种说不上来的情绪。

把马啸送到爷爷家，爷爷很担心，拿着片子看了半天，也不知道能不能看懂。

“我先回去了。”马岩说。

爷爷问：“你爸这怕是出不了门了，店里咋办啊？”

“没事，您别操心这个了。”

马岩走后，爷爷跟马啸说：“你也年岁大了，以后总归要指望儿子的，这些年你没在，要给小岩一个交代，父子关系总归是要化解的。”

马啸应付过去。

他就是这种性格，要让他现在去道歉赔罪，为的就是养老依靠吗？那也不值得被原谅，错误铸就了，自己担着后果就是。再说了，他实在不懂为何每个人都那么怕老无所依，人死如灯灭，非要垒个坟堆让子孙拜着？

马啸签了遗体捐献，他这辈子不管死在哪儿，尸体会有归属的，至于灵魂……他不信这个。

晚上，林斐夫妇躺着聊天，两人心里都在想同一件事——马啸老了怎么办？

林斐其实不介意给马啸养老送终，于她而言，马啸没有任何亏欠，而且对自己生的两个孩子也十分大方，就不知道马岩怎么想。

“唉，一个人也可怜哦，你爸其实可以考虑再找个伴。”林斐试探着聊天。

马岩看了看她，搂住，说：“他要一直在，孩子们都会认识他，说不定还会跟爷爷亲近，有一天孩子问我怎么不管爷爷怎么不孝顺？我不会允许这种事发生。”

“那就行了，面上能过去就好，我知道你心里苦，没事，你还有我们仨呢。”

“是的，有你们三个，我非常满足。”

“我老公是个非常称职的爸爸呢。”

马岩笑了笑，其实他也不知道自己称职与否，为人父母怎么样才够呢？只能是尽自己所有爱着孩子。林斐说他好，他也就安心一点，上天眷顾给了他一对儿女，又是那样艰难生下来的，他做再多也只是本分。

“睡吧。”

“晚安老婆。”

林斐夫妇隔天去爷爷家看望马啸，马岩看到了马啸桌上摊开的日记，他扫了一眼，看到马啸说等老爷子走了自己也要走。

这天晚上，马岩梦到了小时候。

他梦到自己坐在家门口等永远不会回来的爸爸和妈妈，他从前总是偷偷抹泪，被奶奶发现就撒谎说在等朋友或者在数蚂蚁。

他许久不做这个梦，今晚又梦到，这次他没有哭，他看到三十岁的自己坐在那个小男孩旁边，告诉小男孩，不要难过，未来你会遇到这世上最好的姑娘，你们会有可爱的孩子，她会把小马岩心里的缺口全部填满幸福和欢笑。

所以真的没关系。

林斐开始工作，她原本打算等孩子一岁再全面复工的，主要是没想到俩孩子早产，总是不安心。

这不才工作了几天，力力就得了鹅口疮，孩子小，灌药哭，不喝药嘴巴疼也哭。担心传染没让葵葵接近哥哥，不见了小伙伴，葵葵也哭。

家里像是有两个烧开的壶二十四小时鸣叫，林斐拿棉花团塞着耳朵心疼地哄孩子。

这时候就看出马岩的靠谱了，他一手接过了哄力力睡觉的职责，林斐都想给他跪了。马岩抱着力力在孩子房间睡觉，一哄就是一个通宵，全程抱着孩子走来走去，到了早上，胳膊都肿了，动弹不得。

林斐心疼，下不去手给孩子喂药，力力那么小，眼泪一串串地流。林斐心都碎了，还是马岩哄着抱着给儿子灌药。

“请个假吧，老公，你这样怎么上班？”

“不好老是请假，没事，我不困。”

上班期间马岩打电话问林斐孩子好点没。

林斐给他发来视频，葵葵搂着哥哥，两个小家伙睡得很好。

林斐说：“哭得哄不住，葵葵来了，就不哭了，两个人抓着小手很快就睡着了，不愧是双胞胎，妹妹太棒了。”

马岩把视频看了好多遍，葵葵睡着了还时不时抓抓哥哥的手，很是关心呢。

下班回来，马岩先去看孩子，两个人在婴儿床上躺着，挤在一起，妹妹的手在空中乱抓，翻个身抱住哥哥一顿狼啃。哥哥很乖，也不哭，让她安慰。

马岩摸着妹妹圆滚滚的肚子，语气温柔地说：“宝贝好棒，爸爸真喜欢你。”

马岩饭都没吃两口就睡了，结果孩子一哭他又马上起来，连林妈都觉得他太劳累了，赶着他去静江花园睡了个整觉。

力力这一病，吃不好奶，等病好了，脸都瘦了一圈，放在妹妹旁边看着更弱小了。马岩抱着他说：“要好好吃奶啊，儿子，快点长大，爸爸带你去运动。”

霍达约林斐吃饭，有个事需要她帮忙，也商谈明年开店的事。林斐说出自己的想法，她想开一个母婴馆，专做产妇产后修复的。其实也就是给新手妈妈一个清静喝东西休闲的场所，让手足无措精神疲惫的妈妈意识到自己也还是个独立的人，还可以拥有简单的快乐。

霍达不懂这个，霍达姐姐觉得不错，这里边能展开的业务实在是多，小城也需要这么个地方。两个女人一拍即合，准备合作。

霍达姐姐本身没必要跟人合伙，但她家在外地，这摊生意得有人看顾，林斐很合适。

正聊得高兴，林妈打来电话让林斐赶紧回家，说家里来了个找事的。

林斐赶回家，林韬也在。

“怎么回事？”

林韬去一旁跟林斐说：“找碴的，说是姐夫经常上他家骚扰他，他也要来骚扰一下咱们家。来半天了，坐着不走。”

林斐直接报警。

这回真是马岩来了，他一来，二话不说把人带走了。那男人一路上鬼哭狼嚎说警察暴力执法，引起好多人围观。

马岩不能参与这个案子，由胜男负责。

闹事男子叫小军，之前因为跟老婆打架闹到派出所，马岩的骚扰也不过是警情回访。只是恰巧前两天马岩又撞到小军在家喝酒发疯，小军当时闹了个没面子，事后觉得不服气，来报复马岩了。

林斐见了这人才想起前几天收到的莫名其妙的电话和短信，她还以为是发错的就没在意。

上门滋事，又有主观恶意，但到底没造成任何不良后果，且是初犯，实在没道理行政处罚，派出所还是以教育批评为主，教育完还得放人走。

看着对方骂骂咧咧地走人，马岩没表现出任何情绪，照旧做自己的工作。

晚上回家，家里人都劝马岩不要冲动，万万不能私下找对方麻烦。

林爸跟马岩说："咱家里这么多人，不怕他来，你安心工作就是，孩子都很安全，我们谁也不会让孩子落单。"

马岩答应。

两天后，马岩休假，主动去找小军说要请他吃饭化解矛盾。

小军也不傻，不可能单独赴约，叫上了好些个帮手，也算是做见证，一旦出事立刻报警，要治了马岩。

马岩带小军去了朋友开的农家乐，好酒好菜招待，好言好语说警察的职责所在。马岩的朋友们也帮着说和，气氛越来越好，小军放下警惕大吃大喝，但也克制着没多喝酒。

中间小军出去上厕所，马岩过了一分钟也起身离开。小军的朋友站起来要出去看小军，马岩的朋友按住小军的朋友坐下，半臂长的马刀从桌子底下抽了出来。

厕所在后院，后院有井，井前有水池，马岩蓄满水等到小军出来。

"哟，不装了？"

见小军要喊人，马岩到底是练过的，三两下制伏了他，并用毛巾塞住了他的嘴巴。

马岩把他的头按在水池里，膝盖压着他不让挣扎。

马岩控制着时间，看他不行了就拉上来，喘过气再按进去。

马岩说："警察就是惩治坏人的职业，没道理说我维护社会治安却由着别人威胁伤害我的家人。你就是去举报我也不怕，警察身份之前我是丈夫，是父亲。"

"我错了……错了……对不起，我不敢了……"小军求饶。

"你可以去举报我，别说我收拾你合情合理，退一万步讲，我没了工作又如何？做什么都能谋生养家。"

"不不……"

"还是报警吧，做人不能委屈自己，我就不想委屈自己，按照我现在的心情，一天收拾你三顿都嫌不够，来，我帮你拨号。”

半个小时后，马岩捏着小军的胳膊进了包间：“哟，这刀是怎么回事？”

马岩朋友指了指桌上的西瓜：“切瓜。”

“哦，切吧，小军哥洗了个头，怕是嫌热，正好吃点西瓜解暑。”

小军脸色苍白瑟瑟发抖，瓜也没吃就走了。

包厢里就剩下马岩和他的朋友。

“真不怕？”

马岩没犹豫地回道：“工作而已。”

马岩很少在休息日一去大半天独自潇洒，林斐心里七上八下，等他一回来就追问他到底干什么去了。

马岩老实交代，林斐气得揍了他一拳：“他真的告你怎么办？不丢工作也影响前途！”

马岩问：“你想我升官发财？”

“我想你好好的，我怕你在乎这个。”

“我不在乎，我干警察不是为了当干部，我也没兴趣管理，当然，工资待遇是有差别，老婆别嫌我挣得少就行。”

“我是那种人？”

马岩拥抱林斐：“真不在乎，老婆，我不收拾了他，总是不放心你们自己在家的。再说了，丢工作也没什么，正好我也能多点时间陪孩子。”

“唉。”

晚上睡觉，林斐还是不放心，打电话给林韬，指使他再去给小军上上发条。

林韬都无语了：“感情我进去就无所谓呗？我没娃啊？”

“打架斗殴能进去吗？不能。”

“你真行。”

说是这么说，林韬还是去了，他朋友多，一天换一拨轮番威胁。小军都服了，怎么招惹了这么多麻烦，让他一点反抗的意志都没了。

夏去秋来，孩子们长高了也壮实了，成天“咿咿呀呀”互相陪伴着长大。

林斐在忙着休闲馆的装修设计沟通工作，忙完了她跟朋友们一起喝茶聊天。

朋友的妹妹毕业一年相亲认识个对象，家里催着结婚呢，妹妹不太愿意，想多了解一下。

“听听前辈的经历，你这姐姐可是闪婚，现在幸福着呢。”朋友说林斐。

林斐想到自己和马岩，领证那天担忧的事都没发生，这个老公大大超出她的预期。

“别听我的，没有参考价值，自己不愿意那就是不合适。我闪婚的时候对我老公也是有感情基础的，是满意的，虽然是头脑发昏地赌博，但运气不错。”

“结婚好烦，我才不想。”妹妹说。

“结婚是挺烦的，知道这事挺好，先降低预期，别奔着偶像剧标准去，日子就能过得踏实些。”

朋友说林斐：“你这安慰人的功夫越来越官方，跟你老公学的吧。”

“是的。”

林斐要回家，朋友不让走：“让你老公把孩子带出来晒晒太阳啊，正好晚上咱们去欣欣那里吃饭，开张一周了还没去捧场呢。”

“也行。”

林斐给马岩打电话，马岩说等孩子醒了就来。

马岩开始准备出门用的东西，准备好了，孩子还呼呼大睡呢。马岩坐在客厅玩手机，大学好友群里在聊天，有个做刑警的同学刚办完一个大案子，得了一天假期。马岩知道那个案子，心里闪过一丝羡慕，曾经他也很想成为一名刑警，可惜为了照顾爷爷奶奶放弃了这条路。

小县城民警对马岩来说其实有点无聊，老家这地方一般出不了要紧案件，真出了，那就是十年难遇的惨案，还是不出好。但不出呢，马岩和同事们就成日忙碌于一些鸡毛蒜皮的小事，漂亮话都会说，保护群众安全不分大小事，但哪个做警察的没有一颗想破案的心？

马岩看着同学们聊天，没参与讨论。他抬头看了眼床上，葵葵醒了，瞪着大眼珠子在看他。四目相对，葵葵笑了起来。

就是这个笑，他甘愿放弃事业上的追求。

能每天回家看到林斐和孩子才是最重要的。

林爸林妈今天有事没在，玲姐去买东西了，马岩自己给孩子换尿不湿穿衣服。葵葵的头发又长长了，马岩给她翻出来一件漂亮的裙子穿上，又给她戴了顶帽子，袜子鞋子都要搭配一整套的。

“真漂亮啊，谁家的宝贝这么可爱啊？”

马岩抱着她亲吻，父女俩玩了一会儿，林斐打来电话问出门没有。

“马上马上！”马岩把葵葵放在车里系好安全带，转头对穿着睡衣的儿子说，“太阳下山了，快点！”

他随便抓了一套衣服给儿子换上，背着大包，推着两个崽出门去。

林斐和朋友们在路边等马岩，马岩停好车把婴儿车拿出来再去抱孩子。葵葵第一个抱出来，林斐的朋友喜欢得凑上来抱：“好可爱啊，我们葵葵。”

马岩不放心地跟着给葵葵弄帽子整理裙子。

有人拍马岩的肩膀，马岩回头，见林斐黑着脸抱着儿子。

“解释一下这身穿搭。”

大红色的上衣，嫩黄色的裤子，整个娃就是一个大写的土里土气，更别说脚上的鞋了，是林斐准备扔掉的那双。

马岩问：“怎么了？”

“丑死了！”

“是吗？那你以后给孩子买点漂亮衣服，不要偏心。”

“我偏心？这件上衣是搭配背带裤的，一整套！这个裤子是家里穿的！”

“没关系的，我小时候穿得比这丑多了，现在还不是很有品位，这都是后天培养的。”

“呸！”林斐给他一脚，抱着儿子去找女儿，“不理臭爸爸。”

俩孩子抱到一起，葵葵立刻扑过来要哥哥。马岩一手一个抱着，左边亲一下右边亲一下，林斐跟在身后做鬼脸逗孩子，力力和葵葵笑得前俯后仰。

他们来到公园，遛孩子的家长很多。马岩找地方坐下来，葵葵在他怀里抢哥哥的零食。力力不哭不闹，默默反击。

马岩就这么看看孩子，看看老婆，温暖的阳光照在身上，马岩内心平静地生出无限幸福。

“谢谢你，小斐。”

“谢什么？”林斐问。

“给我一个家。”

“彼此彼此啦，孩子他爸。”

第九章
番外 —— 美满人生 -

1. 幼儿园

力力和葵葵上幼儿园过程还算顺利，毕竟是一起去，情绪相对稳定。最崩溃的是马岩，第一天放学他去接，满走廊都是哭得撕心裂肺的孩子。

马岩焦急地赶往自己孩子的教室，力力和葵葵背着小书包手拉手，安安静静地坐在凳子上等爸爸。看到马岩，力力开心地大叫一声“爸爸”，然后牵着妹妹一起跑过来。

马岩一把抱起两个孩子，连连夸奖：“你们俩好棒啊，怎么那么乖？都没有哭，乖乖地等爸爸来接。”

力力指着妹妹说：“妹妹哭了，我哄她了。”

“真棒。”

葵葵抱着马岩的脖子问：“妈妈呢？”

“回家就能看到妈妈了。”

晚上是一家四口一起睡的，睡前，马岩啰唆地叮嘱力力：“在幼儿园要一直和妹妹在一起，走路要牵着妹妹，不要让别的小朋友欺负妹妹，知道吗？”

“知道。”

第二天，葵葵说什么都不去幼儿园了，林斐威逼利诱皆无效。

力力背着书包等在一旁十分无语，他仰着下巴看着哭闹的葵葵，心里很是瞧不起她。

他走过去牵葵葵的手，葵葵甩开他往后退。

力力跑去茶几上拿了块巧克力饼干拆开，举着饼干问葵葵：“想吃吗？”

“嗯！”葵葵凑上来。

力力往门口跑：“追上我就给你！”

葵葵上当，一路被遛到幼儿园。

对于上幼儿园这件事，葵葵也不是完全抗拒，只要能把她送进去，她也会玩得很开心，但是哄她出门是一件困难的事，为此，林斐夫妇费尽心思。

林斐会躺在孩子们身边叫他们起床，等两个娃彻底清醒了，她就会很夸张很兴奋地说："来不及了，我要去玩一个特别好玩的东西，快收拾出门了，去晚了就没有了！"

"什么什么！"

"我也要，妈妈等我！"

"快快快！来不及了！"

打仗似的穿衣、洗脸、吃早饭，林斐一手牵一个跑步前进，一路上喊着要快点要快点，搞得两个孩子都很紧张，然后……就被成功送进幼儿园了。

上当上多了，葵葵就长记性了，妈妈来叫起床她就哭。

马岩对自己老婆这种行为很不赞同："怎么能骗孩子呢？"

于是他亲自上场。

他给葵葵穿衣服梳头发，在她耳边小声承诺："宝宝今天跟哥哥去幼儿园玩，爸爸给你买一只小狗狗。"

布的。

"宝宝今天乖乖去幼儿园，爸爸给你买炸薯条。"

奶奶自制的。

"宝宝今天高高兴兴地上幼儿园，爸爸带你看企鹅宝宝。"

电视上播放的。

……

林斐在听到马岩又一次瞎许诺的时候，拿脚踹他："大骗子！"

马岩正想解释，就听到葵葵字正腔圆地说："大骗子！"

2. 比高

到了上小学的年纪，家里换了两张床，还是在一个房间，俩孩子各睡各的，因为他俩开始打架了。

每天打一次算保底，最高纪录一天打了五次。好在这俩娃自觉，自己闹别扭自己和好，一点不麻烦家长。

上学第一天，葵葵不肯去，坐在地上跟妈妈谈条件。

“我要买泡泡机。”

“可以。”

“买贴纸。”

“好吧。”

出了门来到学校周围，一整条街都是小卖部。葵葵路过一家要一家，林斐忍无可忍：“你给我念书呢？我还得花钱求你？一个也不买。”

葵葵撇撇嘴：“我要爸爸送。”

“爸爸没钱。”

“爸爸有，爸爸的钱在……”葵葵捂紧嘴巴，差点出卖了爸爸！

好在林斐没追问，好不容易把人拖到了校门口，林斐给他们俩整理了一下书包，分别亲吻拥抱：“去吧，向着知识出发！”

力力跑开，被叫回来：“牵着妹妹。”

力力不情不愿地牵住葵葵，小声跟她说：“在学校你不许跟我比个子！”

“我就要！”

葵葵甩开他的手，比画两人的差距，葵葵是比哥哥高一点点。

力力气得不行，两人一路吵一路打进了校门。林斐不为所动，随便吧，交到学校就是老师的麻烦了，跟她无关。

放学，马岩去接。

葵葵先从队伍里跑出来奔向马岩：“爸爸！”

马岩亲亲她：“今天在学校乖吗？有没有听老师的话？”

“嗯嗯，爸爸，我想吃火腿肠。”

“好，给你买。”

力力不大高兴地走过来，马岩问：“怎么了？”

葵葵捏着爸爸耳朵大声说："他坐第一排，他个子矮！"

"你闭嘴！"

说完，力力就推葵葵，葵葵反击，两个人围着马岩追逐打架，马岩深深叹气。

回到家，兄妹俩还是仇敌状态，都不肯在一个房间待着。

马岩带力力去阳台浇花，说："别难过，男孩子后期发育，只要你多吃蔬菜多运动，以后就会像我这么高。"

"真的吗？"

"真的，上了初中你就会变高大，我保证。"

"哦。"

"还有，男生不能小气，妹妹以后大概率会比你矮，你现在就让着她吧。"

"那好吧。"

马岩哄好了儿子，去找女儿。

葵葵说："哥哥是矮子，爸爸，我能当姐姐吗？"

"哥哥比你先出生，所以你是妹妹。"

"可是我比哥哥高，爸爸，我会一直比哥哥高吗？"

"会的，多吃蔬菜多运动，你就会跟爸爸一样高。"

围观了一切的林斐鄙视地骂马岩："你也是个人。"

"谢谢夸奖。好了，开饭了，我看今晚谁吃的蔬菜最多。"

"我！"

"我！"

3. 迪士尼

幼儿园放学，马岩和林斐接孩子回家，葵葵问："爸爸妈妈，什么是四尼？"

力力补充："笨蛋，是迪士尼！"

林斐回答："是一个游乐园。"

"像儿童乐园那样很好玩的乐园吗？"

"是的。"

“妈妈，迪士尼在哪里？我可以去吗？”

林斐甩锅：“这个问题爸爸回答。”

马岩抱起女儿，说：“迪士尼在很远的地方，要坐飞机去。谁告诉你的啊？”

“老师说的。”

“这样啊，那回家爸爸给你找视频看看迪士尼乐园好吗？”

“好。”

回家上网看了几个视频，两个孩子疯了，要求明天睡醒就去迪士尼。

林斐冲马岩冷笑：“去吧，你带着去。”

马岩硬着头皮撒谎：“明天不能去，你们还要上学，这样吧，晚上爸爸给迪士尼打电话问问，看我们什么时候可以去好不好？”

葵葵立刻把马岩的手机递给他：“现在打。”

林斐大笑：“打啊，当面打啊！”

马岩装模作样地打电话，葵葵趴在他身上听。

“嘟嘟嘟……”忙音。

“晚上才会接电话。”

“好吧。”

临睡前兄妹俩还在叮嘱马岩别忘了打电话。

马岩哄完孩子从葵葵书包里拿出来一些贴纸去了自己书房。

第二天早上起床，马岩把“邀请函”送到孩子们手上。

力力和葵葵不识字，马岩给他们念：

“亲爱的力力和葵葵你们好，你们的爸爸昨晚给我打电话说你们很想来迪士尼玩，所以我特意回信给你们。请问力力和葵葵小朋友满六岁了吗？如果满了六岁那你们就可以来玩哦，如果没有，那力力和葵葵就要听爸爸妈妈的话，好好吃饭乖乖睡觉，这样才可以快点长到六岁。迪士尼有好多好多可爱的朋友，我们都很期待快点见到六岁的力力和葵葵呢，等你们哦。”

马岩念完，全家都沉默了。

葵葵问哥哥：“六岁是几岁？”

力力说：“我们四岁。”

“四五六……”葵葵默数。

马岩抱起她去洗脸：“六岁很快到了的。对了，迪士尼还跟我说，小朋友要多吃蔬菜长高高，长到爸爸的腰那么高就可以去了。”

“那好吧。”

从此以后，兄妹俩养成了量身高的习惯，具体操作就是一头撞在马岩腿上看是否合格。

马岩经常被这两个铁头撞得措手不及，于是跟老婆诉苦：“我这骨头迟早被他俩撞散架。”

“谁让你撒谎刹不住车？”

说是说，林斐还是在孩子们房间的墙壁上贴了长颈鹿身高尺寸解救老公。

几个月后，林斐和马岩要去处理外面买的房，也顺便带上了孩子小旅行一次。

在酒店办好入住之后，一家四口去附近的超市买烧水壶。

圣诞节快到了，超市门口有一棵巨大的圣诞树，还有麋鹿和马车，圣诞老公公笑呵呵地欢迎小朋友，派送免费糖果，葵葵傻掉了。

马岩以为葵葵怕生，蹲下来看她。

葵葵眨眨眼，突然转身抓住哥哥欢呼：“哇！迪士尼哎！我们来迪士尼啦！这里好漂亮啊！”

力力猛点头，兄妹俩围着圣诞老人蹦蹦跳跳。进出的客人向林斐夫妇投去十分理解的眼神，去迪士尼是费钱又费人，大家都是这么骗孩子的，可以理解。

林斐把脸埋在老公肩上：“乡巴佬进城不过如此。”

进入超市，林斐用购物车推着葵葵，马岩牵着力力走路，林斐跟孩子们解释这里只是超市，上小学就去迪士尼乐园。

刚解释通，葵葵大喊：“哇！这个超市好大啊！妈妈，这里好漂亮啊，我们可不可以住在大城市不回家啊？”

林斐撒手，抱起儿子退后三步，无情地说：“这对父女能不能不要总跟着我们？”

马岩翻了个白眼。

4. 养娃日常

下午三点，派出所来了一位报警的群众，声称自己的外甥偷了他的钱。

“现金还是网上转账转走的？你确定是他偷的？”马岩问。

报警人回答：“就是他，再没别人，也不是头一回了。”

等报警人详细交代了经过，马岩开始联系那个孩子，关机。

在小县城从警的好处此时此刻就体现出来了，不用天罗地网大数据锁定目标，也不用调查涉案人员信息，县城常住居民人口的流动性不大，走出去互相都能扯上点关系，马岩只需要了解报警人说他是住哪里的，谁家的儿子，便知道怎么找人了。

嫌疑人未成年，有了钱能去消费的地方也不多，马岩在几个群里发了消息，很快就锁定了嫌疑人所在位置。

被抓后，嫌疑人对自己偷钱的行为供认不讳，偷了八百块钱，充了五百块钱的网吧会员卡，请客吃了顿饭，又买了一堆零食之后就一直在网吧待着。

顺道处理让未成年消费的网吧，马岩先带着嫌疑人回派出所。

父母来了之后自然是各种求情道歉，舅舅本来也是在气头上报警，现在网吧退了费用，他也不计较了，一家人这就打算走。

马岩见怪不怪，这样拿派出所拿警察当吓唬人的工具的案例太多了。

马岩对孩子父母说：“孩子还不到十四岁，涉案金额也不大，我们不会处罚他，但你们也要明白这件事的性质，这是偷盗行为，而且不是第一次了。从父母偷到亲戚头上，他的胆子越来越大了，你们做父母的应该提高警惕，无论是消费观还是品行都要对他加强教育。今天是舅舅的钱，舅舅原谅了，下次呢？偷了邻居、同学、陌生人，或者偷不到去抢钱，别人也会原谅他吗？你们现在不教育，是在把孩子往犯罪道路上推。”

孩子妈妈赔笑脸：“警察同志说得对，我们回去一定教育他，孩子还小，会改的，没有下次了。”

马岩很是不赞同，又苦口婆心地劝家长重视。

小孩认错道歉之后跟着家长离开，马岩看到孩子父母走出调解室就开始骂儿子光知道上网。他叹了口气，知道自己的话是白说了。

快到晚饭时间，马岩跟同事们一起吃饭，林斐打来电话，接起来是女儿的声音。

“爸爸，你快回来呀，哥哥不给我吃墨鱼仔。”

马岩还没来得及张嘴，电话对面传来儿子的声音：“不是的！是葵葵抢我的墨鱼仔！一人两个，妈妈分好的！”

“我没有抢！你不吃我才吃的！”

“你为什么要吃我的？”

孩子们开始吵架，马岩连忙制止：“妈妈呢？叫妈妈接电话。”

葵葵把手机给林斐。

“吃饭了吗？”林斐问。

“正在吃，他们俩怎么了？你劝劝架啊。”

林斐叹气：“不行啊，我们都在等爸爸回家判案呢，你几点回来啊？”

马岩笑起来：“今天要晚一点，还有个警情没处理完。”

“好吧，那我们等你哦。”

“嗯，他俩没打架吧？”

“怎么没打？从下午打到现在了，已经绝交十八回了。”

马岩想到小家伙们闹别扭的状况就好想他们。

“过来，都过来，爸爸要发话了。”林斐叫孩子们站好。

她打开免提，马岩说：“不可以打架，也不要闹别扭，等爸爸回来再问你们怎么回事，妈妈一个人照顾你们俩很辛苦，要听话啊。”

“知道啦。”力力和葵葵异口同声地回答。

挂完电话没多久，马岩要去处理工作了。

一小时前接到报警，有位青年喝醉了要跳河，把他救回来之后情绪不稳定，闹了一场又睡着了，这会儿才醒。

醉酒者也不过二十岁出头，马岩和同事们都认识，上个月发生了一起车祸，青年的父亲重伤住院，听他的朋友说今天他喝醉是因为跟女友分手，原因是女方父母怕青年的父亲的病拖垮这个家庭。这般双重打击之下，青年情绪失控了。

现在酒醒了，理智回归了，醉酒青年十分愧疚占用警力资源，还保证说不会再做傻事。

马岩不放心，他很理解对方的情绪，正好这个事处理完他也可以下班了，就顺路送对方回去。

他安慰青年："女方父母的态度你也要理解，人都是这样的，如果今天你找一个条件很差的女孩结婚，只怕你父母也反对的。你不必因为这件事而灰心，你们都还年轻，现在你爸受伤了，你还有母亲和妹妹，正是你扛起责任的时候，这时候你也该把自己的家人放在第一位。结婚的事倒不必着急，更不能为了这个事伤害自己，你要出事了，你妈怎么受得了。"

青年沉默了半天，问："有烟吗？"

"没有，不好意思。"

青年显得有点焦躁，他降下车窗让风吹进来，一路无话。快到家门口的时候，他说："你说得对，放心吧，我不会再喝多了，今天情绪失控了。"

"发泄出来就好了，人都有脆弱的时候。"

"嗯，谢谢。"

马岩开车回家，已经晚上九点多了，他猜想孩子们应该都睡了，于是轻手轻脚地开门。

门锁转动，卧室里的林斐听到了，对孩子们说："爸爸回来了！冲！"

两个孩子跳下床跑去门口："爸爸！"

马岩一进门就被两个铁头撞了个满怀。

"爸爸爸爸，我要跟你说！"

"我先说我先说！"

马岩换了鞋把他俩抱起来去沙发坐下："先坐好，我去换衣服，出来再听你们说。"

"好！"

马岩拉着老婆进卧室："咋回事？"

"墨鱼仔，还剩四个，一人分了两个，葵葵吃完了还想吃，把哥哥的吃了，哥哥生气了。"

"就这？"

"就这。"

"不是没了吗？你又买了墨鱼仔？"

"还是上次的，从箱子底下翻出来了。"

"没过期吧？"

"没有。"

马岩洗手洗脸换睡衣，抱了抱林斐："今天累死了，接了好几个警。"

林斐摸摸他的后背："辛苦啦，老公。"

马岩牵着她出去："走，处理这两个小家伙去。"

马岩坐在他俩对面："葵葵先说。"

葵葵看了一眼哥哥，气呼呼地说："我问他了，我说我可以吃吗？他说可以我才吃的！"

马岩问儿子："妹妹问你了吗？"

力力站起来说："我以为她要吃饼干，就说可以，我没看见她是想吃墨鱼仔。"

葵葵也站起来面向哥哥："你没看见还跟我吵架？"

"你吃我的墨鱼仔我当然要跟你吵架，妈妈分好的，你为什么抢我的？"

"你不爱吃所以我帮你吃的！"

"谁说我不爱吃啦？你是强盗，我不喜欢你了！"

"哇啊……"葵葵大哭着扑到马岩怀里。

马岩立刻哄她。

力力见爸爸哄妹妹，以为爸爸向着妹妹了，他心里委屈，红着眼圈跑回了自己房间。

一旁拍视频的林斐跟着儿子进去，问道："怎么啦？"

力力咬着嘴唇，沉默半天说了一句："爸爸只爱妹妹。"

"不是的。"林斐把他抱腿上，"爸爸爱妹妹也爱你，妈妈也是，你们俩都是爸妈的大宝贝啊。"

力力躲进妈妈怀抱抹眼泪，他伤心，反正爸爸最后肯定向着妹妹的。

马岩哄着葵葵不哭了，跟葵葵说："你问过哥哥，但是哥哥没看到你拿的是墨鱼仔，他可能想留着明天再吃。如果你还想吃，爸爸妈妈会再给你买。"

葵葵抹抹眼泪："力力说我是强盗，他骂人。"

"哥哥不该骂人，但是你也不应该抢哥哥的零食。你要好好跟他说，问他可不可以让你多吃一个。爸爸告诉过你，想要什么要慢慢说，不要大吼大叫，不要发脾气哭闹，这样大家才能听懂你要什么。平时哥哥也都很喜欢你不是吗？"

"知道了，爸爸，我错了，可是哥哥也发脾气了，还说不喜欢我。"

"所以你们俩要好好沟通啊。"

林斐出来让马岩去看儿子，小声跟他说："儿子说你不爱他，只爱妹妹。"

马岩把女儿交给老婆，进屋去找力力，力力背对着门口坐在地毯上在玩赛车。马岩走过去坐在力力身旁，力力看了他一眼又低头玩车。

马岩把他抱起来放在腿上坐着，说："这次是妹妹做错了，她一直跟你抢你才生气对吗？这是不对的，爸爸跟妹妹说过了。"

力力惊讶地看着马岩。

马岩又说："我知道你很棒，你是因为妹妹把属于你的说成是她的才生气是不是？"

力力惊呆了："嗯！"

马岩笑了笑，问："如果妹妹跟你道歉，你还喜欢她吗？"

力力点头："我不是真的不喜欢她了。"

"嗯，儿子真棒。"

见力力不好意思地笑起来，马岩看着他，说："我很爱你，你和妹妹在我心里一样重要。”

兄妹俩在马岩的调解下握手言和，拥抱和解。

力力把仅剩的墨鱼仔给葵葵：“我的就是我的，但我会给你吃。”

葵葵拿在手里，说：“谢谢哥哥，你还是要喜欢我。”

“嗯。”

等孩子们睡了，马岩洗澡上床，他可累死了，眼皮都睁不开了。

“别摸黑看手机，对眼睛不好。”马岩搂住林斐说。

林斐快速回了个信息放下手机睡觉，她转身面向马岩，两人相拥而眠。

“老婆。”

“嗯？”

“我有没有偏心眼对儿子不够关心？”

林斐想了想，说：“也没有刻意偏心眼，但……怎么说呢，好像我们都会下意识觉得男孩子要让着女孩子，哥哥要让着妹妹，每次闹别扭总是先哄妹妹。孩子敏感，他俩又同时出生，力力可能会有点难过吧。”

马岩仔细回想，好像还真是，当父母真的太难了。

“哎，你就是爱上当，孩子吵架就让他们自己解决，我们一插手难免会让其中一个觉得被冷落，最好就是谁都不理，爱咋咋的。”

马岩笑得发抖：“也就你，孩子打架你看热闹。”

“这话不对，我还兼职裁判工作呢，谢谢，受伤之前我会拉开的。”

“哈哈哈！瞌睡都给我笑没了。”

“笑没了正好，你猜我今天见到谁了？”

“谁？”

“小左。”

“他干吗了？”

“在金碧辉煌消费！”

“这……”

林斐如今开了家便利店，生意可好了。两个月前的深夜，小左喝醉了撒酒疯，损坏了店里不少东西，拉到派出所解决。他酒醒后哭穷，最后双方协议三个月内分期赔偿损失，也就第一个月赔偿了。他说他穷得叮当响，结果没事跑去金碧辉煌消费。

“思扬帮我查的，他请人吃饭一顿就花了快三千块钱，有这钱不还我，你这个警察管不管？”

“管，必须得管，明天我找他。”

“别忘了啊。”

“放心。”

林斐又想起一事：“我今天去打牌，吴佳说跟咱们一起去迪士尼。”

“呃……你答应了吗？咱们就两个孩子，再拉上一家子有点麻烦，吃饭住宿都得商量着来，很浪费时间。不如咱们自己玩，去哪儿也不用等人。”

“我也是这么想的，所以我没答应，但她想跟咱们结伴走，因为她老公不去，她自己要带两个孩子。”

“啊？她一个人能看住两个孩子吗？”

“你猜她说啥？”

“啥？”

林斐模仿她：“加上你们两口子，咱们三个大人还看不住四个娃吗？”

马岩吓死了，抱着老婆说：“别别别，可千万别一起去，责任太大了，光是带咱们娃去迪士尼我都一直发愁。”

“可不是，好家伙，她倒会找免费保姆，我已经拒绝了，我说我家两个土匪是撒手没，没精力照顾她的娃。”

马岩笑死：“什么撒手没，那是形容狗的吧？”

“一个意思。”

林斐继续跟马岩说些家长里短的事，马岩强撑着眼皮认真听，一一回应，直到林斐发现他不怎么回应了才安静下来。

“晚安老公。”

“晚安老婆。”

马岩睡得很快，林斐看他累成这样很是心疼，觉得警察这工作真是要命。

她摸了摸他的眉眼，嘟囔道："辛苦了，我们家小马同志。"

一点都不辛苦，劳累奔波一整日回到家看到你和两个宝贝，听听你说今天做了什么，看着孩子们相亲相爱，我觉得好幸福。

马岩心里这样想着，却累到说不出口，只在入睡前把这话从心里绕到嘴边，困意拽着他进入梦乡，梦里还是他这个幸福的四口之家。

5. 美满人生

马岩值班完回到家，孩子们刚吃完早饭。他换衣服时，力力跟在他屁股后面把他的帽子戴在自己头上："爸爸，等我长大了也要当警察！"

"真棒。"马岩赞许道。

见葵葵钻进警服里，裹着自己在床上滚来滚去，马岩问她："葵葵长大了要做什么呀？"

葵葵思考了一会儿，说："我也可以当警察啦，但我还想当动画片人。"

"动画片里的人吗？"马岩问。

葵葵解释："看动画片的人！"

马岩被她逗笑："还有别的选择吗？"

"唔……电视人吧！手机人！妈妈说长大了就可以用手机啦。"

"哈哈。"

林斐听到了，进来抱起女儿捏她脸："不得了不得了，得抓紧时间培养一下这位小朋友的进取心了。"

"进取心是什么呀，妈妈？"

"就是好好学习天天向上。"

马岩看着老婆孩子笑，说："我先去洗澡。"

"嗯，走，咱们去给爸爸弄早餐。"林斐带着孩子们去餐厅。

早饭是林妈拿过来的小笼包，林斐用微波炉蒸了四个，力力和葵葵一人给爸爸剥一个水煮蛋。

"哎呀！哇啊……"葵葵突然大哭。

“怎么了？”正在盛粥的林斐慌忙过来看。

力力笑得肚子疼：“笨蛋，笨蛋用鸡蛋砸脑袋！”

林斐哭笑不得，抱着女儿给她吹吹：“看看，以后还当不当电视人了？跟着电视学好不好玩？”

“呜呜呜，妈妈……”

马岩洗完澡出来听说这件事之后又心疼又好笑，他抱着女儿亲了亲，问：“还疼吗？”

“嗯嗯！”

“爸爸给你吹吹。”

力力还在笑：“笨蛋笨蛋大笨蛋，葵葵是个大笨蛋！”

“哼！你才是笨蛋！”葵葵从爸爸腿上跳下来跟哥哥吵架。

马岩一边吃着热腾腾的早饭，一边看着儿女闹，感到幸福又满足。

林爸林妈带着圆圆来家里接孩子，爷孙五人今天要去植物园玩一天。

马岩担心：“要不我跟你们去，三个孩子看不住吧？”

“没事，我们过去接上你兰姨。你昨天值班了吧？赶紧睡觉去。”林妈说。

孩子们走后，马岩抱住林斐：“陪我睡觉。”

“自己睡，我得去趟店里对账，你睡醒来找我，我爸妈不在，中午我给我奶奶做饭。”

“好。”

马岩睡了一觉醒来是十二点半，他收拾了一下早上孩子们玩过的玩具，又把脏衣服放到洗衣机洗着，出门前拖了地板，这才开车去二号路。

林斐给马岩留了饭，还热着呢，马岩吃完后把碗洗了。

下午要卸货，林斐跟马啸在核对单子，二号路仓库放不下，有一批得拉到下面去。马岩吃饱了没事干，跟小方一起帮忙卸钢筋，这一忙就是一下午。

四点多的时候，林妈打来电话让他们去植物园接一下：“今天人太多了，公交车、出租车都排不上队，早知道我们开车过来了。这都等了一个小时了，你要不忙过来接吧，孩子们都饿了。”

“好，我马上过来。”

林斐买了辆小面包车给超市拉货用，今天车闲着，马岩开着去接人，不然坐不下。

回到城里已经傍晚六点，林妈让马岩开去静江花园，给孩子们吃了饭再回家。

“幸好我早上炖了只鸡，老林你去菜场买点馄饨皮再买把韭菜……”

孩子们齐声喊：“不要韭菜不要韭菜！”

林妈举手投降：“好好好，这会儿韭菜也不新鲜了，买点蘑菇、白菜吧，正好试试绞肉机好不好用。”

“好。”林爸在小区门口下车去买菜。

回到家，马岩负责带孩子，三个崽围着他叽叽喳喳跟他说今天看到了什么玩了什么。林妈跟兰姨一起准备饭，林爸买完菜回来加入，三个人很快就包了一案板馄饨。

林妈让马岩先吃，吃完了给林斐送饭去，马岩等着孩子们吃完顺道把娃也带走了，省得还得来一趟。

到了二号路，有人在门口装车，马岩把车停好，问孩子们：“到这里要怎么样啊？”

“不乱跑，小心钢筋！”

“不碰机器！”

“真乖。”

他把孩子抱下车从侧门进。

看到马啸，俩孩子跑过去，大喊：“爷爷！”

马啸笑着把他俩抱进里屋去玩。

院子里开始切钢筋，机器轰隆隆响，力力和葵葵模仿，在屋里转着圈“呜呜啦啦”地叫，简直吵死个人，马岩感觉自己都要失聪了。

林斐吃过饭了，又吃了些马岩带来的鸡汤，这会儿撑得不得了。

“去散散步？”马岩问。

“走。”

两人手牵手去对面的天阶上，夜幕降临，不少饭后消食的人开始往回走，林斐和马岩来回散步。

手机响了，好友点点发来语音：“小斐，跟你弟说一声，给咱送点关东煮过来啊。好家伙，我让我妹妹去排队，一个小时了还没轮到，生意也太火了吧。”

“行，我给他打电话。”

林斐打电话给林韬，林韬也没办法：“那么多人等着我怎么插队给她送？下回你让她早点给我说啊，下午四点之前就有二十多个人打电话下单了。”

“反正你弄好找人给送过去，她们打牌呢。”

“行。”

挂了电话，林韬给百灵发微信说让她走的时候顺便给点点送一下关东煮，百灵答应了。

“林韬这店算是开对了，生意也太好了。”林斐说。

“隔壁那店怎么说？”马岩问。

林斐想把关东煮旁边的店盘过来开个奶茶店，生意肯定会很好。

“我让林韬帮忙问，要的人太多了，租金都涨了一番。”

“是我我也涨，林韬那店每天多少人排队，开什么都火。”

“财神爷保佑我盘下吧，我家两个‘吞金兽’，缺钱！”林斐对着月亮祈求。

两人正好走到家对面，对面传来“吞金兽”的叫声：

“爸爸！”

“妈妈！”

马岩看过去，马啸带着俩孩子在楼顶玩，力力和葵葵跳起来喊爸妈。

“爸爸！你听到了吗？我是葵葵呀！”

马岩笑着回答：“听到了。”

“快回来呀！”

马岩笑着说：“好。”

“走吧走吧，该回家了。”林斐说。

马岩拉住要下去的老婆。

“干吗？”

马岩把她拉进怀里拥抱。

“干吗呀……”

“老婆。”

“嗯？”

“真好。”

“好什么好，没头没脑。”

对面楼顶的力力和葵葵看到爸妈在抱抱，他俩捂着嘴笑：“爸爸妈妈在抱抱，羞羞脸。”

马啸说：“你们俩也抱一下吧，兄妹之间要相亲相爱。”

力力拥抱葵葵，葵葵说：“哥哥，把你的车给我玩！相亲相爱你别忘了！”

力力哼了一声：“你别给我弄坏了。”

“好的。”

马岩抱着妻子，看向对面的儿女。晚风拂来，月光静静地洒向黑夜，他想到多年前一个人坐在这里看向对面热闹的小楼时的落寞孤寂，彼时那个嗓门洪亮活力十足的姑娘此刻成了他的妻子，给他生了两个可爱的孩子，然后他就成了这热闹人间的一员，柴米油盐欢声笑语，再也没有感受过孤单寂寞。

“你抱够了没呀？”林斐问。

“没有。”马岩答。

“喊，那再给你三秒钟。”

“小斐，谢谢你。”

林斐知道马岩的心，她知道马岩总是感恩生活，并把幸福归功于她，但林斐也很感激他。她曾说结婚找老公一定要找一个家庭为先的男人，最后找了个忙碌的警察。幸运的是小马警官没让她失望，他总把她和孩子放在心尖上。

“哎呀，当初赌婚娶了你，真是明智的选择呀！”

马岩听到这话笑起来：“谢谢夸奖，我再接再厉。”

对面又传来孩子们的呼喊：“爸爸妈妈！回家啦！天都黑啦！”

马岩牵着妻子一步步走下楼梯走向小院，走进他的美好人生里。